黃淑文——著

只為途中與你相遇

所有發生，都是靈魂的印記和許諾

感動推薦

我讀完了，眞的眞的好好看，非常佩服、讚嘆淑文的創作及用心，透過《修心八頌》將佛法植入長篇小說內，每個角色的配置與情節鋪排，恰到好處，善於運用各種隱喻，令人驚豔。眞心佩服淑文用此創作傳播清淨正法。淑文寫得太好了！

——林芝安（天下生活〈康健〉出版前總編輯）

英雄的旅程永遠不是向外，而是向內的探索。記得當年淑文來問，是否該走創作這條路。一晃眼，她寫了十本書，走了二十年。一路上，看著她的文字旅程，她的西藏行，跟她一起探索成長，一起愛世間萬物，甚爲殊勝。再來，且讓我們繼續跟著她的腳步，一起完成眞我的旅程吧。

——王榮裕（金枝演社導演、國家文藝獎得主）

感動感佩淑文用心描述生命成長歷程、家人互動、環境社會影響，修心、道愛。有懷疑、有執著，最終撥雲見日，對生命禮讚。非常符合我們在積極倡議的心理健康促進，能從前端了解自我，找出方向與資源，展現韌性和希望。

——張玨（中華心理衛生協會常務監事、臺灣心理健康聯盟召集人）

自序

靈魂的承諾與印記

生命有很多偶然，當時並不明白其中緣由，只有驀然回首時，才會恍然明白，原來那是自己留給自己的印記，時候到了，自然會自己解開。

到西藏旅行，每天清晨，我都會到八廓街和藏人一起做大禮拜，吃完早餐之後便到寺院的佛前靜坐。

我看著佛，佛看著我，我和佛彼此之間，安安靜靜地凝望著，有很多東西莫名地湧上來，然後又安安靜靜地消退淡去。我什麼也沒做，就只是和佛深深對望，卻消融了好多年來，附加在我身上的各種框架和重擔。

我的眼淚，一滴一滴從臉頰滑下來。爲什麼這樣的凝望這麼熟悉啊？爲什麼這樣的凝望這麼讓我寧靜歡喜？

我走了那麼遠的旅程，生命經歷了千迴百折，就僅僅只是爲了來到這裡和佛對望嗎？

離開西藏那一天，寺院的一位老師父緩緩走出來，在我的脖子上套上一條白色的哈達，爲我祝福。看見寺院的老師父，我的眼淚潸潸而下。我一直哭，莫名地哭，卻說不出爲什麼。當時我不會藏文，無法和寺院師父溝通，無法問他是誰，也無法介紹自己。我所能做的，只是不停地哭泣，此生從來沒有這樣莫名地痛哭，是即將離去的不捨，也是再度相見的欣喜。

老師父默默爲我誦經，陪伴我，直到我一邊擦眼淚，一邊擤鼻涕，手上掛的佛珠居然和脖子上哈達的絲線纏繞在一起，難分難解，讓我不知如何是好。

老師父什麼也沒說，馬上下座，親自爲我解開佛珠和絲線之間的纏縛。親眼見證一位老師父如何抽絲剝繭地把每一條和佛珠纏繞的絲線，一條一條細細地解開，那種專注、細膩，了了分明的定功，讓我深深佩服。

哪知，老師父爲我解開佛珠和絲線之間的纏縛之後，因爲我一直莫名流淚，眼淚無法停止，一不小心，我的佛珠竟再次和哈達的絲線糾結在一起。我只好再次向老師父求救。這一次，老師父再度下座爲我解開纏縛，竟然拿起一把剪刀，一刀又一刀俐落地剪開佛珠與哈達之間的纏連，沒有一點閃失和猶豫。老師父用無言的身教，教了我如何快刀斬亂麻。

因爲一直無法止住淚水，在我離開寺院之前，老師父特別用嘴型教我發出一個藏音，叮嚀我要記住那個藏文發音。回到臺灣，我開始學藏文，有一天，藏文老師教了一個單字，發了一個藏音，當下我心頭一亮，才驀然領悟，原來老師父臨別前要我記得的藏文字音，是禪修。解禪，就能解纏。

幾年後，我已經認得一些藏文，會查字典，說幾句藏語，再次遇見老師父。老師父一眼認出我，教我的第一個藏文偈頌便是《修心八頌》。

《修心八頌》是西藏著名的高僧朗日塘巴（一〇五四－一一二三）流傳下來的修心竅訣。

朗日塘巴一生專注於修持菩提心，他的修持所散發的磁場，讓周圍的人們互信互愛，甚至連小動物彼此之間都不互相傷害。

老師父說，一個人散發的氣場、磁場，讓周圍的人都受益，這就是我們要修心的原因。但對平凡的我而言，我訝異的是，是怎麼樣的慈愛，可以讓一個修行人所在的磁場，沒有任何的傷害？朗日塘巴究竟是怎麼做到的？

世俗的我們，爲何愛到深處，總是傷痕累累？愛到極處，我們會成爲什麼樣的人，給出什麼樣的愛呢？

《只爲途中與你相遇》這本小說，我嘗試用老師父教授給我的，抽絲剝繭的功夫、快刀斬亂麻的智慧，以修心的八個竅訣，爲讀者解開愛的纏縛，清醒地愛，也清醒地活。我希望自己能證明，高僧大德的觀點一點也沒有錯：眞正的愛，不會受到任何傷害。就算你受到傷害，也不要擔心。再怎麼樣的傷痕，都是會癒合的，只要你給它愛，給它時間。

如同這本書一開頭所說：「只有很深很深的情緣，同一個人才會見了又見，同一條路才會走了又走，同一個地方才會去了又去。」

靈魂與靈魂之間，在出生以前，都會在生命藍圖上設下一些路標和印記，作爲來生相遇辨識出彼此的信物。另一方面，也提醒自己和對方，不要忘記這趟靈魂的旅程必須完成的任務。

讀者在閱讀《只爲途中與你相遇》的同時，不妨隨著故事中的人物，檢視在人生旅途中，不斷相遇的他／她，兩個人的靈魂印記和承諾，然後轉心向內，了解自己這一生的人生課題。可能是了解什麼是眞愛、原諒他人，或學習寬恕自己；抑或是學習愛與溝通，找到生命的眞相，回到心靈眞正的家。我們本來就是帶著懸而未解、未完成的功課，才需要投胎來到這個世上——也許是跟某個人相遇，前來還願或還債；或是了解某個教導，完成某個誓願而來。

隨著小說人物的心路轉折，抽絲剝繭地釐清自己的人生過往，快刀斬斷不必要的糾纏。哪怕只是一兩句觸動你的片段，如同淑文在書裡所寫：「一即一切，一切是一。每一個碎片的內裡，都有完整的自己。每一個碎片的痛苦，都包含全部生命的信息，都通向證悟之道。」心的本質，本來就通透無礙，因此你需要的，只是敞開心，讀懂修心的八個竅訣，落實於生活，你自然能讀懂全息宇宙帶給你的生命信息，安住在本心之中。自在，自得。

學藏文，讀佛經，梳理高僧大德對經典的詮釋，消化各種佛法名相，再用簡單易讀的文字，融合小說的劇情，引領讀者由淺入深，一步一步走入自己的內心世界，甚至融入無窮無邊的宇宙微次空間，看見生命眞正的全貌，是淑文心裡面最大的願望。完成十五萬字的長篇小說，對眼力已經有點耗損的我，是非常艱苦的考驗和修練。

從《所有相遇，都是靈魂的思念》到《只爲途中與你相遇》，兩本西藏長篇小說，淑文共完成二十萬個大禮拜，十萬個百字明咒，並採集山中的野花果實，創作出一〇八個花葉曼陀羅。一部分是深入小說人物的塑造，身體力行的同步書寫；另一部分（有可能才是眞正的原因），其實我只是單純發自眞心，莫名所以地想要這麼做。我並沒有設定結果或擔心自己能否做到，而只是聽從內心的聲音，全然地投入，踏踏實實地去做很想做的事，不知不覺就默默完成了。因此，我想告訴讀者，發願不需要條件，不需要任何理由，需要的只是一片赤誠單純的眞心實意。

記得從西藏回臺灣，在飛機上，鄰座有個小男孩，天眞地問我去西藏是回家嗎？小男孩的母親聽我講述了在西藏做大禮拜的體會。她說，別人來西藏是看到藏人的純淨，羨慕他們的純淨；但我是走進藏人的純淨，變得和他們一樣純淨。當時，我的眼眶馬上就紅了，因爲當時的我並不覺得自己有什麼純淨；相反地，當時的我對生命有很多的困惑，腦子總是喋喋不休問自己一堆問題，把自己搞得非常累。

慶幸的是，多年以後，我腦中的念頭漸漸止息了，也漸漸體會清淨心的喜悅和自在。西藏的寺院洗滌了我，大禮拜破除了我對生命的執著，越拜越輕盈。我常常回想初次到西藏，那個淚流滿面的自己。或許，「眼淚」就是我對西藏靈魂的承諾和印記。

相傳觀世音菩薩因爲不忍眾生之苦，落下兩滴眼淚，一滴化現爲綠度母，一滴化現爲白度母。因此，我把第一本《所有相遇，都是靈魂的思念》獻給綠度母，獻給童年的我；第二本《只爲途中與你相遇》獻給白度母，獻給前世的我。

《只爲途中與你相遇》延續《所有相遇，都是靈魂的思念》部分場景和人物，沒有讀過第一本小說的讀者，並不影響閱讀。如果兩本小說一起閱讀，對於西藏文化，對於生命的探索，一定會有更完整的理解，也會更細膩地注意到淑文藏在細節裡的構思。

淑文的願力，淑文的故事，都在這兩本長篇小說裡。謝謝讀者跟著淑文一起走入西藏的純淨，找到回家的路。

【目錄】

感動推薦 003
自序 靈魂的承諾與印記 005
一、聖山之謎 015
二、燃燒的心 039
三、愛的代價 049
四、靈魂的黑夜 061
五、心靈祕境 078
六、色身和情欲 106

七、康巴漢子 123
八、守護 139
九、墜落 166
十、苦果 189
十一、水晶球 214
十二、情到深處 230
十三、鏡像世界 250
十四、眞相 282
十五、抉擇 307

附錄　《修心八頌》藏文　316
致謝辭　319

一、聖山之謎

西藏是彩色的。

走進瑪吉阿米餐酒館，在傳說六世達賴喇嘛深夜會見情人的地方，洛桑點了一杯青稞酒，望著窗外藍白紅綠黃五色的小旗子，在紅瓦白牆的屋頂上四處飛揚。從進入西藏以來，洛桑在河邊、樹梢、山腳下、路口，到處都看到這種色彩繽紛的小旗子。總是穿著黑服黑褲、一身黑色打扮的洛桑，她的心，她的眼，被這些流動的色彩充滿了。

除了眼前微微跳躍著身子，手上撥著琴弦，左右搖擺數著節拍，唱著藏歌的藏人，洛桑隱隱約約聽到身後傳來兩個女人的對話：

「有句話是這樣說的：只有很深很深的情緣，同一個人才會見了又見，同一條路才會走了又走，同一個地方才會去了又去。」

說話的女人嗓音低沉，略帶威嚴，彷彿在人世間已兜兜轉轉好幾回。

「如果兩個人相戀沒有美好的結果，當初爲何要相見相識？」另一個女人語帶哽咽，聲音細細柔柔的，似乎是個年輕女孩。

「我想問你，你眞的愛他嗎？」

「不知道。」年輕女孩低聲啜泣著。「離開他，忘不了。可是在一起，又沒結果。我愛他，卻怕失去他。最終他的選擇，註定不會是我。」

「原來，你失去的是自己，而不是……。」另一個女人說著，似乎察覺了什麼，突然停了下來，陷入不尋常的沉默。

洛桑拉長了耳朵，身體整個毛孔不知不覺跟著向外打開。好像等著法官宣布最終的判決，她好奇，卻又屏氣凝神，保持本能的警戒，不敢移動，深怕身後的兩個女人知道她聽見了她們的祕密。

接著，洛桑聽見洗牌聲，一陣窸窸窣窣的耳語之後，年輕女孩走了。

「不知那個女孩在愛裡會做出什麼選擇？」洛桑思忖著，故意轉過身去翻閱餐廳架上的書，用眼角餘光偷偷掃射和年輕女孩對話的是一個怎樣的女人。

「你可曾想過，自己的人生是怎麼走到現在這一步？」沒想到，那個女人竟然湊近她的身邊，冷不防地問了這麼一句。

洛桑像個偷偷摸摸做壞事卻被發現的小孩，心頭一跳，倏地轉過身，卻不小心撞到那個女人手上的牌卡。

一張牌卡掉了下來，出於本能反射，洛桑迅速蹲下身子伸出手，接住了那張牌。

「是塔羅牌的 O 號，愚人卡。」女人笑出聲來，臉上的線條扭成一團。

「又是 O 這個符號！」洛桑驚訝地看著那張牌卡，隨即把目光轉到有著一頭長鬈髮，黑到看不清楚五官，眼神卻銳利地從瞳孔透出光來，看起來像個吉普賽人的女人身上。

「又是 O？你在哪裡看過這個符號呢？」女人的眼神，內斂而犀利地在洛桑和愚人牌之間來來回回打轉。

洛桑有點後悔自己脫口太快了。但想想，如果能知道關於 O 這個符號更多線索，直說也無妨：

「我曾經幫助一位在阿蘭若迦山迷路的老藏人走出迷途。臨別時，他在我的手心畫了一個 O。」

「是喜馬拉雅山山腳下，阿蘭若的聖山阿蘭若迦山嗎？」一聽到阿蘭若迦山，女人的眼睛閃動著火光：

「聽說，阿蘭若迦山有一處寂靜的森林。森林的入口，有很多蜿蜒的小徑。沒有人知道小徑通往何處，只聽說，每一個走進林間的人，喔，不，應該說，每一個被揀選走入小徑的人，會不知不覺走入屬於自己的祕境，進入一個隱蔽於山林間的能量圈……。」

說到這裡，女人停了下來，小心翼翼地環顧周遭一圈，用只有她和洛桑聽得見的耳語，低低地問：「阿蘭若是一個神祕的國度，幾乎與外界斷絕往來。你是如何幫助一位藏人從阿蘭若迦山的迷途走出來的？」

洛桑一時語塞，百感交集的心緒哽在喉間，不知如何回答。她退了一步，和這個不知來歷卻帶著神祕色彩的女子保持一點距離。

「說來話長。你可以先告訴我，O這個符號，有什麼特殊的意義嗎？」

神祕女子上上下下打量著洛桑，想著她應該跟牌卡上的年輕人一樣，只是個大約二十來歲的孩子吧？她示意洛桑坐下來，把愚人卡放在桌上。

洛桑看見牌卡上除了O這個符號，還畫著一個旅人，肩上用一根長長的棍子掛著紅色的小布包，無視前方就是懸崖，還昂首闊步繼續往前走。

「愚人牌，是塔羅牌的第一張牌，它的數字是O。O表面上什麼都沒有，卻可以開展出無限的可能。不過──」女人停了下來，指著旅人腳邊的懸崖：

「旅人天眞大膽，充滿新的想法、新的點子，卻也讓旅程充滿各種未知和危險。」深深地瞧了洛桑一眼之後，她馬上做出結論：

「不管你是什麼緣故來到西藏，這張愚人牌都意味著，你即將展開一段新的旅程和冒險。」

洛桑的心頭，被眼前這個初識的女人狠狠地戳了一大下。盯著愚人卡上，旅人的衣服內裡好像有一股紅色的火焰從袖口透射出來，洛桑的眼睛開始微微發熱，每次她一看到紅色，心底就有個地方莫名地蠢動、不安。本來她就是爲了掙脫某種預言、詛咒才來到這裡，現在怎麼能再掉入另一個魔咒裡？她突然想起先前離開的那個女孩，這個女人最後究竟跟她說了什麼？

好像有讀心術似地，女人看著洛桑靜默不語，自己倒是先開口了：

「剛才──有個和你年紀差不多大的年輕女孩，也正在經歷一段危險的旅程。危機，其實是危險加上機會。一個透過危險改變自己、改變命運的機會。」

「你給她抽了塔羅牌，說了什麼預言了嗎？」洛桑索性直問。

「她本來想抽一張塔羅牌，但我覺得她更適合用綠魔法來療癒自己。」

「綠魔法？」這個回答，超乎洛桑想像之外。這個謎樣的女人，或許比她眼睛所見的還要複雜、神祕。仔細端詳她的臉，洛桑突然發現，她有淺綠色的瞳孔，像綠松石一樣微微發出綠色光芒的眼睛。

「綠魔法，是從植物花果中汲取能量的一種魔法。我送給那個年輕女孩一顆小南瓜。南瓜是橙色的，代表情感的渴望和連結。我要她回家把南瓜的表面切開幾條縫隙，把所有痛苦的糾結寫在不同的紙上，從南瓜的縫隙塞進去。之後，把南瓜拿到屋外，用鐵槌狠狠砸碎，並在心裡祈願，所有的痛苦都隨著砸碎的南瓜釋放出來。」

「這會不會太浪費了？應該把南瓜吃了，才有力量甩開那些情感帶來的痛苦才對！」第一次聽到這種做法，洛桑驚訝不已。對她而言，生命的本能就是想盡辦法活著。只要可以活著，再大的痛苦，她都可以忍。

「我教她做的，是一個丟棄的儀式，把該丟的東西丟掉，心裡才有空間容納新的東西。砸碎的南瓜，只是表面被砸碎了，內裡可是蘊含生機的南瓜子。把砸碎的南瓜埋進土裡，痛苦化爲養分，來年就會長出新的南瓜，不只一顆，而是更多更多的南瓜。

「我們的人生，有時只是表面上暫時被砸爛了而已。破碎的生命經過修復，換個活法，往往迸發出更驚人的力量。想像不到吧？一顆小小的南瓜可以幫助一個人釋放痛苦，生出新的力量。」

「原來，綠魔法指的是大自然的花、果、色彩，本身具有的神奇能量。」洛桑的心頭亮了起來。自小在山林裡長大，她怎麼能忘卻大地賜予她的所有色彩？她在心頭叫喚著，鼓舞著自己。

女人說著，深深看了洛桑一眼。淺綠色的瞳孔發出綠色的微光，直入洛桑的眼底。接著她閉起眼睛，彷彿進入了另一個世界。張開眼睛後，她再一次指著桌上愚人卡上的旅人：

「曾經有個古老的傳說：靈魂與靈魂之間，在降臨凡間之前，會在未來的生命藍圖上設下一些路標和印記，作爲來生相遇辨識出彼此的信物。另一方面，也提醒自己和對方，不要忘記這趟靈魂的旅程必須完成的任務。」

洛桑突然想起自己從阿蘭若來到西藏，在聖山阿蘭若迦山充滿奇幻的旅程。眼前這個神祕的女子究竟知道了什麼？爲什麼要告訴她這些，她的意圖是什麼？

「靈魂與靈魂之間，會留下什麼樣的路標和印記呢？」洛桑拋出問題，試探這個看起來像吉普賽人的女人會如何回答。

女人再次指著旅人腳邊的懸崖：「那些似曾相識、盤繞在你心中揮之不去的人事物——可能是一個陰影、一道傷痕、一個夢想——都可能是你內在的靈魂或曾經跟你一起許諾的靈魂在呼喚你停下來調整方向，或鼓起勇氣無畏地往前。」

「我如何知道，什麼時候該停下來，什麼時候該往前呢？」

「喏，你需要的應該是這個。」女人從背後的竹簍子拿出一把翠綠的迷迭香和一顆紅蘋果，推到洛桑面前。

「為什麼我需要迷迭香和紅蘋果？」

「你屬於紅色。紅色的愛，是很熾烈的。而蘋果呢，恰恰好能跟愛的能量結合，拉近兩個人愛的距離。倘若有一天，你遇到喜歡的人，就把紅蘋果捧在手心，用熾熱的情感去溫暖這顆蘋果。如果你喜歡的人吃了這顆蘋果，你所付出的愛，就會得到回報。」

洛桑盯著眼前的紅蘋果，長久以來，紅色帶給她的蠢動、不安，突然消失了。她的心甜甜暖暖的，臉紅得像蘋果。她還不懂什麼是愛，或許這顆蘋果將來可以給她答案。

「迷迭香呢？」洛桑心想，這個女人會不會對她施展了什麼綠魔法。

「你該知道的時候，自自然然，就會知道了。迷迭香和紅蘋果就送給你，當作我們在西藏相遇的紀念吧。」女人站起身來，背起後面的竹簍子，對著洛桑揮揮手。等到她的身影消失在窗外，洛桑才發現，女人把愚人卡放在桌上，忘記帶走了。

看著愚人卡，洛桑注意到牌卡上旅人的布包，竟然繡著老鷹的圖騰。洛桑伸出手，摸摸牌卡上的老鷹和旅人頭上插的羽毛。一種熟悉的記憶和呼喚，悄悄浮上她的心頭。

一開始，洛桑其實只是負氣地想離開家園而已。

她漫無目的地往阿蘭若迦山行走，在森林的入口處，意外發現一根老鷹的羽毛。

從小，洛桑就常仰望天空中的老鷹發呆。她渴望成爲老鷹，飛到天上的最高點，把這世間的繁華、醜陋和滄桑一眼清清楚楚看穿、看透，卻一點也不沾染世俗的塵埃，只是單純做自己，自由翱翔，不被任何命運的鎖鏈綑綁。

在洛桑的部落裡，老鷹是神聖的鳥，只有長老和被揀選的勇士才有資格擁有老鷹的羽毛。

她小心翼翼查看四周，確定周遭沒有任何人，才拾起老鷹的羽毛，放進繫於腰間的口袋。然後繼續走入森林，側著身子，雙手拉著胸前兩條長長的辮子，踮著腳尖，小心翼翼避開阿蘭若迦山林間恣意蔓延的野玫瑰枝條，卻仍然時不時地被若隱若現的尖刺所傷。

望著手臂沁出來的血絲，洛桑懊惱地一次又一次改變行經的彎路，直到在某一條小徑的盡頭，野玫瑰的枝條突然消失了。映入洛桑眼簾的，是一面巨大的古牆。古牆的牆面，由好幾個巨石有秩序地排列而成。牆面透射出五顏六色的光芒，好像有自己的生命意識似地，自動匯聚成一道光束，在她的前面鋪展開來。

洛桑愣了一下，猶豫著要不要繼續往前。一直以來，在她的部落阿蘭若，只要前往聖山阿蘭若迦山的子民，從來沒有人返回家園。沒有人知曉原因，也沒有人能揭開這個謎團。

她往後退了幾步，古牆發射出來的彩色線條，隨著她的腳步改變了色澤，變得黯淡無光。像一位張開雙臂的故人，原本朝著她飛奔而來，卻突然因爲洛桑的心念同時改變主意而停止了腳步，收回了雙臂和熱情。

洛桑試探性地又往前走了幾步，彩色線條又倏地凝聚能量，出現明顯飽滿的色澤。洛桑繼續往前，故意又走了好幾大步，彩色線條不只出現明顯的色塊，還排列出各種形狀和圖案。

就這樣，一下子往前，一下子往後，洛桑反反覆覆試探，對這面古牆產生的色彩變化越來越好奇。她內在的欲望，被這面古牆點燃了。她想知道所有色彩的祕密和禁忌，還有這面古牆出現的圖畫究竟是什麼。

深深吸了一口氣之後，她終於下定決心，直接大步往前走到古牆前一探究竟。她驚訝地發現，牆上畫著一棵樹，樹上結了一顆好大的果實，果實裡有一個人形胚胎。

洛桑嚇得往後退了好幾步，轉過身，趕緊拔腿逃離古牆；卻沒想到，邊跑邊回眸，忍不住再看古牆最後一眼時，瞥見古牆的圖畫隨著她往後退卻的剎那間，同步失去色澤，一點一滴地消逝。

莫名的心痛像箭一樣穿過洛桑的心尖。她停下腳步，突然好想挽回，好想再抓住一些什麼。不知道這樣的衝動是從何處竄出，有一股神祕的力量，把她和樹上果實的胚胎牽繫在一起。

她往回快步奔回那面古牆。大樹消失了，古牆上出現了一扇門。門上破了一個大洞，顯現門外的風景，有一個圓形的大湖，湖面上有一個倒影。

洛桑走近一瞧：「布達拉宮！」她尖叫出聲。西藏、布達拉宮、大昭寺、高山、大湖……，一直是她夢想所至之處。她的腦海迸出一位老藏人的身影，以及老藏人臨別時，畫在她手上的符號。老藏人說，宇宙的所有祕密都在這個符號裡，所有的困惑，都可以在西藏這個純淨的聖地找到答案。

這扇門，看似是巨牆上的一幅圖畫，卻又逼眞得像一扇眞正的門。門上的破口，通往的正是巨牆外的世界。

「這面巨大古牆的另一頭，究竟通往何處？湖面上爲何會出現布達拉宮的倒影？」即使有滿肚子的疑惑無法釐清，洛桑心裡卻清清楚楚知道，只要她再有一絲懷疑退卻，往後退幾步，這道牆上的門，就會像剛才那棵大樹一樣消失無蹤。

她緊盯著牆上的門，知道自己不想再失去，不想再留下任何遺憾。她拿出無意間撿到的老鷹羽毛，放在眉間，祈禱上天賜給她力量。

抓住了一絲絲從心底升起的勇氣和決心，在下一秒恐懼害怕再度浮上心頭、把她擊倒之前，洛桑緊緊握住手上的老鷹羽毛，一鼓作氣把所有力量都集中在腳上，大步地從門上的破洞，頭也不回地走了進去。一道耀眼的光線刺入她的眼睛。她本能地用手摀住雙眼，灼熱的光線帶來的疼痛，讓她久久無法睜開眼睛。

等她張開雙眼，卻發現自己已經站在大湖旁邊，湖面眞的映照著布達拉宮。

此時，正是拉薩的黃昏時分，夕陽緩緩地向西沉落，金黃色的陽光灑落在映照著布達拉宮的湖畔上，湖面波光粼粼，光影閃動下的布達拉宮，突然閃過老鷹張開翅膀、飛馳而過的身影。

「老鷹！」洛桑抬起頭，仰望前方的布達拉宮，老鷹不見了，卻見這座高達六十層樓，建於海拔三六〇〇多公尺、歷經一三〇〇多年屹立不倒，世界最高的古老城堡，此時正被金黃色的夕陽餘暉圍繞著。

天空中，雲朵被染上了橙色、黃色和紅色，像一幅水彩畫柔美地鋪灑在天幕上。雄偉的布達拉宮靜靜矗立在山坡上，白色及紅色的牆體搭配金色琉璃的樓頂，在金黃色的餘暉映照下熠熠生輝，與天上的雲彩交相輝映，充滿迷人的色澤。

洛桑揉揉眼睛，再次仰望眞眞實實出現在眼前的布達拉宮。她困惑著，自己所走進的是巨石牆外的世界？還是巨石牆內的圖畫世界？抑或她所進入的，是傳說中阿蘭若迦山聖境裡神祕的能量圈？

也許是剛經歷奇幻的穿越，面對未知的不安，加上西藏的高原反應，從小盤旋在腦海的黑影又再一次攫住了洛桑，她的頭突然一陣劇痛、暈眩。她早已習慣與這個黑影共存，有時它像敵人，有時卻像朋友。像是馴服住在心裡的猛獸，先察覺它的存在，和各種恐懼、焦慮對抗，記錄它何時出現，調整對治的方法。日子久了，她發現自己反而因爲心裡的猛獸，更加了解自己的脆弱、渴望，以及不想輕易認輸的堅強意志。心裡的猛獸反而變成她最親近的朋友，再也沒有任何人比這隻猛獸，更能清清楚楚看見她赤裸裸攤開心靈後，最眞實、也最不堪的樣貌。

洛桑深深吸了一口氣。吸氣時，她把食指放在鼻子下方；吐氣時，專注地感受鼻孔吐出來的氣息。當溫熱的氣流從鼻尖流到她的指尖時，她知道自己還活著，只要這口氣還在，就還有機會和命運奮力一搏，這是心裡那隻猛獸教會她的。

每一次，當她的頭痛到快要炸開，當她又被恐懼焦慮襲擊，不知如何是好時，她知道最好的方式，就是好好地呼吸，感受自己還活著。只要深深地吸，深深地吐，什麼都不要做，什麼都不想，什麼都不要反應，內在的氣息順了，生命自自然然又會湧現新的力量。

她並不知道這股自然湧現的力量來自何處。只記得有一次她累了，她想死，再也不想和內在的猛獸拚搏。當她什麼都無法做，什麼都無法想，痛痛快快大哭一場之後，躺在床上，她突然感受到自己的呼吸。那是第一次，她眞眞切切感受到自己還能呼吸。吸氣時，她的肚子自然地鼓起來，吐氣時，肚子自然地消了下去。她並沒有想活著，但呼吸自然存在，她不需要努力，不需要抵抗這個世界，不需要學習，自自然然，生命的本能就會自己呼吸。呼吸一直陪著她，她也陪著自己呼吸，生命只剩下這個安安靜靜的陪伴與存在。在這個奇妙的片刻，痛苦突然消失了，內在那隻猛獸也突然不見了。

她重新活了過來。雖然盤旋在腦海的黑影並未從此遠離，仍會時不時侵襲她的心靈，但自此以後，她的世界改變了。她知道，只要可以呼吸，可以活著，只要自己願意陪著自己靜下來好好呼吸，就能連結內在那股自然湧現的力量。

洛桑坐在大湖旁邊的椅子上，深深地吸氣吐氣，一遍又一遍深深地吸，深深地吐。漸漸地，頭痛停止了。只要確定自己還活著，這口氣還在，再怎麼大的難關出現在眼前，總有個聲音告訴自己：「管他的，我還活著，只要當下這口氣還在，就先好好活在當下這一刻吧！」

洛桑站起身來，環顧四周，思索著下一步該往何處走。大湖附近有一間充滿各種色彩的花店，馬上攫住了洛桑的目光。

一位留著長髮，流轉著一雙深邃的眼眸，穿著黑布藏袍，圍著黑布圍腰，和洛桑一樣穿著一身黑的藏族青年，正在門口招呼客人。

洛桑微微向前，走近這家花店。花店的外牆漆了藍色的油彩，和西藏湛藍色的天空融為一體。牆上爬滿了紅橙黃綠藍靛紫的藤蔓和花朵，像極了從天上墜下的彩虹城堡，比起那些絢爛卻有點不真實的花朵，更讓人忍不住靠近的是撲鼻而來的花香，還有門口掛著一塊奇特的圖騰招牌。

洛桑佇立在花店門口，猶豫著是否要往前進入花店。她環顧布達拉宮周圍，到處都是手搖著轉經筒、捻著佛珠轉經、趴在地上五體投地做大禮拜的藏人。賣唐卡、哈達、藏香、酸奶，各種藏式飾品的商店四處林立，進進出出這家花店的遊客也很多。她想著，進去瞧瞧裡面的花倒也無妨。

賣花的藏族青年，此時正在花店裡面，和剛才在門口遇見的客人聊天。

「諾布，我今天心情很糟，幫我選一束花吧！」客人顯然和藏族青年熟識。

「次仁，怎麼啦？說來聽聽。」這位叫諾布的藏族青年傾身向前，露出親切的笑容。他的身材高大結實，臉龐透射出烈日曝曬後的剛毅與堅強。

「我受傷了！」皮膚和藏族青年一樣黝黑的客人，垂下眼，沮喪地說。

「在哪裡？」諾布驚訝地張大眼睛，馬上往前一步，拉了把椅子請客人坐下。

「這裡！」那位叫次仁的客人，懊惱地指著自己的心。「你認識住山南賣藏香的邊巴吧？我把他當作兄弟，他卻用話語傷害我、誤會我。我不想和他當朋友了。」

「哎呀，次仁，你真糊塗。你雖然受傷，卻也賺到了，居然還不知道呢！」洛桑沒想到，藏族青年竟然這樣安慰客人。想想自己也是個傷痕累累的人，卻從來不覺得自己賺到什麼；相反地，她的心裡有很多困惑、不甘，和憤怒。

「哪能這樣說？明明是我受傷損失了，賺到什麼才奇怪呢！」次仁舉起拳頭，故意朝藏族青年的方向揮了一記空拳。洛桑笑了，心裡叫嚷著：「打得好！」她才不相信有人會因為受傷賺到什麼。

藏族青年調皮地作勢閃開：「別氣別氣，我講的是，你雖然受傷了，卻賺到寶貴的經驗呀！」他收起笑容，拉出另一把椅子，往前坐在客人旁邊，露出誠懇的眼神，說道：

「如果你因爲識人不明，才被別人重傷，你就賺到這個人根本不值得你深交的事實眞相。如果不是這個傷，痛得你恍然大悟，你很可能還一直傻傻的，跟一個虛情假意的朋友在一起，這是多麼可怕的事呀！如果你能仔細思維識人不明的後果，就會從受傷生氣，轉爲感謝感恩。」

「說得也是，我再也不跟邊巴這種人往來了。」次仁的怒氣依然從胸口噴出來。

「噢，倒也不用馬上決絕地做出決定。」諾布露出慧黠的笑容，「以前的我年輕氣盛，可能一吵架，就跟對方不相往來；自從開了這間花店，認識了來來往往的客人，聽了很多故事。現在的我，覺得兩個人吵架、鬧不愉快之後，不一定要跟對方撕破臉。」

諾布這一段話，戳到了洛桑的痛處。雖然她負氣離開了家鄉，卻沒有得到報復的暢快。她的身體離開了，心裡卻還牽繫著阿蘭若。在心底最深處，甚至還感到一絲絲的懊悔：自己會不會太衝動了？

耳邊傳來諾布的解決之道：

「先保持距離，減少碰面機會，感情調淡一點，給彼此留一個餘地。緣分很難說，說不定人情世事兜兜轉轉，幾年之後，彼此更成熟了，有能力釐清當年的誤會，又成爲朋友也說不一定。」

次仁搖搖頭：「人與人之間，一旦有了疙瘩，就很難恢復以前的情誼了。」

「感情當然無法勉強，如果你已經被傷到極處，完全不想再理會對方，不妨就順著自己的心，暫時把這件事放一邊。等過了一段時間想好好面對，再想想要怎麼做會比較好。」諾布說著，站起身來，走向那七彩繽紛的花束：「我來看看你今天適合帶走什麼樣的花！」

諾布以爲話題結束了，但次仁似乎沒有完全放下。「如果謠言和傷害，不是從邊巴，而是從第三者的嘴裡傳到自己耳中，其實就更難釋懷，更難說清楚了。」

「噢，這樣你更要小心了。如果別人轉述什麼話讓你受了傷，一定要小心求證，很有可能是別人轉述時斷章取義，或者是當事人一時口誤，講得太快太急，不小心沒說清楚。轉述聽來的話，最好給自己求證的機會。」

諾布從滿屋子的花花草草，挑了一束花，走到次仁身邊，把花遞給了他。

「喏，這是我幫你挑的向日葵。」

次仁接過向日葵花束，看著金黃色的花朵，像西藏的太陽，大辣辣地往外綻放，原本色的花朵上。

愁苦的臉龐，突然揚起一絲絲笑意。在一旁的洛桑，也忍不住睜大眼睛聚焦在向日葵金黃

「向日葵的能量很強，很集中，很容易吸引眾人的目光。你看它興高采烈，生氣勃勃，充滿能量地活著，很難不受它感染。這種花就像太陽一樣，會爲你驅走黑暗，改變心情。」

諾布說著，指著向日葵的花瓣：

「你瞧，開得這麼亮眼的向日葵，花瓣中心竟然是黑褐色的。它是用自身的光明，從黑暗的中心點，往外開出鮮豔的黃花。黃色，是充滿力量的顏色，因此向日葵這種花，特別知道如何陪伴它的主人，從黑暗的低潮走出來，往外綻放，重新找回自己的力量。」

次仁看著向日葵花，心裡很觸動，似乎有什麼畫面瞬間閃過他的心頭。

「諾布——」他張開嘴想說些什麼，又吞了進去。半晌，才幽幽說道：「老實說，在我的心底，一直不願相信邊巴是別人口中說的那種人。」

諾布瞇起笑眼，拍拍次仁的肩膀：「這樣你更要找邊巴好好聊一聊、好好溝通。」

「怎麼說才好呢？」次仁看著手中的向日葵，突然陷入進退兩難的尷尬。

「很簡單，就是直接去找邊巴，說出你的疑惑、你的傷心，試著去釐清整件事情的來龍去脈和誤會的癥結點。」諾布指著向日葵花瓣黑褐色的中心：

「跟向日葵學習，從幽冥的黑暗處往外伸展，長出新的力量。向日葵的愛，是主動的，因爲它不願意一直困在黑暗的深淵裡，所以它會主動隨著太陽的方向轉動，尋找光的來源，

讓自己從黑暗裡跳脫出來，進入光裡面得到力量。」

「你是說，我要採取主動，先去找邊巴溝通？」次仁深深吸了一口氣。

「沒錯。眞正的溝通包含聽與說，說給對方聽，讓對方了解你，同時也要聽對方怎麼說，了解對方眞正的想法。如果雙方只是固執地認爲自己一定對、對方一定錯，你說你的、他說他的，這是在說氣話，不是在溝通，而是在發洩情緒。」

諾布一邊說，一邊拿起次仁手中的向日葵花束，把花放在胸膛，閉起眼睛，給花一個深深的祝福後，再交給次仁：

「記得帶向日葵一起去找邊巴，向日葵會陪伴你，給你力量。相信我，眞誠、平和的溝通，往往會爲我們重新賺回一個朋友。」

「我的確不想失去邊巴這個朋友。」次仁笑了，似乎鬆了一口氣。洛桑感覺得到，那才是他心中的眞實話語。雖然她因爲阿蘭若黑派和白派的衝突才憤而出走，但在內心深處，也希望有一天黑派和白派能靜下來好好溝通，重新找回族人之間親密的情感。

耳邊傳來諾布送走次仁的聲音：

「摸摸你的心，對自己誠實非常重要。如果傷害你的那個人剛好是你生命中很重要的人，你不想失去對方，就要把挽回感情擺在最前面，不要去糾結誰要先道歉，誰要先主動講清楚，盡你最大的力量去挽回在意的人。不管結果如何，至少以後對這段情誼沒有遺憾。」

次仁付了錢，捧著向日葵走了。洛桑注視著店內的向日葵，驀然發現，向日葵也是一個圓，這個圓就像太陽一樣，具足發光的能量。

她小心翼翼沿著花瓣的周圍，用手指比劃了一個圓。仔細一看，向日葵的中心，的確像諾布所說，是一個黑褐色的小圓，像她身上穿的顏色一樣。

看著向日葵的花瓣像一顆圓圓的小太陽，包裹著花瓣中心黑褐色的小圓，極盡所能地往外綻放光亮，洛桑不由自主地閉上眼睛，深深吸了一口氣，讓全身都是黑色的自己，進入黃色花瓣的光裡。她感受自己，就像花瓣中心那個黑褐色的小圓，被黃色花瓣的光圈團團圍繞著。當她張開眼睛，緩緩吐出鼻子的氣息，一股前所未有的力量悄悄從心裡升起。

「你好。你也喜歡向日葵嗎？」諾布從門外走進來，剛好撞見洛桑一直注視著向日葵沉思。

洛桑還沉浸在向日葵的黃色光圈裡，被這種不可思議的能量震懾住了。平常在阿蘭若她並不擅長言語，也不輕易對陌生人敞開心房，就像她全身上下穿的黑衣黑褲。自從阿蘭若黑派掌權，除了黑色，不容許部落有其他色彩。阿蘭若的族人已經習慣用黑色隱藏自己，如今眼前這株向日葵卻綻放出黃色的光芒，給了她從黑色的桎梏裡跳脫出來的力量。

「向日葵眞的會發光嗎？」洛桑指著向日葵問諾布。這是她第一次這麼近距離、自由而毫不忌諱地欣賞一朵花的顏色。她想知道那股發光的力量究竟來自何處。

諾布爽朗地哈哈一笑，看著洛桑的眼睛：「向日葵本身不會發光，它的光是因爲你注視它，了解它，對它有感情，才會存在。如果你相信所有的生命都是活的，所有的生命在你面前都會發光。」

洛桑還來不及回話，花店裡有個穿漢服的男子，開口說話了。「諾布，你這樣子說，我就不懂了。我一直注視著向日葵，可是完全沒看到任何光啊！」

「向日葵有光啊，向日葵會追著太陽的光線移動，把光儲存在花瓣裡面藏起來，你當然看不到囉！」有個藏族老奶奶搖搖擺擺地緩緩走來，盯著向日葵直瞧。

「我知道怎麼樣可以看到向日葵的光！」一個藏族男孩故意看著向日葵，睜大眼睛：「你只要像我這樣一直盯著向日葵看好幾分鐘，連眼皮都不眨一下。之後，只要閉上眼睛，就會發現向日葵的光出現在你的眼前了！」

現場的客人響起一陣笑聲，沒有人在意眞正的答案，諾布也只是聽，保持微笑，不做任何結論。其他人則自由走動，自由交談，自由賞花，很像是家人鄰居之間閒話家常，彼此融爲一體，卻又自由單獨地存在。洛桑很訝異自己在這間花店感受到的輕鬆自在，竟然超越了自己的家鄉阿蘭若。

原本來到陌生的境域，應該會有很多未知和焦慮的她，如今走進這家花店，卻意外得到說不上來的安全感。或許是因爲眼前這位花店的主人，是一個額頭和眼睛都很透亮的康巴漢子。他的眼神銳利卻帶著洞察人心的溫暖，寬大的臂膀硬朗厚實，給人一種穩重的信任感，尤其他對周遭客人流露出來的溫柔與關懷，似乎不僅僅只是爲了賣花，而是來自於他對每一朵花的深刻理解，融入了他對人性的觀察。

天色晚了，花店裡的客人見夜幕低垂，一個一個互道再見，各自散去。

走出花店，一陣冷風拂過洛桑的臉頰，捎來高原特有的涼意，周圍的樹林隨風搖曳，樹葉沙沙作響，在她的耳邊低聲私語。那些細細小小的聲音，像是花店主人諾布的話語縈繞耳邊，一遍又一遍在心裡引起的回音與共鳴。洛桑一邊尋找入住的旅社，一邊回想在花店所感受到的色彩，黃花的力量彷彿還留在她的體內。

「向日葵發光的力量，究竟來自何處呢？」她反覆思索著，這麼有力量的花朵，究竟是因為向日葵的花瓣本身就帶著光，還是力量的來源反而是面對中心點那個黑色的深淵，因為面對痛苦傷害所產生的憤怒焦慮，不得不推動自己往外拓展，尋找出路？這難道不是她之所以離開阿蘭若的原因嗎？

從母親的口中，洛桑得知，古老的阿蘭若原本是充滿歡笑和色彩的部落，族人喜歡歌唱跳舞，穿著五彩繽紛的衣裳。直至幾百年前，有天喜馬拉雅山的山區突然出現濃密烏雲，障蔽了整個天空。緊接著，一道紅色閃電劃過天際，像環狀水母形態的紅光，染紅了阿蘭若的上空。一時之間，血紅色的天空夾雜橙色、藍色、綠色，白色閃電肆意蔓延的電流帶來巨大的雷擊和暴雨，劈開了阿蘭若千年屹立不倒的神木，無法計數的牲畜被電擊而亡，連外出在山林間採集食物的族人也無人倖免於難。

當晚，部落的長老做了一個夢，有個自稱是阿蘭若祖先的黑衣人，告誡阿蘭若族人因爲過度迷戀色彩，縱情於聲色，才被惡靈下了魔咒遭此厄運。若想得到救贖，必須到聖山阿蘭若迦山祈求祖靈的原諒。

一開始，長老每隔一段時間就會派遣勇士或族人前往阿蘭若迦山，尋求救贖、解開詛咒。但不知爲何，凡是前往阿蘭若迦山的族人或勇士，從來沒有人返回家園，幾百年來這個謎團迄今無人能解。

從此以後，阿蘭若由黑派掌權，爲了避免色彩帶來誘惑和災難，規範族人一律穿著黑衣黑褲，家裡房舍除了黑色，不准融入任何色彩。幾百年後，談論色彩變成阿蘭若的禁忌，這種禁忌變成部落的傳統、嚴謹的法條和戒律。漸漸地，阿蘭若族人過著黑色單純、與世隔絕，隱匿於山谷間，自給自足的生活。沒有人敢觸犯禁忌，揭開神祕的黑色面紗。隱藏於族人心底的困惑，壓抑心中不同於黑派想法的聲音，一種只能口耳相傳的祕密和集會，在黑夜裡默默竄流，逐漸匯流成所謂的白派。

或許是受到母親的影響，洛桑從小就認爲，眞正的心靈是無法被囚禁的。雖然她和族人一樣一身黑服黑褲，但在黑色的內裡深處，她卻充滿了各種欲望。家門內雖然只能容許黑色的存在，但家門外的大自然卻是彩色的。她像母親一樣，渴望愛，渴望自由，渴望看到山外的世界，她的心總是像一團火熊熊地燃燒。但父親贊同黑派的教條，自幼給予她嚴厲的教導，往內收攝，拒絕任何外境的誘惑，和母親鼓勵她往外追求愛與情感的自由，完全背道而馳。

部落裡黑派與白派的衝突，時不時有白派的族人出走，阿蘭若的人口越來越少。父親與母親感情的決裂，常常在她的內在產生劇烈的衝突，這些無法解開的心結和陰影，隨著她的成長逐漸變成揮之不去的黑影，甚至變形成心靈的猛獸，將她往兩個極端撕裂拉扯。但是，洛桑不想跟命運認輸。

她常常困惑著，這世間難道眞的有看不見的詛咒嗎？爲什麼天眞善良的人們，要默默承受這些詛咒？這世間的痛苦和災難究竟是什麼原因造成的？推動命運背後的那雙手究竟是什麼呢？

黑暗是一種強大的力量，復仇憤怒也是一種力量，只是這種力量是負面的，帶來的也是傷害的力量。而花店的主人諾布最讓人驚訝的是，他能善用每一朵花的色彩和樣貌，陪伴花店的客人轉化原本低沉的負面能量。原本只穿黑色，對紅色善感的洛桑，竟然在不知不覺中也融進了黃色。

「嗨，謝謝你今天來花店。這一株向日葵送給你！」一個熟悉的聲音，從背後傳過來，打斷了洛桑的回憶。

洛桑回眸一看，竟是諾布。他騎著腳踏車，身後背著竹簍子，裝滿了鮮花。「我給客人送花去了，歡迎你有空再來花店走走。」諾布說完，往前騎了幾步，又停了下來，回頭對洛桑說：

「你看著向日葵的眼神很特別，我開花店這麼久了，從來沒看過有人像你這樣專注地看著一朵花。你專注的眼神，本身就帶著光呢。」

洛桑看著諾布揮手離去的背影，一種感動充滿著她的心田。她學諾布把向日葵放在胸前送上祝福。

洛桑驀然發現，向日葵花瓣黑褐色的中心，其實布滿了管狀的小花，這些小花開花結果之後就會結成滿滿的葵花子。

那個看似黑色深淵的小圓，原來含藏了無數的種子，充滿了再生的力量。

二、燃燒的心

洛桑坐在瑪吉阿米餐酒館，收回了過往的回憶。她端詳著眼前這張愚人卡，旅人的腳邊有一隻小白狗，似乎在提醒他前方的危險。但旅人神色從容，抬頭仰望的，是遠方的天空，而非眼前的懸崖。

洛桑沿著牌卡的O號，畫了一個圓，注意到旅人身後有一顆圓圓的太陽，背景則是明亮的黃色，連旅人腳上的鞋子都是充滿力量的黃色。

她把愚人卡、迷迭香和紅蘋果放進背包，走出瑪吉阿米餐酒館，尋找那位神祕女子。走著走著，不知不覺又來到湖邊這家花店。

「你好，我是諾布。要進來格桑花店坐坐嗎？」諾布一眼就認出了她，揚起暖暖的笑容，站在花店門口，像紳士般做了個請進的姿勢。

「我叫洛桑。」洛桑揚起嘴角，微微一笑。不同於第一天來到西藏看到的諾布，洛桑注意到諾布今天把長髮綁成辮子，像一條捲曲的蛇盤在頭上，辮間還纏著一大把紅色絲線。

「進來花店，第一眼看到什麼花呢？」諾布張開雙手，擁抱他所種的花，像個慈母把店內的花溫柔地撫觸了一遍。

洛桑順著諾布的手勢和目光，環顧了一圈。各式各樣的盆栽和花兒，透出鮮豔的光澤，交相輝映，像彩色燈泡一閃一閃地向洛桑招手。驀然間，有一株靜靜待在角落的花，跳進洛桑的眼簾。她走到那株花的面前。

「噢，那是火鶴。」諾布跟著向前，把火鶴像孩子一樣捧在懷裡。「你喜歡紅色嗎？」

「也不是喜歡。就是對紅色總有莫名的觸動。」

「你瞧，火鶴的紅色花苞是心形，連葉子也是心形。火鶴是以心為中心的花，特別能敞開一個人的心房。」

看著火鶴心形的花苞，洛桑的心跟著微微顫動了一下。她的心臟撲通撲通跳躍著，她知道，內在的紅色又開始躁動了。

「心形花苞的紅，是血液裡面很純粹的那種紅。喜歡火鶴的人，往往會赤裸裸、毫不保留地把熱騰騰的真心，獻給所愛的人。」諾布說著，又逗弄著紅色花苞的掌心：

「喏，看看這裡。花苞的掌心豎起一條金黃色的小圓柱，好像一隻短小的蠟燭，火鶴還有個別名，就叫花燭呢。」諾布笑盈盈地望著洛桑，「如果你已經有愛人、準備結婚的話，在洞房花燭夜擺上一盆火鶴，它會陪伴你和你所愛的人一起幸福地共度餘生。」

洛桑想起故鄉那一段若有似無卻又斬不斷情絲的愛情，在愛裡總是不知如何面對、自處的她，別過臉假裝看別的花，想轉移話題。諾布卻一個大步往前，繼續把火鶴推到她的眼前。

「換個角度來看，火鶴不只觸動一個人的愛，還能帶來財富呢。」諾布指著火鶴伸得長長、高於葉面的花莖：「你再看看，火鶴的紅色花苞，像不像從綠葉裡伸出來的小手掌？火鶴還有另一個別名，叫紅掌。掌心中金黃色的肉穗花序，就像手中握著黃金。」

「從洞房花燭夜，到手中握有黃金。」從火鶴的紅，到諾布純淨而明亮的額頭，洛桑的眼睛游移到諾布髮辮間的紅色絲穗，和掛在胸前的一串藏紅色珠子。這位和她一樣一身黑服黑褲的花店主人，與她的不同在於，他身上的這一抹紅，以及他野生硬朗、全然敞開的心。

「再怎麼美好的花，總有弱點吧？」洛桑故意考他。

「這個問題很好。」諾布馬上接住了，「沒有人是完美的，花也是。如同我們給出的愛，不管付出再多，也一樣無法完美。」

諾布的臉龐突然閃過一絲憂傷，他摸著火鶴的心形花苞：「愛，就像火鶴的紅火、烈焰，當你有一個愛人，你的心就開始為他燃燒，在愛裡煩惱，付出代價。」

諾布說著，溫柔環顧店裡的花兒：「每一朵花，每一種顏色，都連結我們內在的感情和渴望。就如同你第一次踏進這間花店，你看見了向日葵發出的光芒；今天，你看到了火鶴，火鶴的紅色幫助你看見自己，連結內在紅色的愛。當你愛上某一種顏色，就會伴隨那份愛所帶來的美好、焦慮，與悲傷。」

「你的意思是說，當我愛上了紅色，紅色就會變成我的愛、我的傷？」

洛桑的心突然微微感到刺痛，好像有點懂，卻又好像不懂。爲什麼連在瑪吉阿米偶遇的神祕女子都說她屬於紅色？好像她的愛、她的傷，都變成一種命定似的。她突然想起部落長老的告誡，色彩帶來欲望，欲望則會帶來災難和傷害。

「既然如此，我不愛紅色就是了！」她想狠狠地把這份愛的詛咒甩開。

「不是這樣的，並不是不愛，也不是不能愛，而是你對那份愛、對紅色動心了。你必須對自己的心誠實，學習面對紅色，以及伴隨紅色的愛所帶來的傷害。」諾布再一次把火鶴捧到洛桑的眼前：

「火鶴的紅色像火焰，喜歡紅色的人，全身散發的感情像內在的血液，是天生的。這種與生俱有的原生本能，讓他們遇到所愛的人時，往往會不顧一切想要付出熾烈的愛。火焰是往外發散的，紅色的熱能加速愛的動能，他們對愛的行動力很強，總想爲所愛的人做一些什麼。但過於急切、過於強化內在的火元素，很容易擾動紅色本來就燥熱急進的本質；一旦外在的愛落空，對愛失望，情感的烈焰無處依託，就會變成憤怒的火山，把愛狠狠地推開，甚至由愛生恨。」

聽著諾布的解析，洛桑突然想起母親，或許一直以來她一看到紅色就躁動不安，是因爲她有個像紅色的母親。紅色是母親對愛的渴望，同時也是母親內在的叛逆，不甘被黑色囚禁的靈魂。紅色就像是命運加諸在母親身上的詛咒，不顧世俗道德，放縱自己的情愛，最後卻落得滿身瘡疤。她太愛母親，反倒不知如何怪罪母親。母親像紅色熾烈的愛，常常擾動她，不知不覺她的生命也融進了母親的紅色。

回憶像一根刺，狠狠刺進了洛桑心底，眼前諾布手上的火鶴卻讓她再也無法閃躲母親為她帶來的愛與傷。

是的，諾布說得沒錯。火鶴的紅火烈焰，像極了母親對愛狂烈的追求。當得不到所愛、多年私會的情人離她而去時，由愛生恨的母親，從此性情大變，像個發狂的女人，時不時向命運加諸在她身上的坎坷咆哮大吼。洛桑卻只看見靜默的父親，默默承受母親的背叛，和族人間不堪入耳的流言。洛桑不明白父親為何任由母親的情欲往外流洩，不過問、不阻止，也不為兩人的愛情做任何努力。正因如此，有時她為父親感到難過，卻又無來由地感到憤怒。

夾在父母之間愛恨交雜的洛桑，對愛感到迷惘。她渴望愛，卻不敢勇敢去愛。她害怕自己像父親一樣被所愛的人背叛，更害怕自己像母親一樣背叛了所愛的人。明明在阿蘭若有一個愛她的男人丹增，卻又覺得那份愛不像紅色般熾烈，少了一點什麼，以至於她遲遲不敢接受那份愛情。可是，她又害怕自己將來像母親一樣，一旦遇上可以像紅色般付出熾烈愛情的男人，就會對愛產生強烈的追求，卻又從愛的山崖墜落，摔得遍體鱗傷。她愛紅色，卻被紅色所傷，埋下愛的陰影。她愛家鄉，卻又逃離家鄉。她愛父母，卻又被父母的愛撕裂。在愛裡的失落、矛盾與衝突，像一把紅色的火，燙傷了洛桑熾烈的心。

「生命的本能，會自己守護自己。」諾布把火鶴捧在懷裡，「正因爲再怎麼美好的花，都有弱點，爲了守護自己的心苞，火鶴這種植物特別畏懼強光。生存的本能讓它知道，過度的陽光會催化體內的熱能，傷到自己。

「當一個人了解自己、接受自己，就會知道如何保護自己。植物也是如此。」

洛桑忍不住伸手觸摸火鶴的花苞。原來火鶴安安靜靜待在室內的一角，不爭豔，不爭寵，安住在自己生命的流裡，是爲了避免強光的照射。

「萬物萬事都相輔相成。紅色的熾烈、衝動，經過調伏，可以轉化爲堅韌、勇敢，像屹立不倒的勇士。所有的色彩，只有紅色具有這樣的屬性，擁有其他色彩所沒有的熱血、熱情和行動力，以及經過調伏轉化，爲守護所愛的人、保衛自己的家園，所展現出來的強大力量。」諾布說著，把火鶴放到洛桑的懷裡：

「花和主人是合一的。什麼個性的人，就會想要擁有什麼樣的植物。火鶴知道要陪伴主人轉化自己的心，需要更多的時間，才有辦法完成心的功課。因此火鶴的生命力特別持久，不只躲避強光保護自己的心苞，紅色苞片花期還長達一個月，全年都能開花。這種傾盡全力陪著主人走到最後的愛與忠誠，是其他植物做不到的。」

一聽到紅色的熾烈，經過調伏可以轉化成勇士般的能量，洛桑的心間，立刻升起一股莫名的力量。火鶴對愛的守護與忠誠，喚起了洛桑想成爲阿蘭若勇士的渴望。

從小，洛桑就夢想著有一天能成爲阿蘭若的勇士，只可惜，兒時一場病導致體質過於纖弱，無法符合阿蘭若對勇士的要求。她無法騎射、搏擊，也無法攀岩，跟阿蘭若先天體格壯碩的族人比起來，過於嬌弱的她就像是異類，時不時因爲族人的側目而感到自卑。父親卻從來沒有放棄她，從小就把她當作勇士一般訓練，每天陪著她在山林走路、訓練體能，十幾年來從不間斷。哪怕颳風下雪，山林裡寸步難行，寒風刺骨，受盡風寒，凍裂手腳，父親都嚴厲地要求她，即使打落牙齒和血呑，也要咬緊牙關想盡辦法繼續前行。父親說，勇者能忍，不能忍無法成就大事，就算忍受各種欺凌誤會、面臨生死交關也不能退卻或放棄。有一回父親跌落山谷，受了重傷而不良於行，卻仍然每天拄著枴杖，一拐一拐地像隊友、也像教練般跟在她後頭，直到繞完山林一圈完成訓練。

父親要她記得，眞正的勇士是心靈強大的，而不是外在的勇猛。一個人既然許諾做一件事，說了，就要做；做了，就要做到。唯有長期間不間斷專注在一件事上，努力做到最好，才能從所做的事物中學到精髓，得到眞正的力量。或許是因爲母親的緣故，她和父親之間總有一種無形的隔閡，但火鶴傾盡全力陪著主人走到最後的愛與忠誠，卻像極了父親。她突然從火鶴身上深深感受到靜默而嚴謹的父親，對她那種發自血液的鮮紅，內斂卻熱騰騰的慈愛、教導和守護。

從第一眼見到火鶴的紅，擾動她長久以來對紅色的蠢動、不安，到後來不知不覺隨著火鶴融入了紅色的情感。一直以來，她囚禁在黑色裡，緊閉的心門莫名地被一把紅色的鑰匙打開。她感到訝異卻又極力保持冷靜，不輕易流露任何情緒，是阿蘭若對勇士的訓練。

父親說，情緒和情感是勇士最大的致命傷，即使她後來終究沒有成為阿蘭若的勇士，卻一直像勇士般堅毅地活著。原來，她對愛的渴望像母親的紅色，對勇士的追求卻像父親的紅色。母親的紅色和父親的紅色同時活在她的身上。

看著自己從瘦弱到結實的肌肉，從弱不禁風到無畏強風暴雨，可以在任何險峻的逆境挺直腰桿奮力求生；從父母感情決裂到母親抑鬱而終，從對父親的誤解，到驀然感受他嚴厲背後的慈愛，「原來，阿蘭若的寂靜只是表象，壓抑在黑色底層的愛與恨，那些眞實而無法顯露的情感，才是眞正的驚濤駭浪！」洛桑深深吸了一口氣，把所有來自心靈底層的震盪，從心門裂縫滿溢出來的傷感和刺痛，重新吸進來收回自己的心版上。

沒想到，在深深吸氣的當下，卻看見自己像火鶴一樣的心形花苞，竟被綠色的心形葉片團團簇擁著。潛藏在內裡，被自己的烈焰所傷卻無法顯露於外的傷痕，居然在瞬間被綠色的心形葉片撫慰了。

「植物的花苞、葉片和顏色，眞的可以跟人的感情互相牽引。我要怎麼做，才能像你一樣，透過植物轉化自己的心呢？」洛桑想起阿蘭若的山林，那些充滿色彩的花朵，如今她終於可以走進它們的世界，讀懂它們，和它們說話，這也是母親一直以來的心願。

「生命會自己療癒自己。每一種顏色都有正面和負面，當你過度執著於某一種顏色，反而會被那個顏色的負面所傷。這時，不妨放下你所愛的顏色，跳到那個顏色的相反色，保持心靈的平衡。」

諾布指著火鶴的綠葉：「紅色的相反色是綠色。綠色是療癒與成長的顏色，綠色的清新平和，能平衡紅色的熾烈和衝動。我們每個人的血液裡面，多多少少都有愛恨分明的紅色。這就是爲什麼當我們在愛裡累了、倦了，到大自然走走，看看綠樹小草，就能漸漸恢復愛的能量。」

接著，諾布觸摸著火鶴的紅色心形花苞，深深地看了洛桑一眼，指著她的心尖，俏皮地說：

「植物的心，會隨著人們對它的感情，上上下下地躍動。你感受到火鶴的心跳了嗎？火鶴是最能讀懂主人的植物。你只要把火鶴放在身邊，和火鶴的心心心相印，學習和自己的心對話就行了。」

諾布說著，把火鶴放在胸前，唸了一段祈禱文。接著，他把原本佩戴在胸前的藏紅色佛珠拿下來，套在洛桑手上。

「對藏人而言，轉化自己的心，最好的方式是唸佛。一〇八個佛珠，可以降伏一〇八個煩惱。當你以後爲愛煩惱時，就拿起佛珠唸佛，降伏你的妄心回到眞心。」

洛桑從諾布的手中接過火鶴，突然發現，盤繞在諾布髮辮間的紅色絲穗，就像一片又一片串起來的火鶴花苞。

諾布點了一根蠟燭，微微的燭火，映照在火鶴花苞的掌心所豎起來的金黃色小圓柱上。他促狹地對洛桑眨眨眼：「這是花燭，祝你早日找到你所愛的人。」

洛桑笑了，正想付錢帶走火鶴，卻發現錢包不見了。她把背包的東西全部倒了出來，迷迭香、愚人卡、紅蘋果都還在，就是不見錢包的蹤影。

「沒關係，就用紅蘋果交換火鶴吧。」諾布說著，把紅蘋果拿走了。

三、愛的代價

洛桑入住的青年旅社，是一間五層樓的藏式四合院，樓頂可以遠眺整個拉薩城和布達拉宮。老闆娘朵拉是位曾到印度學瑜伽的藝術家，她在中庭露天花園種滿了紅玫瑰，在一片豔麗的紅海中，她在牆壁上畫了一棵大樹，樹幹的支脈連結五個祕密通道。只要按下按鈕、打上房間號碼，就會自動連結到祕密通道，出現相對應的瑜伽姿勢。老闆娘朵拉收到訊息通知後，會到頂樓親自教授。

洛桑回到旅社，隨手按下按鈕，有兩個祕密通道的燈亮了。她爬上頂層五樓，發現朵拉正在作畫。

「哈囉，你是洛桑嗎？」老闆娘朵拉起身，在熱水壺裡丟了幾葉乾燥的藏紅花，沖了一壺藏紅花茶。「藏紅花，是西藏本地的養生茶，又可以預防高原反應，很受旅客喜愛。」

洛桑打量著眼前的老闆娘，那雙微微上翹的鳳眼，似乎歷經了許多風霜。飄逸的長髮從中間梳開，灑落在臉頰兩側。纖細的輪廓，凹凸有致的身材，俐落優雅的舉止，在在顯示瑜伽的鍛鍊，保持住她青春時代的窈窕美態。洛桑的目光停佇在這個看起來像是三十幾歲的女人臉上，那雙歷經滄桑卻不失天眞、清澈而靈動的眼睛，烏溜溜的眼神一閃一閃的，好像寫滿了故事。

「聽說你來自喜馬拉雅山下的小部落，你聽過或去過喜馬拉雅山下的阿蘭若嗎？」朵拉把藏紅花茶遞給洛桑。

「有聽過，但沒去過。」洛桑想起在瑪吉阿米餐酒館，那位神祕女子聽見阿蘭若時臉上奇特的神情，語帶保留地隱藏了自己的身分。「你爲何會對阿蘭若好奇呢？」

「我的父親來自阿蘭若，算來我也有阿蘭若的血統呢！」

「你的父親現在人在哪裡？」洛桑沒想到竟會在入住的旅社，得知阿蘭若族人的消息。

「過世了。他過世前一直鬱鬱寡歡，因爲他一直無法回去家鄉阿蘭若。」

「爲什麼？」洛桑的心跳開始加速，這正是她想知道的。

「是這樣的，地圖上本來有一個阿蘭若，但後來，阿蘭若居然在地圖上消失了，變成一個記憶的符號。從此以後，關於阿蘭若，開始有各種不同的傳說。一是阿蘭若被黑暗的勢力呑蝕了，一是阿蘭若的子民隱匿於山間修行，後來集體幻化揚升爲純淨的能量，到另一個次元的空間。有點類似西藏香格里拉傳說，或極樂世界的淨土。不過，也有另一種說法是，喜馬拉雅山發生地殼變動，整個阿蘭若一夕之間陷落，全數被掩埋在地層底下，卻也保留完整的地心文明，在喜馬拉雅山的最深處。」

「竟然有這麼神奇的傳說！」洛桑很訝異自己的家鄉竟被披上如此神祕的面紗，但部落裡分裂成黑白兩派，前往阿蘭若迦山的族人從來不曾有人歸來，而她自己離開阿蘭若來到西藏所經歷的種種，不也是一個又一個難以理解的謎團？

「你父親當初是怎麼離開阿蘭若的？」洛桑進一步打探。

「如果有人問起這個問題，父親總是說，他是翻越喜馬拉雅山來到西藏。但實際上，對於怎麼離開阿蘭若來到西藏，父親似乎失去當時的記憶。他的說詞總是反反覆覆，很含糊，像做了一個夢，夢醒了，只剩下零碎的片段。

「總之，父親很少提到他的過去，尤其母親過世後，他變得保守又嚴厲，甚至反對我接觸任何色彩，總是想盡辦法把我留在他身邊，理由是保護我，實際上是控制我。直到很久很久以後，我有了喜歡的人，才知道那種以愛爲名的保護控制，其實是害怕失去愛。」朵拉說著，眼眶突然充滿了淚水。她望向遠方，眼睛瞇成一條直線：

「命運總愛捉弄人。父親不喜歡色彩，尤其在母親過世之後，總是一身黑服黑褲，除了黑色，再也沒有任何色彩進入他的心靈；我呢，卻偏偏天生就喜歡色彩，嚮往自由，渴望到處旅行、畫畫，甚至想飛到國外學藝術。從小到大，我和父親的爭執幾乎沒有斷過。我執意過自己想過的生活，卻又不能棄父親於不顧。」

「所以你一直陪在父親身邊嗎？」

洛桑察覺自己心底出現一種微妙的變化。以前，只要想起父親，紅色的怒火總是迅速竄上心尖，但這次伴隨紅火烈焰跳上心頭的，竟是火鶴鮮紅色的心形花苞。她讀懂了紅色的愛，也理解紅色的傷，紅色的怒火在竄上心尖的同時，反而自己莫名地消失了。

或許是出於對阿蘭若族人的愛，比起探究族人回不去阿蘭若的原因，此時此刻，她更希望族人離開阿蘭若之後，能得到真正的愛與幸福。

想到這裡，洛桑不由自主伸出手，拍拍朵拉的肩膀。她還沒有勇氣去握朵拉的手，她還不習慣表達自己的感情，但僅僅只是這樣的動作，洛桑感覺自己熱騰騰的心流出紅色的愛，從手心傳遞到朵拉的身上。她完全沒想到，朵拉接下來說的話，遠遠超乎她的預期。

「愛，總是把我從遠方拉回父親的身邊，然後又轉身逃開，離開父親遠遠的。直到晚年，父親老了、病了，我一邊照顧他一邊攻讀藝術學系。有天父親無意間看見我翻閱了一本書《情人之吻》，他訝異地說，那些畫作他年輕時曾在阿蘭若迦山的巨牆上看過。

「他要我講述畫作裡的故事。不可思議的是，那些藝術家的故事竟然映照了父親後來的人生。」

「什麼樣的巨牆？」洛桑的心怦怦跳著，彷彿回到當時前往阿蘭若迦山的情景。

「父親說，當初他前往阿蘭若迦山，曾看見一面巨牆，上頭有各種圖畫，畫滿了各種情人之吻。他渴望擁有愛人，卻又覺得必須拒絕色彩的誘惑，就在他轉身離開的當下，巨牆上的圖畫突然全部消失了。他好後悔，好想再次緊緊抓住那些愛，他告訴自己不要再輕易放手，使盡全身的力氣跑向那面巨牆，看到的，卻只是那面巨牆上的破洞。」

「巨牆上怎麼會出現破洞？」過去那個夢境般的畫面，再次回到洛桑的眼前。

「關於巨牆上的破洞，父親的說法，前前後後修改很多次，一下子說是破洞，一下子又說應該是個門。他說他不確定，那個破洞是門外的世界，還是只是門上的一幅畫？」

「門上畫的是什麼？」

「有一座湖，顯現布達拉宮的倒影。」

「之後呢？」

「父親說，那個時候的他是混亂的，時間空間似乎消失了，只剩下做抉擇的當下。阿蘭若迦山是阿蘭若的聖山，而布達拉宮則是西藏的聖地。作爲阿蘭若的子民，父親認爲布達拉宮是指引他來到西藏的聖諭。父親來到西藏後，在布達拉宮的湖畔認識了母親，他認爲這是上天賜給他的愛的禮物。」

「你的父親和母親是否幸福美滿？」如果這一切，眞的是聖境裡的預言，洛桑祈願所有離開阿蘭若的子民都能得到聖諭的祝福。帶著這樣的答案和眞相回到阿蘭若，或許也是另一種形式的圓滿。

「我父親在布達拉宮湖畔認識母親時，母親在西藏就已經有了婚姻——直接了當地說，父親是母親外遇的對象。母親離開了原本的家庭和父親在一起，在拉薩當地遭受很大的壓力。於是，父親帶著我和母親離開西藏，到陝西重新生活。無奈離開藏地的母親，在漢地語言和生活都很不適應，開始想念西藏，執意回來；但父親害怕失去母親的愛，不同意她的決定。母親因此變得鬱鬱寡歡，不久之後，就離世了。

「正因爲這些感情的傷害，病中的年邁父親看到《情人之吻》的圖畫，憶起年輕時和母親的相遇，特別地激動和感傷。」

「可否讓我看看那些畫？或許有一天我回到喜馬拉雅山，可以幫你打探阿蘭若和阿蘭若迦聖山的消息。」

洛桑很好奇，巨牆上的色彩呈現了哪些故事？當初她並沒有看到情人之吻，只看到一棵樹上的果實。如果當初她看到的也是情人之吻，她會記得父親的叮嚀拒絕外境與色彩的誘惑，還是會像母親一樣隨著內在的情欲和愛的渴望而走？她記得，巨牆上的色彩和線條，似乎會隨著人的意念產生變化，時而模糊，時而清晰。

朵拉從頂樓櫃子裡拿出《情人之吻》這本書，翻開裡面的圖畫：

「第一張畫的是，雕塑家羅丹的情人之吻。這本書的作者傑瑞西．旺秋，用自己的筆觸畫出羅丹和卡蜜兒的愛情。」

洛桑低頭一看，畫作上，羅丹和卡蜜兒兩個人都赤裸著身子。卡蜜兒的乳房貼著羅丹的胸膛，雙手環抱著羅丹的臂膀，兩個人的愛情像火苗熾烈地燃燒，一發不可收拾。

洛桑還沒經歷過這樣的愛情。她感到臉紅，呼吸加速。羅丹和卡蜜兒的吻是那麼直接、狂熱，沒有任何保留。這種義無反顧、赤裸裸地把自己獻給對方的愛戀，讓冰冷的雕塑留下情感的溫度。

「你一定很難想像，愛得轟轟烈烈的羅丹和卡蜜兒，最後竟老死不相往來。卡蜜兒說：『但願這一生從來不認識羅丹。』」朵拉將洛桑對愛的想像，拉回感情的現實：

「因爲父親的情傷，我讀了羅丹的傳記，才知道他最初所雕塑的吻，並不是浪漫之吻，而是不倫之吻。男主角全身肌肉緊繃，其實是抗拒不了嫂嫂的親吻。羅丹所雕塑的情人之吻，題材取自但丁《神曲》裡保羅與嫂嫂法蘭切絲卡的愛情悲劇，後來被影射爲羅丹對卡蜜兒的愛情。」

「或許所有的愛，背後都藏著謎樣的陷阱。」洛桑不明白的是，爲什麼曾經相愛的兩個人，有一天不能愛或沒有愛了，不能在愛裡好好地說再見？

朵拉繼續翻開第二幅畫和第三幅畫，憶起當時父親最後的身影：

「第二幅是畫家克林姆的作品。克林姆的吻很神聖，像一場莊嚴的儀式。女主角閉著眼睛，全心全意地享受情人的獻吻，彷彿整個世界都停止轉動，只剩下眼前這一個吻。

「第三幅畫，是畫家夏卡爾的作品。夏卡爾的吻很浪漫，是一種飄飄然飛起的幸福。他在畫中飛起來，轉過身子親吻愛妻，在夏卡爾眼裡，只要有愛，一切都是有可能的。

「可惜的是，父親對母親的愛並沒有帶來任何可能。即使他當初的愛，像羅丹和卡蜜兒那麼熾烈，甚至像克林姆的吻那樣全心全意想把自己奉獻給愛人，但是，再怎麼濃郁的愛情，最終都要接受無情的試煉。就像最後這一幅畫一樣。」

朵拉翻開《情人之吻》最後一幅畫：「眞正對愛情誠實的，也許是馬格利特。」

洛桑順著朵拉的手勢，看著第四幅畫。她從來沒有看過這樣的情人之吻。

「馬格利特畫中的情人，用頭紗蒙住彼此的臉，在看不見外在的頭紗裡面，兩個人繼續沉溺在愛裡面狂吻。馬格利特想表達的，究竟是愛情的盲目，還是肉眼無法看見眞愛，只能蒙住眼睛強迫自己用心靈之眼往內看？

「我那年邁重病的父親，看到這幅畫時，用手蒙住眼睛，忍不住掩面哭泣，充滿了懊悔、悔恨。或許他情願不曾來過西藏，不曾在布達拉宮湖畔遇見母親……。」

朵拉說完後，淚水終於奪眶而出。她停下來，靜靜讓淚珠從臉頰一點一滴滑落。洛桑再度伸出手，想要拍拍她的肩，卻在半空中悄悄地把手收回來。老實說，她並不知道母親會不會後悔愛上她的情人，抑或者，眞正在愛裡後悔、最痛苦的人，其實是父親？洛桑突然不知該說些什麼才好，或許什麼都不說，什麼都不做，只是靜靜坐在身邊，靜靜地陪伴，讓對方知道她還有你，她不是孤獨的，這樣就夠了。這是阿蘭若族人的習慣。自從阿蘭若除了黑色，不再容許其他色彩後，漸漸地，阿蘭若進入無言的靜謐，族人變得不愛說話，總是靜靜地把愛與感情壓抑在內心深處，不知不覺也變成洛桑性格的一部分。

洛桑靜靜地陪著朵拉，她感覺得出，朵拉只是觸景傷情，並不是因爲痛苦而流淚。因爲傷心撕裂而崩潰大哭的悲痛期，對朵拉而言，早就已經過去了。洛桑也失去過母親，那種喪親之痛，她一直到現在都還無法完全走出來，更何況朵拉所經歷的是失去雙親的痛楚。朵拉之所以在她面前說了這麼多故事，甚至毫不掩飾地流露哀傷，並不是爲了發洩情緒，而是因爲她來自喜馬拉雅山，一個很可能和阿蘭若有所連結的人。她忽而想起，朵拉在中庭種滿了紅色的玫瑰，又想起諾布說過，喜歡紅色的人天生的本能就是付出愛，行動力很強，總想爲所愛的人做點什麼。

「原來，朵拉說了那麼多，只是想知道關於阿蘭若更多的訊息，這跟我的初衷不是一樣嗎？」洛桑從靜默中警醒，觸摸著諾布套在她手上的藏紅色佛珠，突然意識到自己身上不再只有黑色，而是多了火鶴的紅色和向日葵的黃色。她已經離開阿蘭若，離開黑色的魔咒，她想把推動命運的那雙手，緊緊握在自己的手上。

她靜下心，冷靜回想朵拉的父親和自己離開阿蘭若的過程。就算所有離開阿蘭若的族人，都可能見過巨牆顯現的色彩，或同樣因爲看見湖面上布達拉宮的倒影而來到西藏，但離開阿蘭若的動機，和抵達西藏以後的人生，有可能會不一樣。

「爲什麼你父親當初要離開阿蘭若？」洛桑打破靜默，重新釐清線索。

「這對父親似乎是個祕密，或許也是個創傷。我只能在他過世前最後的遺言中推測原因。」

朵拉看起來如同洛桑所觀察的，對於過去那些印刻在心上的傷痕，似乎比一般人更快恢復平靜。更確切地說，她只是在說故事，然後等待洛桑的回應和提問。

「你父親過世前，說了些什麼呢？」

「他說，也許黑派是對的，他不該離開阿蘭若，不該受到色彩的誘惑，不該帶他所愛的人離開西藏。作爲阿蘭若的勇士，他從來不知道什麼才是眞正的愛。」

洛桑的心裡湧上一陣酸楚，沒想到，朵拉的父親竟是阿蘭若的勇士！這個她夢寐以求、一心一意想得到，作爲阿蘭若子民最高的榮耀和頭銜。她更沒想到的是，一個被阿蘭若子民敬重的勇士，在離開阿蘭若之後，竟然在愛的悔恨和遺憾中度過餘生。

她眼前倏地閃過一個畫面，阿蘭若勇士有一項重要的訓練是，不管遇到任何考驗，都不能放棄自己的任務，就算最後受了重傷，性命垂危，也要堅持到最後一刻，留下最後一口氣，回到自己的家園而死。每個阿蘭若的勇士身上都有很多傷，但這些都是死命完達任務、同時回到家園的光榮印記。在外地沒有完達任務或死在異鄉的阿蘭若勇士，縱然爲了執行任務而死，卻不能再被稱爲勇士。

洛桑努力忍住眼中的淚水：「既然你父親是翻越喜馬拉雅山來到西藏，爲何不能從西藏翻越喜馬拉雅山回到阿蘭若？」

「這就是我一開始跟你提到的，阿蘭若在地圖上消失了，父親迷失了回家的路，或者說，他忘了回家的路。」

相較於洛桑內心的激盪，朵拉的語氣顯得雲淡風輕，彷彿是走了好遠好遠的路，轉身回眸，卻發現，再怎麼痛苦的過往，都只是記憶深處的一個小小浪花。

「這就是爲什麼我會來到西藏。一方面是爲了我所愛的人，一方面是懷念母親。我想知道，她還沒有嫁給父親之前是個怎樣的女孩？在充滿色彩的西藏，對眞愛懷抱著什麼樣的夢想和憧憬？我想爲母親活出那份愛，而不是停留在愛的悔恨和遺憾。這也是爲什麼我會開這間旅社的重要原因。我想從來到青年旅社的各地旅人身上，打聽有關阿蘭若的消息，幫父親找到回家的路。」

洛桑深深看了朵拉一眼，她終於明白，爲何眼前這個看起來歷經風霜的女人，竟然會如此地美麗。一個融合西藏和阿蘭若血統的女人，擁有藏族姑娘的嬌豔和阿蘭若勇士的膽識，她不只爲所愛的人而活，更爲自己的愛而活。

「那麼，你所愛的人呢？是否也在西藏？」洛桑忍不住多問了一句。即使沒有看到阿蘭若的族人，她也希望阿蘭若族人的下一代能得到幸福。

「是的，他在西藏。在一座湖邊，湖面映照著布達拉宮……。」朵拉微微地笑了，像是順著故事開了個無傷大雅的玩笑。一種女人的直覺告訴洛桑，朵拉並不想談論她的愛情，無關乎她所愛的人是否眞的在西藏。洛桑心領神會地點點頭，喝了一口藏紅花茶，這才發現，沖泡後的藏紅花，茶色呈現金黃色，喝起來帶有一種滋補的力量感。

「喏，看看你的祕密通道，是哪一個瑜伽姿勢？」朵拉轉過身，拿了瑜伽墊，一塊放在自己腳下，一塊遞給了洛桑。

洛桑看著朵拉，先雙手合掌，凝神專注地做了個禮敬的動作。然後慢慢彎曲左膝，再慢慢舉起右腳，纏繞支撐身體的左腳，像一隻單腳獨立的鳥。

接著，她舉起右手，手肘彎曲，再用左手纏繞右手。左手肘穿過內側，讓右手手指碰到左手的手掌。看起來就像一隻鳥將頭藏進翅膀裡休息。

「這是鷹式。待命的聖鷹。每一個阿蘭若的勇士都以擁有老鷹的羽毛爲傲。每次我做這個瑜伽姿勢，都會不知不覺想起父親。我要帶著父親的老鷹飛回阿蘭若。」

洛桑跟著朵拉，像老鷹一樣安靜而堅忍地佇立著，她的心頭再次像火一樣燃燒起來。奇妙的是，這次沒有伴隨紅火烈焰所帶來的傷痕和疼痛，而是深深感受火焰燃燒所帶來的力量和光明。那種光明是本自具足、圓圓滿滿的光，而那種力量像是一種原生的本能，自自然然，不需要費力就能自動散發出來。

「這是怎麼回事？」洛桑不知如何向朵拉坦白，其實她來自阿蘭若。這是阿蘭若族人心與心的連結？還是向日葵黃色的光芒、火鶴的紅花和藏紅色的佛珠，在她身上產生不可思議的力量？

洛桑不知不覺又想起了諾布。

四、靈魂的黑夜

「或許，諾布和那個神祕女子一樣，會從植物的花、果、色彩中，汲取神奇的能量和綠魔法吧？」洛桑來到諾布的花店門口，再次注意到門口的圖騰招牌，裡頭有個紅色花瓣排成的圖案，似乎在傳達某種特別的信息。

花店裡面傳來諾布和一個女孩的對話。洛桑湊近門邊一看，是個年輕的藏族女孩，神色落寞，看起來有點憔悴。

「諾布，我最近工作太累了，不管怎麼努力，事情都做不好。我想休息幾天，幫我選一盆花陪伴我吧。」

「貝瑪，沒問題。」諾布轉身在五彩繽紛的花海裡，拿了一盆小小的仙人掌。

「哇！仙人掌上面，還有含苞待放的小花，眞可愛！」貝瑪接過仙人掌，原本失去神采的眼睛，突然一閃一閃地發出光芒，聚焦在眼前的花苞上。

「仙人掌花苞開出來的小花，是什麼顏色？」貝瑪小心翼翼避開仙人掌的尖刺，逗弄著花苞。

「這種品種的仙人掌，會開出白色的小花。」諾布深深瞧了貝瑪一眼，「白色很適合現在的你。」

「怎麼說？是因爲我現在累得臉色蒼白嗎？」貝瑪自我解嘲，努力擠出一絲微笑。

諾布揚起笑顏：「在心靈色彩上，白色可以清理淨化身上的負能量。白色，也代表放空、歸零，提醒你給自己一段空白時間，好好休息，才能回復心靈的純淨。」

洛桑站在門口，盯著仙人掌的白色花苞，突然想起病重的母親臨終前，默默在自己手上放了一朵白色花苞。她一直以爲白色是黑色的相反色，黑派和白派的對立，支持白派的母親和支持黑派的父親，感情的決裂，一直是母親臨終前的遺憾和心結。她沉浸在失去母親的哀傷，卻未曾想過白色的花苞有其他意義。

她拉長耳朵專注聽著諾布和貝瑪的對話，同時也端詳貝瑪捧著白色的花苞，心境上會出現什麼樣的變化。她想知道，白色這種色彩究竟有什麼綠魔法？

「太棒了，諾布。」貝瑪逗弄著白色花苞，原本蒙上陰霾的臉龐，突然亮了起來，「仙人掌要怎麼照顧呢？」

「不需要特別照顧。你只要把仙人掌放在窗臺，有足夠的陽光照射就行了。」諾布接過貝瑪手中的仙人掌，閉上眼睛，低著頭，把仙人掌放在心尖，唸了一段祝禱詞後，睜開眼睛，跟貝瑪說：

「仙人掌比一般植物更能適應環境，能忍受低溫至5℃的寒冷，也能耐熱達43℃的高溫。它能幫助你在休息後，返回高壓的工作職場。

「另外，仙人掌的尖刺會在你的周圍形成防護罩。」諾布說著，拿起仙人掌在貝瑪的周圍畫一個大圓，「在你需要修復、特別敏感脆弱的時刻，仙人掌會保護你、守護你，讓你擁有安全的空間，重新呵護自己的心靈。」

「諾布，你字字句句說得眞教人感動啊。」貝瑪的眼睛閃動著淚光，揉揉淚眼，指著仙人掌含苞待放的小花，「這些花苞要多久才會開花呢？」

「植物何時開花，有時會和主人心心相連。在你休息的這段時間，你的功課就是重新累積能量。這跟含苞待放的花，是一樣的。含苞待放的花苞，並非靜止不動或什麼事都不做。事實上，它們正安安靜靜地蓄積能量，只爲了綻放的那一刻，全心全意開出自己的美麗。」

諾布說著，把祝福過的仙人掌重新放在貝瑪手上，語重心長地說：

「生命，需要等待。生命是急不得的。如果屬於你的季節還沒到，你硬要出頭，就會帶來各種坎坷。如果你等得住、守得住，在等待的時刻，謙虛、含藏、凝聚自己的能量，準備好自己，那麼，在屬於你的季節來臨時，就像這株含苞待放的仙人掌，你要做的，就只是全心全意地綻放而已。」

諾布的話語，深深觸動了貝瑪。貝瑪接過仙人掌，像孩子似地抱住諾布，哽咽地落下眼淚。而諾布也像個鄰家大哥哥，哄著心靈受創的孩子，拍拍貝瑪的肩膀：「放心，好好休息，一切都會沒事的。」接著，諾布突然想起了什麼，鬆開手，轉身走進花店，拿出一顆紅蘋果，放在貝瑪的手心上。

「這顆紅蘋果是一位客人送我的。傷心的時候，拿出來咬一口，紅色的蘋果會給你飽滿的能量和行動力！」

貝瑪開心親吻著紅蘋果，向諾布道謝，帶著仙人掌，神色輕盈地離開了花店。諾布目送貝瑪離開時，才發現洛桑早就站在花店門口。他揚起笑眼，像上次一樣彎下腰，做了個請進的姿勢。

洛桑愣在門口，她的眼裡心底，剎那間被那顆紅蘋果充滿了。「諾布，你喜歡剛才那個女孩貝瑪，是嗎？」

「這……，怎麼說才好呢？」諾布噗哧一笑，轉過身，指著五彩繽紛的花朵，「怎麼樣才叫喜歡一個人呢？愛的顏色，可是有很多種啊！」

「你的愛，是紅色吧？」觀察諾布沒有否認，洛桑直接了當地切入，「我看你把紅蘋果送給她了！我聽過一種說法，當你喜歡一個人，就會把紅蘋果送給對方。」洛桑記得那個神祕女子是這樣說的。

「就只是因爲我把蘋果送給貝瑪，就表示我喜歡她？」諾布裝出驚訝的眼神，故意俏皮地指著洛桑：

「應該是你喜歡我吧？蘋果是你送給我的。」

「才不是我送給你的，是你自己拿走的。」

「是你默許了，我才拿走的。」

洛桑漲紅著臉，不知該如何回答。她再度瞥見門口招牌上那個紅色圖案，指著門口那塊奇特的圖騰招牌，轉移諾布的焦點：

「門口的圖騰有黑色的底，上面有植物的花苞和花葉，環繞成一個圓形，中間用紅色花瓣排成的圖案，是什麼呢？」

「噢，這是花葉曼陀羅。曼陀羅，指的是圓。」諾布隨著圖騰，用手畫了一個圓：

「花葉曼陀羅，就是在圓裡擺放植物的花葉果所創作的圖騰。種在土裡的花葉和果實，有自己的姿態。但採下來之後，經過你的心靈潛意識排列組合之後所顯現出來的圖騰，會回應你心中提出的問題。」

「當時，你排列這個花葉曼陀羅，問了什麼問題，又得到什麼回應呢？」洛桑很好奇，眼前這個開朗、充滿智慧的藏族青年，會有什麼困惑？

「當時的我，對生命，對藏族的未來，對自己能做什麼，充滿各種困惑。西藏的藏文沒有『？』這個符號，但有辯經，真理越辯越明。從花店往來的漢人和外國人，我得知『？』代表提問。所以，我就以『？』當作花葉曼陀羅的心靈圖騰來創作。」

洛布收斂起笑容，指著圖騰「？」下方幾個藍色的小石頭：「每說出一個問題，我就在問號下方放一顆藍色小石頭。藍色可以復修自己，是一種冷靜思考、理性溝通的顏色。我說給自己聽，跟自己溝通，也把矛盾和糾結釋放出來，釐清思緒。」

洛桑數了一下花葉曼陀羅裡面的小石頭，竟然有十七顆，她驚訝地看著諾布：「沒想到，你當時竟然問了十七個問題，有那麼多困惑！」

「活在這個紛亂的世上，誰沒有困惑呢？」諾布笑了。

「開了格桑花店之後，只要客人來買花，從他買什麼花，就清楚反映了客人當時的心境，因爲從花的樣子和顏色就可得知：想要有清晰的洞見，讓自己更有力量，買黃色的花；想要增添浪漫靈氣的氣質，買紫色的花；想被愛包圍，買紅色、粉紅色或桃紅色的花；想要沉澱向內觀照，買靛色或白色的花；渴望更親密的情感關係，則買橙色的花。

「想想，爲什麼不同心境的客人，會買不同顏色的花來療癒自己、轉換心情？那是因爲，我們對生命、對自己、對人與人之間，甚至對愛情，總有一些無法說出口的問題或質疑，這時，必須透過某些管道轉化自己的心。」

說到這裡，諾布似乎觸動了某個回憶。他停下來，深深吸了一口氣，繼續說道：

「當我在花葉曼陀羅裡放了十七顆藍色小石頭，釋放出十七個疑問的我，就像放下十七顆心中的石頭，突然感覺輕鬆無比。在那個如釋重負的剎那，我突然領悟，我們本來就是帶著懸而未解的困惑來到這個世上。或許是爲了跟某個人相遇，償還一份情；或爲了還願、還債；又或是爲了了解某個教導、學習某個課題而來。

「我把這個花葉曼陀羅拍下來放在門口，是想提醒自己和來買花的客人，面對未來，保持未知的探索。爲自己，也爲別人保留一點空間，不要急著馬上找到答案或下定論。」

諾布的話語，提醒了洛桑爲何來到西藏。她再次想起母親過世前送給她的白色花苞，同時也注意到這個花葉曼陀羅，紅色問號旁邊也有個白色花苞。紅色的問號就像她帶著困惑的愛來到西藏，而白色花苞，就像母親臨終前沒有說出口的遺言。她竟然到現在才明白，母親在生命的最後，在愛的絕望與痛苦的折磨中，也許領悟了什麼，而要她像白色一樣歸零，給自己一個空間修復自己、沉澱自己。

她憐惜地摸摸花葉曼陀羅上面，由小紅花堆疊而成的問號，和白色的小花苞：

「諾布，我懂了！我們對生命提問的過程，就是等待種子發芽、含苞待放，到開花結果的旅程。圖騰裡面彎彎的月亮，有陰晴圓缺，象徵面對疑惑或困境，心情的起伏變化，最後漸漸明朗，走向圓滿。因爲這個圓滿還沒有完成，所以你用有力量的黃色畫上了虛線，讓最終的圓滿充滿向日葵的光芒。」洛桑突然發現，自己又看到另一種形式的圓，她對山林植物的愛與感情，以及壓抑於深處的色彩能量，好像悄悄地甦醒了。

諾布對洛桑比了個大姆指：「你完全猜對了。能夠看到向日葵發出光芒的女孩，果然很厲害！」

「這個最終的圓滿，從新月到滿月的旅程，似乎經歷了漫長的黑夜。」洛桑看著花葉曼陀羅底層的那一片黑，深深吸了一口氣。她想起朵拉的父親經歷了情愛的坎坷，最終卻認爲黑派是對的。也許她眞的需要讓自己像白色般歸零，才能重新了解黑色，理解黑派和父親。

就像諾布先前所說，當一個人過度執著某一個顏色，就要跳到那個顏色的相反色，保持心靈的平衡。這是不是也意味著，當人與人之間有了誤會，療傷的起點，反而是把自己歸零，跳到對立面，站在對方的立場來理解對方？

「諾布，爲什麼你也喜歡穿黑衣黑褲呢？黑色具有什麼樣的能量呢？」從反抗黑色，到想要理解黑色，洛桑驚訝於自己心境的改變。

「黑色，代表我們面對生命的困惑與疑難，會經歷靈魂的黑夜。生命的探索，一層一層剝開，到了最深處一定會觸及靈魂的黑暗面。修行到最後，面對的就是自己的心魔，自己的黑暗面。黑色，是勇敢的顏色，只有眞正勇敢的人，才有勇氣面對自己的脆弱和恐懼。」

諾布說著，突然停了下來：「除了黑色，其實我也喜歡紅色。」他的眼睛注視著他送給洛桑的藏紅色佛珠。

「紅色和黑色都有勇敢的質地。紅色的勇敢是天生的熱血，通過世事的淬鍊，回轉向內，化爲生命的堅韌，同時又保有紅色的忠誠和熱情。黑色的勇敢，則是面對靈魂黑夜，戰勝自己心魔的勇氣。這就是爲什麼我喜歡穿黑服黑褲、髮辮間纏著紅色絲穗的原因。對我而言，紅色加上黑色，是我許諾自己穿越靈魂的黑夜，成爲生命勇士的印記。」

「勇士？」洛桑沒想到諾布和她一樣渴望成爲勇士。

她正想問諾布，如何穿越靈魂的黑夜，面對自己的陰影，卻聽見諾布壓低聲音說：「我會有這些想法，是因爲我曾經遇到一個來自阿蘭若的……。」

聽到阿蘭若族人的消息，洛桑的心跳又開始加速，全身細胞都跟著往外打開。但諾布卻突然打住，悄無聲息。

「怎麼了？你曾經遇到過來自阿蘭若的人嗎？」洛桑努力平穩心跳，她從朵拉的口中，知道阿蘭若在別人眼中是個神祕國度，也許諾布也有所忌諱。

「是的，我曾經遇到過一個來自阿蘭若的老奶奶，不過……。」諾布停下來，深深看了洛桑一眼。原本陷入回憶、略帶嚴肅的臉龐，突然又恢復了開朗俏皮的笑顏。他覷著眼，故意賣關子：

「這可是我和阿蘭若老奶奶之間的祕密，你必須用同等分量的祕密來和我交換才行。」

「沒問題。我曾經在喜馬拉雅山遇到一位來自西藏的老人，他告訴我一個關於宇宙的祕密，如果你願意，我可以用這個祕密和你交換。」

諾布露出雪白的牙齒笑了。「那麼，我們進花店裡說吧！」

諾布從花店的櫥櫃裡，拿出一根老鷹羽毛。「這位阿蘭若的老奶奶臨走前，給了我一根老鷹的羽毛。她和你一樣，有雙像老鷹一樣銳利而深邃的雙眼，臉頰上聳立著高高的顴骨，展現山一般堅強的意志。我第一次看到你，雖然不像老奶奶那般高大，但纖瘦的你卻像老奶奶一樣展現了強韌的生命力，我差點以為，你跟老奶奶一樣來自阿蘭若呢！」

「噢，我來自喜馬拉雅山山下的部落。也許是家鄉相近，我和阿蘭若老奶奶才有相似的神韻吧？」

自從聽朵拉提起，阿蘭若在地圖上神祕地消失了，洛桑就更小心保護自己來自阿蘭若的身分。她盯著諾布手上的老鷹羽毛，百感交集的心緒瞬間翻湧而上，難道諾布遇到的是阿蘭若唯一的女勇士？從小，她聽聞阿蘭若曾經出現一位女勇士，但她和其他族人一樣，離開阿蘭若之後就沒有再回來。

「來自阿蘭若的老奶奶，也來你的花店買花嗎？」洛桑很好奇，一生堅忍自持的女勇士，會買什麼顏色的花呢？

「一開始，我以為她是藏族的老奶奶。因為她一頭白髮卻仍然綁著五彩的辮子，耳朵戴著綠松石耳環，脖子戴著黑色天珠，手上掛著紅色珊瑚，腰帶鑲嵌著黃色瑪瑙，若不是她買了兩束花，自稱來自阿蘭若，否則我一定以為她是藏族的老人。」

「阿蘭若老奶奶買花送給誰呢？」洛桑越來越好奇。

「老太太買了兩束五彩繽紛的花朵，要我幫她送到大昭寺。一束送給釋迦牟尼佛，一束送給尼泊爾尺尊公主。」

「來到拉薩的世界各地遊客，都是爲了朝見大昭寺的釋迦牟尼佛。把花獻給佛陀可以理解，但爲什麼阿蘭若老奶奶要特別送花給尼泊爾公主呢？」洛桑很訝異，這個答案超乎她的想像。

「當初西藏建立大昭寺，是爲了供奉尼泊爾尺尊公主嫁給藏王松贊干布時，所帶來的釋迦牟尼佛八歲等身像。小昭寺則供奉唐朝文成公主嫁給藏王松贊干布時，所帶來的釋迦牟尼佛十二歲等身像。後來因爲某些緣故，兩位公主帶來的佛陀等身像才互相對調。

「根據阿蘭若老奶奶的說法，阿蘭若原本隸屬於尼泊爾。阿蘭若的祖先追隨尼泊爾公主來到西藏後，潛心修行，有一些人選擇留在西藏，有一些選擇回到尼泊爾；但尼泊爾早已發生政變，人事已非。於是，尺尊公主就爲回不去尼泊爾的阿蘭若族人，在喜馬拉雅山另一處山谷之地，創建一個部落叫作阿蘭若。」

洛桑沒想到竟然會從諾布身上知道這麼重要的信息。原來，阿蘭若的族人和尼泊爾公主有這麼密切的聯繫。

「爲什麼阿蘭若老奶奶不親自到大昭寺獻花給佛陀和尺尊公主，卻要由你來代送呢？」

「這也是我當初的困惑。阿蘭若老奶奶說她年輕時，曾經動念到大昭寺朝拜佛陀和尺尊公主。她得知大昭寺的大門朝向西方，是因爲尼泊爾公主的故鄉在西方，雖然嫁到西藏卻不忘故鄉的根。阿蘭若老奶奶爲自己忘了故鄉感到羞愧。進入大昭寺、朝拜佛陀之前，曾經過一處懺罪殿，老奶奶說，她在懺罪殿面對靈魂的黑夜痛哭失聲後，默默地返回家中。她覺得自己沒有臉見佛陀和尺尊公主。」

「爲什麼阿蘭若老奶奶會說自己忘了故鄉，而感到罪惡痛苦？既然如此，她爲什麼不回去阿蘭若呢？」洛桑微微感到心痛，發現自己害怕聽到眞話。

「阿蘭若老奶奶說，她當初前往阿蘭若迦山，曾經看見一面巨牆，牆上有幾幅情人之吻的圖畫；後來不知怎麼回事，情人之吻的圖畫突然消失了，畫面出現一座湖，湖面映照著布達拉宮的倒影。來到西藏之後，她在布達拉宮的湖畔，遇到了一位藏族男子。她愛上西藏的色彩，找到一生的摯愛。她發現她再也不想回去阿蘭若，年輕時在懺罪殿痛哭時如此，即使到了人生晚年、生命剩下最後一口氣也是如此。她說，白派是對的，人要勇於追尋自己的愛，活在燦爛的色彩裡。她從不後悔自己對愛的選擇，卻仍然爲違背勇士的承諾感到痛苦。」

「一個人勇於追尋自己的愛，活在燦爛的色彩裡，怎麼會有錯呢？如果西藏比阿蘭若更能帶給她幸福，更有故鄉的歸屬感，又何必執意回到原本的故鄉？」

即使說這句話時，洛桑微微感到酸楚，但這一定是族人離開卻不想回阿蘭若的原因之一了。與其因爲離開阿蘭若不想回去而感到痛苦和罪惡，洛桑情願阿蘭若族人找到屬於自己的幸福。

「阿蘭若老奶奶的痛苦，不是來自追求色彩和情感的幸福，而是她違背了作爲勇士的承諾。即使她來到西藏那麼多年，找到自己的幸福，甚至後半生以西藏爲故鄉，但她從來沒有忘記她是阿蘭若的女勇士。

「來到西藏之後，阿蘭若老奶奶發現，阿蘭若勇士對家鄉的承諾，最初的誓言其實來自於尺尊公主的誓願。這也是她說自己不配成爲阿蘭若的勇士，沒有臉見佛陀和尺尊公主的主因。」

洛桑很訝異：「作爲阿蘭若勇士的承諾，和尺尊公主的誓願有什麼關聯呢？爲什麼阿蘭若老奶奶會把這麼重要的祕密告訴你？」

洛桑想起朵拉，朵拉是阿蘭若的後代，她想幫父親找到回家的路，合情也合理。但諾布爲何能從阿蘭若的女勇士口中得知這些信息？

「我當初也是這麼詢問阿蘭若老奶奶，爲什麼她要把這麼重要的祕密告訴我。阿蘭若老奶奶說，她終其一生都無法向西藏的家人坦誠，她來自已經從地圖上消失的阿蘭若，她連怎麼從阿蘭若來到西藏都說不清楚，不知如何回去阿蘭若，也不想回去。她原本是爲了解開一個謎而來，卻又帶著一個謎度過此生。作爲阿蘭若的勇士無法完達任務，就必須退回勇士的印記。因此，她選擇把她的祕密和勇士的印記，交給一個正直、誠實、善良，具有勇士特質的人。」

諾布拍拍胸脯，特別在正直、誠實、善良、具有勇士特質這幾句話，提高聲量、加重語氣，把洛桑逗笑了。

「對藏人而言，尺尊公主是修行證悟的白度母。藏人在佛陀和佛母面前許下的誓願，不會輕意與人言說，誓願活在藏人自己的心底。或許是這個緣故，阿蘭若老奶奶把她的祕密告訴了我，要我代替她送花到佛陀和尺尊公主面前，並說明她的難處和懺悔。」諾布收斂起笑容，雙手合十，虔敬地做了補充說明。

「後來，你還有再見到阿蘭若老奶奶嗎？」

「沒有。後來就沒見到阿蘭若老奶奶了。」諾布的臉龐閃過一絲憂傷，把老鷹羽毛放回櫥櫃後，轉身回到洛桑面前，恢復陽光般開朗的神采，滿心期待地說：

「我和阿蘭若老奶奶之間的祕密說完了，現在你用同等分量的祕密來和我交換吧！」

「我曾經幫助一位在阿蘭若迦山迷路的老藏人走出迷途，老藏人臨別時，在我的手心畫了一個符號。」

「什麼樣的符號？」諾布湊近洛桑，小心翼翼、煞有介事地伸出手心，示意洛桑畫在他的手上。

洛桑握住諾布的手，用食指在他的手心畫了一個O。

「然後呢？」諾布以爲洛桑會繼續畫。

「沒有了。就這樣。」

「什麼？就一個O？」諾布瞪大了眼睛，難以置信地看著手心，故意誇大語氣提高聲量：「我跟你說了那麼多，說了那麼重要的祕密，你卻只在我的手心畫一個O，和你做這個祕密交易，我可虧大了！」

「老藏人說，所有宇宙的祕密都在這個符號裡，所有的困惑，都可以在西藏這個純淨的聖地找到答案。」洛桑的臉紅了，的確連她自己都不清楚這個祕密是什麼。但她突然想起，老藏人除了畫一個O，又多做了一個動作。

她再度抓起諾布的手，重新畫了一次：「老藏人用食指在我的手心畫了一個O後，在圓心的中央又多點了一個小點。」

諾布再一次瞪大了眼睛，看著手心，然後抓起洛桑的手，故意用食指在她的手心也畫了一個O後，在圓心的中央，一樣也多點了一個小點。然後，揚起嘴角調侃洛桑：「是的，所有宇宙的祕密都在這個符號裡，所有的困惑，都可以在這個O裡找到答案。」然後自顧自地笑了起來。

洛桑抽回手，突然對諾布的調侃感到尷尬、羞赧。或許他只是無心開個玩笑，她卻莫名湧上一團怒火。

「沒錯，這個O就是我的祕密。我相信一個老藏人的話而來到西藏，有錯嗎？我相信圓圓的向日葵會發出黃色的光芒，有錯嗎？我相信花店的主人在圓裡創作的花葉曼陀羅，提出我的困惑，有錯嗎？我相信這個O，而和一個被託付祕密的年輕人交換祕密，看到一位阿蘭若的勇士在生命晚年面對靈魂的黑夜，有錯嗎？」

洛桑的眼眶紅了，她並不清楚自己的怒火來自何處。也許是對自己來自阿蘭若黑色的世界，對世代的詛咒感到生氣迷惘；也許是對離開阿蘭若的勇士無法回到家鄉感到惋惜哀傷？她生氣的也許是推動命運的那雙手，她要如何才能擺脫盤旋在腦海中的黑影，過自己想過的生活，自由地愛、自由地歡笑呢？如果她連自己是否能解開所有的謎底回到阿蘭若，都沒有任何把握，又如何幫助世世代代住在阿蘭若的族人，認識眞正的故鄉？生而爲人的盼望、從天而降的詛咒，究竟從何而來？這一生該怎麼過？一生結束之後又歸於何處？她不願困在黑色的國度了無生趣地度過此生，卻又不知道自己從什麼時候開始，把自己寄託在一個O裡，會不會到最後，發現那個老藏人其實只是個騙子，對她開了一個玩笑，而她卻信以爲眞呢？

「洛桑，對不起。」諾布帶著歉意握住洛桑的手。洛桑想抽回，卻發現諾布緊緊握住她的手，不願再鬆手。他用食指再次在洛桑的手心，輕輕畫了一個O：

「洛桑，對不起，我只是跟你開個玩笑，沒想到卻傷了你的心。其實那個老藏人說得沒錯呢。西藏本身就是一個圓，而且充滿了各種圓，藏人轉經繞圓，藏人的信仰、生命之輪、曼陀羅沙壇城，都是圓。

「在這個圓裡……，」諾布再次在洛桑的手心輕輕畫了一個O，然後在圓心的中央，輕輕地點了一個小點，「我和你，在西藏的這一個點，相遇了。」

諾布說著，從花店的書架上拿出一本詩集。「前幾天有個來布達拉宮旅遊的外國人，看到我花店門口這個圖騰，和你一樣，對那個紅色問號很好奇。他聽了我的解說之後，送了我一本詩集。是德國詩人里爾克寫的一段話：

對於你內在未解的心事，要保持耐心。試著去愛那些疑問，不要尋求解答。你現在還無法得到解答，是因為你還沒有能力活在它們之中。

重點是，要活在一切之中。活在當下的疑問之中。也許未來的某一天，時間到了，你會不知不覺，以你自己的方式活進了解答之中。

「爲了表達我對你的歉意，改天帶你去轉經繞圓，看生命之輪，認識圓這個符號在西藏的意義！或許有一天，你會找到屬於你的解答……。」

五、心靈祕境

離開花店之後，洛桑突然又感到劇烈的頭痛，腦海中那團黑影一把攫住了她，讓她感到焦慮、躁動、不安。她不知道自己究竟怎麼了，她就是對諾布感到生氣，即使諾布對她道歉，她依然感到生氣和傷心。她隱藏了後來的情緒，讓諾布以爲她不在意那個玩笑了。

洛桑用一隻手撫摸著頭部，深深吸了一口氣，吐氣時，再用另一隻手的食指放在鼻子下方，專注地感受從鼻孔吐出來的氣息。她閉起眼睛，腦海裡不知爲何都是諾布的身影。於是，她微微張開眼睛，眼睛下垂，看著鼻尖，深深吸了一口氣，吸氣時數著：「一、二、三、四、五……。」吐氣時，再數著：「一、二、三、四、五……。」這種呼吸數息的方法，是她感受呼吸能帶來不可思議的能量之後，有一次父親陪著她在山林間跑步時教她的。

以前父親總覺得她的心隨著母親往外追尋，內在的情緒起伏才會那麼劇烈，難以調伏。當他知道洛桑能靜下來專心在呼吸時，平日嚴肅的臉龐閃過一絲欣喜，隨即要洛桑坐在一顆大石頭上。

父親說：「當我們張開眼睛，容易被外在的事物干擾，閉上眼睛，則容易被腦海中的影像迷惑。最好的方式，就是眼睛微微下垂，眼觀鼻，鼻觀心，專注在呼吸上。無法專心時，就在心裡數息，一次一次加深加長，自然能摒除外境的干擾，恢復平靜。」

接著，他和洛桑一起坐在石頭上，一起深深吸氣、吐氣。那是她第一次透過呼吸，融入父親靜謐無言的內心世界，像是打開另一扇窗，看到另一個父親，另一個自己。那時候的她和父親是合一，而不是撕裂。

想念父親的鄉愁，湧上洛桑的心田。她深深吸了一口氣，在內心數著：「一、二、三、四、五、六……。」吐氣時，再數著：「一、二、三、四、五、六……。」她深深地再吸氣，「一、二、三、四、五、六、七……。」再深深地吐氣，「一、二、三、四、五、六、七……。」數到「一、二、三、四、五、六……十六」，內在的氣流順了，頭就漸漸不痛了。

望著前方高聳在天際的布達拉宮，在上方盤旋的老鷹，洛桑再次想起在阿蘭若迦山遇見的老藏人。她往空中畫一個圓，把布達拉宮圈起來，忽然覺得老藏人在她手心畫了一個圓，在圓心畫的那一點，會不會指的是布達拉宮？

她背起行囊，走近布達拉宮，發現環繞布達拉宮的周圍，有一條圓形的轉經道。她決定沿著轉經道走一圈，剛好就是畫一個大圓。

沿途的藏人，有的捻著佛珠，口唸佛號，靜靜地轉經輪。有的則岔開路，走到四周的角落廣場。不同的廣場裡面，總有藏人圍成圈一起跳舞，唱著不同曲調的藏歌，有的是低沉的傳統小調，有的則是高昂的現代樂音。藏人是自在的，不管是拉著七弦琴，唱著輕快的藏歌，還是趴在地上五體投地做大禮拜，似乎都隨順自己的心，也隨順他人的步調，隨時可以加入，也隨時可以離開，互不妨礙，也互不干涉。

洛桑不知如何融入藏人的歌舞，便獨自一人彎入布拉達宮附近森林步道的小徑。或許是思念家鄉，走在林間的小徑竟猶如當初行走在阿蘭若迦山的小徑般熟悉親切。

忽然間，小徑的盡頭又出現了另一座大湖，清澈的湖面清晰映照布達拉宮的倒影，一座古牆靜靜矗立在湖邊。洛桑揉揉眼睛，定睛一看，並不是當初在阿蘭若迦山看到的巨石古牆，而是一座破舊的古城牆。牆上似乎也畫著一些圖畫。洛桑小心翼翼地悄悄靠近，牆上竟然是朵拉和她分享的《情人之吻》上的圖畫。

第一幅畫是羅丹和卡蜜兒的不倫之吻，第二幅畫是克林姆的神聖之吻，第三幅畫是夏卡爾的浪漫之吻，最後一幅畫則是馬格利特的謎樣之吻，兩個情人用頭紗蒙住彼此的臉，親吻著彼此。

洛桑忍不住隨著最後一幅畫，用手蒙住眼睛，心想，為什麼這些圖畫會出現在她的眼前？雖然不能說完全一模一樣，但她卻清晰地記得這些畫中的故事。

輕輕鬆開手後，這些畫作依然定靜地佇立在破舊的城牆上。她注視著最後一幅馬格利特畫作，微微後退幾步，用眼睛來回瀏覽第一幅畫到第四幅畫。除了表面的畫家之吻，是否還潛藏著什麼，是她忽略沒有看見的？

有一隻漂亮的蝴蝶飛過來，圍繞著洛桑翩翩起舞，最後停駐在馬格利特畫作的情人身上。洛桑用手微微逗弄著蝴蝶的翅膀，眼角餘光卻赫然發現，畫作的下方竟然還鏤刻著幾

個小小的字：「蔣秋．森巴」。接著還有一行像是古老部落的圖紋：ཞེན་ངའི་འཆང་བ་འམ་ལྷུན་ཉམ

難道畫這一系列圖畫的，是署名蔣秋．森巴這個人嗎？為什麼他要畫出這些畫家的情人之吻？這些情人之吻，和朵拉那本《情人之吻》畫冊有什麼關聯？

洛桑沿著古牆，來來回回思忖徘徊，又在蔣秋．森巴名字的下方，被雜草覆蓋的牆角處，隱隱約約看到幾個模糊的小字。她蹲下身撥開小草，瞇著眼睛，用手指頭順著古牆上的字跡，照樣比畫，終於看懂隱藏在草叢間的小字，竟然是：「愛到盡頭，情到深處。」

「蔣秋．森巴。愛到盡頭，情到深處。」她的心被撞了一下。

「蔣秋．森巴究竟是誰呢？他經歷了什麼樣的愛情？應該和古牆上那些畫家一樣，經歷過狂熱的愛戀吧？愛到深處，當他愛到不能愛，走到愛的盡頭，結果又是如何呢？應該和名字後面那一行古老的部落圖紋有關吧？蔣秋．森巴到底想表達什麼呢？」一連串的疑惑，一下子竄滿洛桑的心尖。

❀ ❀ ❀

「愛的印記，是吻。這樣子看來，你最想了解的課題，是愛吧？」洛桑的耳邊，傳來一陣渾厚卻滄桑的嗓音。

洛桑站起身子，回眸一看，一個留著蓬鬆鬈髮、有著藝術家氣息的男子正朝她走來。

男子微笑著，和洛桑保持著距離，似乎怕驚動了她。

洛桑上上下下打量著眼前的男子。如果不是那一頭長髮，男子身上流露出一股讓人信賴的安穩氣質，如如不動的定靜，還差點讓人以為是住在山裡修行的僧人。

「你是蔣秋．森巴嗎？這一面古牆的情人之吻圖畫，都是你畫的嗎？」洛桑蹲下身子，指著名字後面，那一行像是古老部落裡才會出現的圖紋。「ཞེན་ངའི་འཁྲིད་པ་ལམ་ཁྱེར་སྒོ是什麼意思呢？」

「那些圖畫是我年輕時，無意間看見一本書《情人之吻》，依樣畫葫蘆畫下來的。ཞེན་ངའི་འཁྲིད་པ་ལམ་ཁྱེར་སྒོ是我在愛裡修行，最重要的一句修心竅訣。」

從年輕炙烈的愛，到卸下愛的面紗，褪去繁華的光彩，蛻變成一位定靜的長者，那一絲絲還留存在他身上的藝術家氣質、保留在古牆上的畫作，蔣秋．森巴究竟經歷了什麼故事？他和那一串古老的圖紋，究竟有什麼愛的關聯？這些都引起了洛桑的好奇。

「你認識《情人之吻》的作者傑瑞西．旺秋嗎？」洛桑猜想，情人之吻這一系列的圖畫作者傑瑞西．旺秋，一定和前往聖山的阿蘭若族人有什麼連結。

「認識。我找過他。」

「你知道他為什麼要畫出情人之吻這些畫作？」

「傑瑞西．旺秋是一位來自阿蘭若的勇士，他說他當初前往阿蘭若迦山，曾經看見一面巨牆，牆上出現不同的色塊和線條，排列組合之後呈現出來的畫面，正好是這幾幅情人之吻。後來，情人之吻突然消失了，畫面出現一座湖，湖面映照著布達拉宮的倒影。來到西藏之後，他在布達拉宮的湖畔，遇到了他所愛的人卓嘎。」

為何從阿蘭若來到西藏的族人，幾乎都經歷了類似的過程？洛桑有種直覺，情人之吻裡面的圖畫，也許暗示著阿蘭若族人在愛裡會經歷的各種樣貌。

「傑瑞西．旺秋和卓嘎後來經歷了什麼事？」洛桑期待聽到不一樣的結局。

「傑瑞西．旺秋是在藏曆九月二十二日，佛教的殊勝日天降日，來到布達拉宮。為了慶祝佛陀天降日，藏人會從各地前來，主動帶著牛奶、冰糖、蜂蜜、糌粑混合白灰而成的塗料，粉刷布達拉宮的白牆。白色，對藏人而言，代表著純潔及仁慈，藏人以純淨心粉刷布達拉宮的白牆，紀念佛陀從天上返回人間。

「當時卓嘎正提著牛奶前往布達拉宮，經過布達拉宮湖畔時，遇見了傑瑞西．旺秋。當時，傑瑞西．旺秋看到無以計數的藏人臉龐、衣服沾滿了牛奶白漆，額頭流著汗水，臉上卻是滿足的笑容。那種親愛和樂，不分彼此地聚集在布達拉宮，一邊唱歌，一邊祝禱，一邊勤奮工作的情景，對比自己的家鄉阿蘭若黑派、白派的分裂衝突，不禁淚流滿面。」

傑瑞西．旺秋的感觸，同樣觸動了洛桑。傑瑞西．旺秋會不會和朵拉的父親以及阿蘭若老奶奶一樣，因為愛上西藏或在布達拉宮湖畔遇上所愛的人，就不想再回故鄉了呢？

「天降日是什麼樣的節日？」洛桑從來沒聽過這樣的節日，即使最終聽到的，還是族人愛上西藏不想回去阿蘭若的結果，她也不能放棄任何細節和線索。

「釋迦牟尼佛誕生後第七天，母親摩耶夫人就去世了。佛陀成道證悟後，通過佛眼照見母親摩耶夫人並沒有眞正得到解脫，而是往生了忉利天，於是親自到天界講法度化母親。佛陀在忉利天爲母親摩耶夫人及諸天聖眾講授了諸多法教，三個月以後，才重返人間與弟子們團聚，這就是天降日的由來。」

「忉利天在哪裡？」洛桑突然好想知道過世後的母親去了什麼地方。

「欲界天人所住的地方。」

「欲界是怎麼樣的世界？欲界在哪裡？」洛桑越來越好奇。

「欲界是一個充滿情欲、色欲、食欲，並對欲望產生強烈執著的世界。也是地球人類所居之處。」

洛桑聽著，眼睛忍不住飄往古牆上那些情人之吻的圖畫，那都是因愛而來的情欲吧？

「我們肉眼所看到的事物，其實非常地局限。一直到遇見傑瑞西．旺秋，我才知道，我們身處的宇宙無量無邊，充滿各種不同維度的空間。」蔣秋．森巴從背包拿出紙筆，在紙上畫了張圖表，爲洛桑做了說明。

「欲界裡面有六道：地獄、餓鬼、畜生、阿修羅、人、天人。天人則有三界，依照修行的次第，往上提升，有欲界六天、色界十八天、無色界四天，共二十八層天。」

「升天得道的生活，不是很多人嚮往的嗎？爲何佛陀覺得母親生到忉利天，並沒有得到眞正的解脫？欲界、色界、無色界三界的天人生活，和我們人間有什麼不同呢？」從小在阿蘭若山林長大的洛桑，第一次聽到天界有那麼多層次。

「基本上，三界六道都是妄想、分別、執著交雜所建構的世界，尤其欲界天人和人間接近，與人道一樣，有君臣、男女的國家形態，只是壽命更長、身長更高大輕盈、容貌更端正、享樂福報更勝於人道……。天人與天人之間，像人與人之間，有情執也有分別心，和人類一樣會爲情煩惱呢。」

「既然天人也有情執，那麼天人是如何談戀愛的？」洛桑心想，既然可以成爲天人，應該和凡人有些不同吧？

「欲界的第一層**四天王天**、第二層**忉利天**最接近人間，天神之間男女情欲淫事與人間無異。往上一層，**夜摩天**對於情欲開始收攝消融，男女之間以相抱爲淫事；修行再往上一層到了**兜率天**，男女之間的情愛，只要牽手便滿足；**化樂天**，男女之間以相笑爲淫事；到了**他化自在天**，情欲之心漸漸稀薄，男女之間的情愛，只要對看一眼便足夠了。

「欲界的眾生和天人，具有食欲、情欲及色身。如果持續修行，往上提升到了**色界十八天**，沒有食欲及情欲，雖然仍有色身，但因遠離欲界的淫、食二欲，欲望少了，心地更清淨，此時色界天人具有清淨殊勝的微妙色質，壽命比欲界更長。

「到了**無色界四天**，沒有男女情欲和色身，不需要透過色身和物質修行，只有受、想、行、識四心。因爲沒有身體，只有心識，住在甚深的禪定之中，因此稱爲無色界，也就是世俗所稱的靈界，壽命又甚於色界。」

六道

三界——**欲界：**

1. 地獄

2. 餓鬼

3. 畜生

4. 阿修羅

5. 人

6. 天人：欲界六天（四天王天、忉利天、夜摩天、兜率天、化樂天、他化自在天）

色界天人： **色界十八天**（梵眾天、梵輔天、大梵天、少光天、無量光天、光音天、少淨天、無量淨天、遍淨天、無雲天、福生天、廣果天、無想天、無煩天、無熱天、善見天、善現天、色究竟天）

無色界天人： **無色界四天**（空無邊處天、識無邊處天、無所有處天、非想非非想處天）

「原來，我們在欲界、在人間的修行，其實是透過人與人之間的情欲，以及這個色身來修行。修行漸漸往上提升，情欲的綑綁和糾結便漸漸漸少，甚至可以擺脫色身的牽絆？」

洛桑看著古牆上情人之吻的圖畫，突然有了新的領悟。

「根據卓嘎跟傑瑞西·旺秋的解釋，我們目前就是處於六道三界的微次空間裡，我們的靈魂會不斷在六道裡的地獄、餓鬼、畜生、阿修羅、人、天人出生—死亡，生生世世輪迴。

「行善之人，若只修福德，最高可以投胎到欲界的忉利天，也就是漢人民間玉皇大帝的天界。如想再往上提升，除了修福德，還必須透過修行修定功，所修的功德，往上可以投胎到欲界的夜摩天、兜率天、化樂天、他化自在天，甚至是色界天、無色界天。

「依照一個人一生的修行禪定功力，雖然能投胎到天界，天界的福報和壽命雖長，即使修行到了無色界最高的非想非非想處天，壽命有八百萬億年，仍有福盡壽盡之時。即使升天到無色界，當世界壞滅時，依然無法避免成住壞空的劫難，在六道裡面繼續輪迴。

「因此，當釋迦牟尼佛證悟後，知道如何脫離六道輪迴，便到母親投胎受生的忉利天，爲母親說法，告知母親天界並不是最好、最究竟的地方。透過修行可以脫離六道三界，進入『阿羅漢、辟支佛、菩薩、佛』四聖法界的果位。四聖法界的佛，只是相似即佛，並不是眞正的究竟佛。我們稱法身菩薩，往上還有十住、十行、十迴向、十地、等覺，四十一個修行位次，經過三大阿僧祇劫漫長的修行，才能證悟眞正的佛果。

「佛陀足足爲母親說法三個月後，才返回人間。因此，天降日又稱孝親日，不只自己證悟求解脫，更為自己的母親求解脫，這是佛陀孝親的慈悲展現。」

想到母親過世後，靈魂不知前往何處，洛桑突然對佛陀的孝思感到無比感動。原來，這個世界比我們眼睛所見，甚至比我們想像的，還要大很多。

「佛陀如何從人間到忉利天，再從忉利天返回人間？佛陀是怎麼做到的？」洛桑看著古牆上夏卡爾飛起來親吻愛人的畫面，再看看最後一幅馬格利特蒙住眼睛的謎樣之吻，或許有什麼祕密藏在阿蘭若迦山巨牆上的情人之吻裡面也說不定。

「你問到重點了！這正是關鍵所在。」如如不動，講話不疾不徐的蔣秋．森巴，突然提高了聲量，眼睛微微發出光芒。不知是不是錯覺，洛桑突然發現周圍的空氣跟著微微震動了一下。

「經由卓嘎的解說，傑瑞西．旺秋才知道，不同的微次空間可以互相穿梭。如果佛陀可以從人間穿越不同的維度空間到忉利天，再從忉利天返回人間，那麼，阿蘭若族人就可能穿越不同的維度空間來到西藏，最後藉由內在的修行，再返回阿蘭若。」

「穿越？阿蘭若和西藏，是屬於不同維度的空間？」洛桑大吃一驚，原來，她和其他阿蘭若族人一樣，真的是經由穿越來到西藏。她內在的困惑頓時消融，卻又產生新的疑惑，這到底是怎麼一回事？

「傑瑞西．旺秋經過多年的探尋，他認為阿蘭若的族人從聖山穿越另一個維度空間而不自知。為什麼阿蘭若在地球的地圖上消失了？有可能阿蘭若一直處在有別於地球的微次空間，但阿蘭若族人卻並不知情。

「至於爲什麼在聖山的巨牆會顯現情人之吻的圖畫？極有可能，聖山巨牆所在的位置就是阿蘭若通往**欲界**的入口。」

「爲什麼聖山會指引族人來到欲界，然後又恰恰選在西藏這個地方呢？」洛桑心跳加速，所有的謎底，呼之欲出。

「我當時也是這麼問傑瑞西．旺秋。」蔣秋．森巴低下頭，唸了一段祝禱詞。

「阿蘭若族人，經由聖山穿越來到西藏，和尺尊公主的誓願有很緊密的關聯。阿蘭若族人原本隸屬於尼泊爾，阿蘭若的祖先追隨尺尊公主來到西藏後，尼泊爾發生政變，追隨尺尊公主來到西藏的族人無家可回，尺尊公主發願爲族人在喜馬拉雅山的山腳下創建一個清淨的僻靜之處，從此地圖上才有阿蘭若。只要眾生願意，和尺尊公主的願力相應，就可以進入阿蘭若。

「漸漸地，隨著尺尊公主的願力和阿蘭若族人精進修行，阿蘭若脫離欲界的紛擾，成爲隱密於喜馬拉雅山林間的淨土。來到阿蘭若的眾生，生命質地輕盈而純淨，可以自由穿越阿蘭若與西藏。無奈眾生的欲望、雜念、情執越來越多，原本可以自由穿越阿蘭若與西藏的族人心靈，漸漸產生質變，住在阿蘭若的族人已經遺忘當年尺尊公主創建阿蘭若的初衷。」

「那麼，阿蘭若有一天會消失嗎？」洛桑想起以前在書上看到亞特蘭提斯毀滅的故事。

亞特蘭提斯原本是擁有高度文明的古老大陸，居住在亞特蘭提斯的人們像阿蘭若族人一樣，擁有高度靈性的純淨靈魂，可以自由穿梭在不同的維度空間。後來卻因人心的貪婪與衝突，漸漸喪失靈性，導致整個陸地沉淪滅亡。幾千年後，亞特蘭提斯的存在，在世人心中變成一個謎團，連是否眞的存在過都不可知。想到阿蘭若有一天可能也會像亞特蘭提斯一樣，變成一個不存在的部落，洛桑的心底便開始隱隱作痛。

「從欲界、色界到無色界修行的次第看來，在欲界就是透過**色身和愛欲**來修行。對於原本活在人間淨土的阿蘭若族人而言，在充滿情愛的欲界，本來就是一種考驗。因為愛欲，人的心靈失去最初的單純，當生命的質地從單純輕盈，變得粗鈍複雜，心靈有了沉重的負擔，失去心靈的自由，便無法自由地來去。如果越來越多人無法回去阿蘭若，阿蘭若就不復存在了。」

「你的意思是說，透過色身和愛欲的修行，即使身處欲界，也可以愛得很輕盈，愛得很清淨。如果找到在愛裡修行的方法，在愛裡自由來去，通過情人之吻的考驗，阿蘭若族人便可以從西藏回到阿蘭若。」洛桑的心裡突然有了清晰的輪廓和方向，她沒想到，可以這麼快找到眞相。

「是的。阿蘭若勇士的任務，就是把修行的方法和事實眞相，帶回阿蘭若。不過他必須通過欲界的考驗，有了自由來去的能力，才有辦法藉由自身的證悟，再度回到阿蘭若。」

「那麼，傑瑞西．旺秋是否通過了情人之吻的考驗？他和卓嘎的愛情，是否有了圓滿的結果？」

繞了一大圈，洛桑發現自己又回到她和蔣秋．森巴在這裡相遇的原點。除了古牆情人之吻的圖畫，還有古牆下方那幾個字：「蔣秋．森巴。愛到盡頭，情到深處」。蔣秋．森巴說，ཞེན་པའི་འཆིང་བ་ཐམ་ཕྱོལ་སྐྱ是他在愛裡修行，最重要的一句修心竅訣。在愛裡修行，究竟是指傑瑞西．旺秋，還是蔣秋．森巴？洛桑突然又搞迷糊了。

「傑瑞西．旺秋終生追尋阿蘭若的祕密，錯過了愛情。他不知道自己愛上了卓嘎，等他發現自己的愛，卓嘎已經離開了。」

「眞可惜。傑瑞西．旺秋怎麼那麼粗心，爲什麼連對一個人動心了，自己都不曉得？」

洛桑覺得惋惜。從蔣秋．森巴轉述傑瑞西．旺秋和卓嘎相識的經過，她莫名地陷入一種錯覺，走入一種幻境，以爲傑瑞西．旺秋已經像佛陀一樣可以自由穿梭天上人間。她覺得自己好像突然從天上跟著傑瑞西．旺秋一起墜落凡塵，從幻境中驚醒。

蔣秋．森巴笑了。「假如你愛得不深，大可瀟灑轉身離開。但，有時愛來得悄無聲息，不知不覺，在愛裡走深了，莫名其妙就墜落了……。」

「傑瑞西．旺秋後來也在愛裡墜落了？」

「生在這世上，沒有一樣感情不是千瘡百孔。記得有一位小說家是這樣說的。只有眞正愛過了，你才會知道在欲界，你的感情會受到多麼艱鉅的考驗。你給出的愛，不見得是愛情，有時友情和親情帶給一個人的痛苦，並不遜於愛情。只要你愛上一個人，或者哪怕你愛上的是一棵樹、一朵花、一隻鳥，只要你在愛裡付出，就會害怕失去，在愛裡經歷各種考驗、飽受折磨，在愛裡患得患失。

「這時候，你必須誠實地問自己：情到深處，你會變成一個什麼樣的人？愛到盡頭，你會給出什麼？保留什麼？放下什麼？你必須想清楚，才會知道下一步要怎麼走。即使將來沒有得到你想要的愛，即使你所愛的人最終還是離開了你，你也知道要怎麼好好地活下去。」

聽了蔣秋・森巴這番話，洛桑心底湧上一陣酸楚，或許她沒有眞正愛過，所以她並沒有在聖山的巨牆上看到情人之吻。她所深愛的，是她的父母、她的家鄉，卻同樣也在愛裡感到痛苦，甚至被撕裂成碎片，忘了自己原來的樣子。

「情到深處，走到愛的盡頭，傑瑞西・旺秋後悔了嗎？即使他最終沒有和卓嘎在一起，他是否找到了回家的路，知道如何回到阿蘭若嗎？」洛桑的眼睛濕了，害怕自己會再度失望。

「傑瑞西・旺秋墜落情愛的深谷後，在偶然的因緣遇到一位藏人師父，教他修心的八個竅訣，解開了他所有的困惑和心結，找到了回到阿蘭若的究竟之道。」

「傑瑞西・旺秋把修心的八個竅訣傳授給你了嗎？」洛桑的精神爲之一振。

「傑瑞西・旺秋把修心的八個竅訣傳授給我了。他希望我把他悟出來的祕密，關於愛與生命的眞相，傳給阿蘭若的族人或願意守護阿蘭若的生命勇士。」

「爲什麼傑瑞西．旺秋要把這個祕密告訴你？」洛桑忍不住產生這樣的困惑，如同她對阿蘭若的老奶奶爲什麼把祕密告訴諾布的疑惑一樣。幾百年來，究竟有多少阿蘭若族人出走？來到西藏經歷了什麼事？只要有一絲線索，無論如何她都要緊緊把握，就算被騙了也無所謂，只要還活著就行了。父親說過，勇士的底限就是活著，只要活著，只要能忍，忍到底，自然能用智慧和毅力解開各種難題。不知爲何，在這個關鍵時刻，她再度想起父親，或許是因爲阿蘭若的人口已經越來越少，黑派與白派的衝突已經讓阿蘭若面臨沉淪滅亡的危機。她不能等，一刻也不能等，在阿蘭若滅亡之前，她不能什麼都不做，只等著束手就擒。

耳邊傳來蔣秋．森巴沉穩宏亮的聲音：「爲什麼傑瑞西．旺秋要把這個祕密告訴我？其實只是因爲我願意。我發自眞心，一個單純的意願，我告訴傑瑞西．旺秋，我願意，我願意成爲守護阿蘭若的生命勇士。傑瑞西．旺秋聽到了，他聽到我眞實無僞的意願，我願意。」

「你是阿蘭若人嗎？」洛桑的心裡一陣哽咽，一股強烈的感動穿過她的心田。

「我是不是阿蘭若人有那麼重要嗎？如果你認爲只有阿蘭若人才能知道這個祕密，了解愛與生命的眞相，你的眼界就太狹隘了。當初尺尊公主發願在喜馬拉雅山山腳下創建阿蘭若，一個清淨的僻靜之處，她最初的誓願是，只要眾生願意，不分種族，不分性別，所有人都可以進入阿蘭若，回到心靈純淨的所在。只要你願意，不管你是不是來自阿蘭若，都可以成爲守護阿蘭若的生命勇士。」

「你的意思是說，只要自己願意，每個人都可以成爲守護阿蘭若的生命勇士？」洛桑難以置信，反覆向蔣秋．森巴確認，這是眞的嗎？這是眞的嗎？從小到大，這麼多年來，夢寐以求想成爲阿蘭若勇士的心願，竟然就在眼前，而且需要的，僅僅只是心裡的一個意願。

「沒錯。只要你願意，你可以揀選自己成爲生命的勇士，守護任何地方，守護所有你愛的人。你需要的，只是一個意願。」

「我願意。」洛桑的眼淚，當下奪眶而出，忽然之間淚流滿面。她想用力吸住淚水，卻怎麼也止不住眼中的熱淚。她不明白自己爲何會在初次見面的陌生人面前，發出這樣的眞切誓願，好像走了好久好久的路，歷經千辛萬苦，終於等到了這一句「我願意」。這一切會不會來得太快、太突然？就好像當初從阿蘭若迦山跨越那扇門來到西藏的那一剎那，時間和空間似乎停止了，只有做決定的當下，不容許她有一絲絲的遲疑。而今，她再度有這種感覺。她必須答應，毫不猶豫地答應，因爲她不想錯過。

她願意。她願意揀選自己成爲守護阿蘭若的生命勇士。

「靈魂因爲願力，而成爲生命的勇者。」蔣秋．森巴露出嘉許的眼神，隨即面向布達拉宮，做了三個大禮拜，最後雙手合掌，低聲唸了一段祈禱文。

「在成爲眞正的生命勇士之前，你必須先修持菩提心。」

「什麼是菩提心？要如何修持？」洛桑的淚珠還掛在鼻頭上。

「菩提心，就是慈悲心。」蔣秋．森巴在古牆旁的大樹下坐了下來，雙腳盤坐，說了一個故事。

佛陀在舍衛城中傳法時，指導一群比丘在森林裡禪修。當時，每位比丘會選擇一棵大樹作為精進禪修之地，沒想到卻因此打擾了樹神。樹神現出恐怖的幻象，製造恐怖的聲音，釋放出難聞的氣味，脅迫比丘們遷移他處。比丘們受到驚嚇，面容憔悴，神色蒼白，退失正念，無法專注於修習，只好求助於佛陀。

佛陀反而說：「練習禪修，那裡是唯一的處所。在地球上沒有比那裡更合適的地方了。」

於是，佛陀便為比丘們講解《慈經》，引導他們返回原來的地方，將樹神所施予的痛苦和干擾，反過來作為修行的動力，學習慈心觀照。

比丘們返回森林後，根據佛陀的教誨，修習慈觀，整個森林都籠罩在寧靜和安樂的波動當中。那些樹神深深地被這份慈愛感動，收回了敵意，不再侵擾比丘們的修行。比丘們也安住在樹下，順利完成禪修。

接著，蔣秋．森巴教洛桑唱誦《慈經》的祈禱文。

願我內心沒有嗔恨，願我心裡沒有痛苦，願我身體沒有病痛，平安快樂。

願我的父母親、我的導師、親戚和朋友、我的同修，

願他們內心沒有嗔恨，願他們心裡沒有痛苦，願他們身體沒有病痛，平安快樂。

願在這寺院的所有修禪者，

願他們內心沒有嗔恨，願他們心裡沒有痛苦，願他們身體沒有病痛，平安快樂。

願在這寺院的比丘、比丘尼、沙彌、沙彌尼，善男子、善女人，

願他們內心沒有嗔恨，願他們心裡沒有痛苦，願他們身體沒有病痛，平安快樂。

願供養我們衣食醫藥與居所的施主們，

願他們內心沒有嗔恨，願他們心裡沒有痛苦，願他們身體沒有病痛，平安快樂。

願我們的護法神，在這個寺院、住所、宅院，所有的護法神，

願他們內心沒有嗔恨，願他們心裡沒有痛苦，願他們身體沒有病痛，平安快樂。

願一切眾生、一切會呼吸的生命、一切有形體的眾生、一切有名相的眾生、所有聖者、所有非聖者、所有天神、所有人類，

願他們內心沒有嗔恨，願他們心裡沒有痛苦，願他們身體沒有病痛，平安快樂。

上至最高的天眾，下至苦道中的眾生，在三界的眾生，所有在陸地生存的眾生，所有在水中生存的眾生，所有在空中生存的眾生，無論柔弱或強壯，體型長的、大的或中等的，短的、細的或粗的，無論可見或不可見、居住在近處或遠方、已出生或尚未出生的眾生，

願一切眾生脫離痛苦。願他們不失去以正當途徑所獲取的一切，願他們依據個人所造的因果而受生。

願他們內心沒有嗔恨，願他們心裡沒有痛苦，願他們身體沒有病痛，平安快樂。

洛桑坐在布達拉宮古牆旁邊的樹下，沉浸在蔣秋．森巴如父如兄般慈愛和諧的唱誦中，蓊蓊鬱鬱的綠蔭，隨風搖擺的枝葉，像是穿越時空回到佛陀當年的森林，無論是樹神、住

在樹上的精靈，還是被團團綠色包圍的洛桑，都得到清新療癒的滋養，忘了先前的憂慮和煩惱，整個身心融入前所未有的平安、清淨與安穩。

一直以來，洛桑一心一意只想找尋族人的下落，探尋眞相。她關注的只有阿蘭若的族人、黑派與白派的衝突、父親和母親情感的撕裂，以及面對內心陰影帶給她的焦慮和疼痛。聽了蔣秋．森巴唱誦《慈經》的祈禱文，她才知道她所關心的眾生，是這麼地狹隘，而所謂的眾生是如此地無邊無際，她的心突然變寬、變大了。

蔣秋．森巴的祈禱文，像是在她的心裡投了一顆小石頭，激起了漣漪，一層又一層，隨著他所唱誦的無邊無際的眾生，一圈一圈往外擴大，直到漣漪慢慢融入水面，與水面合一，恢復平靜。

洛桑的平靜安穩，似乎來自於聽到這首歌時，暫時放下內在的糾結，不再鑽牛角尖於一點，隨著祈禱文提到的眾生，一次又一次地把心放寬、放鬆、放大，直到最後，自自然然地和所有的眾生融成一體。這種不再專注於一人家國的平安，而是祈願遍宇宙虛空界的眾生和自己一樣能得到的平安，似乎比希求自己一人的安樂，更安穩，更安定。

「既然是修菩提心，對所有的眾生修慈悲心，爲什麼祈禱文一開始，是先對自己修慈心，先祝福自己，而不是先祝福他人呢？」

「先由內，再往外。修心，是從修自己的心開始。先安住自己。」蔣秋．森巴微閉著雙眼，臉龐顯現柔軟慈祥的光輝。

「願我內心沒有嗔恨，願我心裡沒有痛苦，願我身體沒有病痛，平安快樂。」

「慈悲心最淺顯的意思：『慈』，是予樂；『悲』，是拔苦。先修自己的慈悲心，拔除自己的痛苦，給予自己平靜安樂。先學習化掉自己的嗔恨，轉化痛苦，把身體照顧好，讓自己得到平安，才能發出慈愛的頻率，擴及家人、朋友，甚至其他眾生，讓他們和你一樣平靜安穩。

「想想：爲什麼我們一走進某個地方，接近某個人，就感到舒服自在？一個人散發的氣場、磁場，讓周圍的人都受益，這就是我們爲什麼要修心。」

「我懂了，先從守護自己開始。」洛桑心領神會地點點頭。「可是，有時候照顧好自己，本身就是一件很困難的事。」

「愛自己是不需要條件的。」蔣秋．森巴繼續解釋：

「比如：你**想要**，你想得到身體健康，當你有這樣的意念，需要任何條件嗎？你想要，你渴望得到健康這個意念，這個意願、這個念頭，是不需要任何條件的。生命的本能，就是想要清淨、安樂、健康，這是本能，自自然然就想要得到。不管你有錢沒錢，有地位沒地位，有學問沒學問，都會想要得到清淨、安樂、健康。

「你要守護的是自己這份初發心，不需要任何條件的初發心。**守護你對自己的這份願意。**唯有你清楚地知道，你想要得到健康安樂的初發心，不需要任何條件。正因爲沒有條件，你的初發心才會清淨單純，沒有雜染。

「接下來，為了守護這份想要得到健康的初發心，守護你對自己的這份願意，你才會傾盡全力做出努力。在努力時，也許出現了違緣，受到挫折，你感到失望，你的身體也許沒有如你想像的健康，但你的初發心並沒有錯。你要守護的，僅僅是你想要得到健康的初發心，持續調整、精進、請益，永遠和你的初發心相應。

「當你有了意願，最重要的是，要真的去做、去實踐。念不退，願不退，行不退。即使後來你並沒有長壽，但你的初發心並沒有錯，不要責怪自己、怪罪命運。正因為你真願、真行，按照自己的初發心，如實去做了，你才夠資格說：我盡力了，我無憾了，也許我這一生壽命本來就不長，但我盡力去守護自己的健康，在我有限的人生裡面，用健康的身體去做了利益眾生的事，即使我壽命並不長，但我無怨、無悔、無憾，我盡力了。

「從守護自己的初發心出發，以守護自己的健康來做比喻，雖然粗淺，卻比較好懂。你不能想要健康，卻做違背健康的事，行與願互相悖離，自己把自己撕裂。

「當你持誦《慈經》的祈禱文，你可以觀修：『**願我**內心沒有嗔恨，願我心裡沒有痛苦，願我身體沒有病痛，平安快樂。』跟『**我願意**內心沒有嗔恨，我願意心裡沒有痛苦，我願意身體沒有病痛，平安快樂。』這兩者的不同在哪裡呢？」

洛桑想了想：「**願我**，比較像空泛的祈願。**我願意**，則多了實踐的意願。」

「沒錯。所有的願，不管是祈願，還是我願意，願與行，都應該是一致的。**我祈願，應該是我祈求，而且我願意，如實去做。**」

「雖然如此。假如發了願，自己也願意去做，後來卻發現困難重重，產生退卻之心，甚至質疑懷疑自己，那該怎麼辦呢？」

洛桑想到自己從小就有莫名的焦慮頭痛，內心常有團團糾結的陰影，她那麼盡力地努力，卻依然無法完全消失或痊癒。從面對自己的身心，到面對阿蘭若整個部落的紛爭和謎團，理智上，她可以忍，願意勇敢繼續往前，但情感上卻難免脆弱，她可以對自己說「我盡力了」，卻無法無憾、不恨。

「因爲挫敗，感到難過、退卻，甚至懷疑自己，都是正常的。那是自然流露的情緒，提醒自己需要休息、暫停、調整方向，或另外找尋方法。」

蔣秋．森巴似乎走過同樣的歷程，洛桑感覺得出，他不是表面寬慰她的心，而是眞眞切切地感同身受。如同父親常叮嚀她，勇者能忍，就算忍受各種欺凌誤會、面臨生死交關，也不能退卻或放棄。自從發現父親和她一樣有勇者的紅色，她就不知不覺浮現父親過去的身影，這才猛然察覺父親對她的影響並不下於母親。

「菩提心，是證悟清淨心、發心勇猛的勇士。純眞，才能無畏。只有守住清淨心的勇士，才能證悟菩提心。」蔣秋．森巴雙腿盤坐，安穩地坐在樹下，洛桑發現他有一雙和諾布一樣清澈明亮的眼睛。

「有慈悲心的人，一定是心地清淨的人。當他發出一個意願，願意守護自己，守護眾生，守護所愛之人，最初的這一念，第一念的初發心，是不需要任何條件的。因爲不需要任何條件，所以心地清淨。清淨心，就是本心。

「之後跑出來第二念、第三念，比如：你守護所愛之人，渴望得到對方的愛，得不到對方的愛，開始產生嗔恨心；看到別人得到的幸福比你多，生出嫉妒心。初發心之後，從心底後來跑出來的嗔恨心和嫉妒心，是妄心。只有勇敢的人，才會勇於面對自己的負面情緒，轉化妄心帶來的痛苦。即使生出嗔恨心和嫉妒心，眞正的勇士不會因此退轉或懷疑自己的初發心。你想想：你祈願自己和所有的眾生，過一個沒有嗔恨、沒有痛苦、平安快樂的人生，這種初發心怎麼會有錯？守住本心，守住初發心。需要轉化的，只有妄心。

「只有眞正的勇者，才能勇敢面對自己在行願過程中生出的貪愛嗔恨，想辦法穩住自己，轉化自己，守住自己的初發心，最初的誓願。」

經過蔣秋．森巴的解說，洛桑終於明白勇者的定義。原來勇者不是一直苦苦忍耐，勇者不只能忍，還能守住初發心，守住自己清淨的本願，同時還會學習怎麼轉化痛苦。

「傑瑞西．旺秋除了跟西藏的僧侶學習修心的八個竅訣，也學習了藏文。他告訴我，藏文裡的修心，指的是修練。修練，就是修正和練習。修正自己的習氣，並持續不斷反覆地練習。

「因爲無法一次速成，無法一次就轉化妄心，所以才需要一次又一次地練習。當你產生退卻之心，或開始學習怎麼面對內在，很有可能反而覺察自己有很多過失，發現自己沒那麼好，個性急躁，容易衝動，不會表達自己，不知如何溝通……。你開始羞愧、自責、墮入黑暗。抑或一開始無法做好，好不容易做到了，過一陣子又無法持續，退回原來的樣子……。這些過程都是正常的，一點也沒關係。你需要的，只是休息、沉澱，再回到初發心，反覆持誦《慈經》的祈禱文。記得先從守護自己開始。『**願我內心沒有嗔恨，願我心裡沒有痛苦，願我身體沒有病痛，平安快樂。**』願所有和我相遇的人，都感到幸福開心。

「**一個善意的意念，一個我願意試試看，一個單純的初發心，就是對自己慈悲，菩提心最初的練習。**接下來，無論行、住、坐、臥，學習爲自己祈願，也爲別人祈願，爲一切眾生祈願。將這份慈愛的初發心，安住在心中，經年累月一直保持著。心住於慈，身行於慈，不斷反覆練習慈心，經常修習，便能漸漸長養慈心，自然融入心中。念不退，行不退，願不退，不再退失。

「如果你已經從《慈經》的祈禱文，覺察除了自己，還有無量無邊的眾生，之後也可以簡短地在心裡默禱。先對自己修慈：『**願我無怨、無嗔、無憂，願我守住自己的幸福。**』再爲別人修慈：『**願他無怨、無嗔、無憂，願他守住自己的幸福。**』接著，為一切眾生修慈：『**願一切眾生無怨、無嗔、無憂，願一切眾生守住自己的幸福。**』」

洛桑聽著，想起還在阿蘭若的父親，她在心裡默唸：「**願他無怨、無嗔、無憂，願他守住自己的幸福。**」想起阿蘭若白派的族人和黑派的族人，她在心裡默唸：「**願一切眾生無怨、無嗔、無憂，願一切眾生守住自己的幸福。**」想起天上的母親，繼續爲她默禱，唸到「**願她守住自己的幸福**」時，洛桑的眼睛濕了。

她突然想起從阿蘭若來到西藏，她最大的心願就是希望能見到阿蘭若的族人。她問蔣秋．森巴：「傑瑞西．旺秋還在這個世上嗎？他學會西藏的僧侶教他的八個修心竅訣之後，有返回阿蘭若嗎？」

「傑瑞西．旺秋還在這個世上，他目前住在西藏。」

「我可以見見他嗎？」洛桑的心跳躍著，有一種即將見到族人的激動，自己終於得償所願了。

「等你學會修心的八個竅訣，我可以安排你和傑瑞西．旺秋見面。」

「爲什麼傑瑞西．旺秋不回去阿蘭若，把修心的八個竅訣教給族人？」

「因爲傑瑞西．旺秋發現單憑自己一個人，無法改變阿蘭若。傑瑞西．旺秋是阿蘭若的勇士，他在修習八個修心竅訣時，猛然領悟了尺尊公主創建阿蘭若的初發心。尺尊公主最初的清淨誓願是，只要眾生願意，不分種族，不分性別，所有的人都可以進入阿蘭若，回到心靈純淨的所在。原來，尺尊公主當初召喚的勇士，是召喚發心勇猛並證悟清淨心的勇士，這也是藏文菩提心的眞實含意。

「因此，傑瑞西．旺秋決定在西藏，召喚更多願意觀修菩提心、願意回到純淨的本心、願意勇猛發心的勇士，一起回到阿蘭若，一起改變阿蘭若，讓阿蘭若回復最初的清淨與安樂。」

「我願意，我願意揀選自己成爲生命的勇士。我願意，隨著傑瑞西．旺秋回到阿蘭若，回到心靈清淨的所在。」
洛桑再度熱淚盈眶，久久無法自已。

六、色身和情欲

洛桑從神祕小徑回到旅店，躺在床上，久久無法成眠。不知爲何，她對蔣秋．森巴有種似曾相識的熟悉感，儘管只是第一次見面，卻有一種見到兄長和父親一樣的信任和交託。從阿蘭若到西藏，從夢想成爲阿蘭若的勇士，到她遇見蔣秋．森巴，揀選自己成爲守護阿蘭若的生命勇士，這一切，好像冥冥中有一種巧合，甚至感覺背後有一雙推手，故意做了這些安排，推動她走到今天這一步。她再度爲生命背後那股看不見的力量感到畏懼，仔細回顧每一個細節，卻又找不出哪一個環節不對勁。每一步，看似被某種力量推著往前，甚至不得不強迫自己激發內在的本能和衝動，迅速做出決定，卻一點也沒有違背自己。

沒錯，這一切都是自己決定，自己願意的。這麼一想，她突然感到安心。雖然從小她對生命有很多困惑，腦海中常有陰影盤旋，很多事並沒有如她所願，但不管怎麼樣，她都對自己誠實，忠於自己。

即使她不一定對別人誠實，卻常常提醒自己一定要對自己誠實。對她而言，對自己誠實，遠遠比對別人誠實更容易存活，更知道怎麼往下走。

她有點懊惱沒有在第一時間對任何人，尤其是在蔣秋．森巴面前，坦白她來自阿蘭若。

表面上是爲了保護自己，實則有可能她早已習慣隱藏自己，隱沒在黑色之中，習慣了黑色，也依賴了黑色。在潛意識中，黑色早已變成自己的保護色，但理智上卻因黑派與白派的衝突，而把黑色狠狠地推開。這種心靈的拉扯和矛盾，在她離開家鄉、終於有能力跳出來觀看，理解黑色，接納黑色之後，竟發現一直以來，其實是自己在折磨自己。

她感到痛苦，在心裡持誦《慈經》的祈禱文：

「願我內心沒有嗔恨，願我心裡沒有痛苦，願我身體沒有病痛，平安快樂。願我的父母親、我的族人……，願他們內心沒有嗔恨，願他們心裡沒有痛苦，願他們身體沒有病痛，平安快樂。」一時之間熱淚盈眶，頭部又開始隱隱約約刺痛。

她拿起一直放在腰間口袋的老鷹羽毛，再度想起從小想成爲老鷹的渴望。她總覺得老鷹會帶著她前往某個神聖之地，尋找某個人或某個遺忘的自己。可是每次再怎麼用力回想，卻怎麼也想不起來。

她收回老鷹的羽毛，用手輕輕碰觸插在玻璃瓶中、依然翠綠的迷迭香，指尖馬上溢滿了撲鼻的香味，像是有生命的小精靈，嘰嘰喳喳環繞在她的四周，一上一下地跳躍著。曾幾何時，迷迭香的香氣變成她來到西藏以來，一種隱微而親密的陪伴。她深深吸了一口迷迭香的香氣，再緩緩地吐出一口氣，把手放在鼻子下方的人中處，感受從鼻子吐出來的溫熱氣息，慢慢地吸氣、吐氣，再吸氣，再吐氣，避免壓抑在深處的陰影再次跳上腦海，產生劇烈的疼痛。來到西藏後，她因焦慮而頭痛發作的次數，似乎減緩了許多。她一邊回想來到西藏的種種，一邊撫觸著手上諾布送給她的藏紅色佛珠，忽然想起，諾布對她說過，紅色加上黑色，是他許諾自己穿越靈魂的黑夜，成爲生命勇士的印記。

「怎麼這麼巧？」洛桑從床上跳起來。爲什麼諾布會這麼剛好許諾成爲生命的勇士？當時，她一心只想打探阿蘭若女勇士的相關消息，而忽略了諾布爲什麼想成爲勇士。他經歷了什麼？爲什麼需要穿越靈魂的黑夜？

看著放在床邊的火鶴的紅色心形花苞，她想起諾布頭上辮間的紅色絲穗。很奇妙，她對紅色依然有一種莫名的熟悉感。儘管她已經知道紅色正面和負面的意義，敞開心房碰觸紅色底層的愛，同時也理解紅色帶來的傷，但這種理解和心靈上的知曉，並無法抹滅伴隨紅色而來的某種記憶和情感。那種情感和記憶似乎藏得很深很深，像是深到骨子裡變成歲月的印痕，即使隱隱約約知道自己好幾輩子以前，可能像紅色一樣熾烈地活過、愛過，甚至恨過，卻不知去哪裡找回那份記憶。

洛桑走上五樓。朵拉上回教她鷹式瑜伽，約好今天繼續另一堂瑜伽課。

朵拉也在尋找阿蘭若的族人。本來她應該跟朵拉分享在古牆看到的情人之吻，以及和蔣秋·森巴相遇，即將和阿蘭若族人傑瑞西·旺秋見面的訊息，但在臨別前，蔣秋·森巴要她在還沒有學會修心的八個竅訣之前，必須保守與他會面的祕密。因爲阿蘭若在世人眼裡是一個不存在的部落，在她還沒有成爲眞正的勇士、證悟清淨心之前，貿然對別人透露任何細節，只會引來更多揣測和誤會，擾亂原本的清淨心。

蔣秋．森巴甚至引用藏傳偉大的成就者蓮花生大士說過的話語：

「未圓滿成就的因緣，心中要如實地觀照著，並發願成就，任何的考驗障難，要能安心承受。一個修行人，對於任何自身修行的境界都要謙卑，不隨意外顯，必須謹記三個口訣，就是：沒有、不知道、不清楚。我們用這三個口訣反覆地回答，那麼我們的修行就容易安住在祕密當中，也容易得到成就，這是我心中眞實的教誡。」

蔣秋．森巴再一次要洛桑做出決定和許諾，同時也表明，如果有一天她對他的教導有一絲絲懷疑，失去信任，那麼他所教授的八個修心竅訣也失去意義。他們之間的教授和約定，可以隨時停止。

「我願意遵守這個承諾。」洛桑毫不猶豫地答應。在蔣秋．森巴面前說出第三次「我願意」時，她依然熱淚盈眶，不過這一次卻在許下承諾的剎那，兩眼中間好像有個開關突然打開了，腦海瞬間迸出一個畫面：她跪在一位老師父旁邊，當時的她是個小沙彌，她必須迅速做決定，不能有一絲絲的猶豫，似乎有什麼災難要發生了……。

洛桑被腦海中這個瞬間迸出的畫面震懾住了，突然感到一陣暈眩，一時之間天旋地轉。蔣秋．森巴扶住她，要她睜開眼睛，不要繼續追隨腦中的畫面，然後眼睛微微下垂，眼觀鼻，鼻觀心，把心靜下來，深呼吸，一遍又一遍深呼吸，同時爲她唸誦了一段祈禱文。漸漸地，洛桑的頭不暈了。

「爲什麼腦海中會突然迸現出我曾經是小沙彌的畫面呢？」洛桑感到很訝異，忽然之間心痛如絞，卻又不知緣由。

「生命有很多難以理解的事，爲什麼你會有這些畫面，我並不清楚，也不知道，也有可能什麼事都沒有，只是你一時的幻境或錯覺。你能保有的，只有你的初發心；你在乎的，只有你的清淨誓願。」蔣秋．森巴再次叮嚀她，如同蓮花生大士所說，在修證最深奧的境界時，所有的障難魔擾都會猖狂地來加以阻撓。所以，在尚未完全實證圓滿之前，應該要謙卑，不要任意下定論，以免自尋煩惱或招來禍患。

洛桑謹記她對蔣秋．森巴的承諾。爬上五樓時，朵拉剛好又在作畫。她在心裡揣度，如果朵拉又問她關於阿蘭若的相關訊息，她要如何回答。沒想到，朵拉一看到洛桑上來，隨即放下畫筆，什麼也沒問，馬上從櫃子拿出兩個瑜伽墊，一個給洛桑，一個放在自己腳下。

「今天做的是駱駝式瑜伽，是敞開心輪和喉輪的動作。」朵拉說著，雙手合掌，做了一個禮敬的動作：

「瑜伽的梵文爲yoga，指的是結合和連結。做瑜伽，從連結當下開始。連結當下的自己，每一個當下的自己都是全新的、清淨的，沒有過去的包袱，也沒有對未來的期待，只有當下這一刻，沒有任何雜念，才能和清淨的本心連結。

「因此，每一次做瑜伽之前，我們都要先禮敬自己、禮敬眾生、禮敬萬物，提醒自己，所有的生命都和我一樣有清淨的本心。每一次練習之前，都要禮敬自心，像一張白紙，把自己歸零，才能眞正活在當下。」

接著，朵拉跪坐在瑜伽墊上，手放在大腿，掌心朝下，眼睛微閉，做了三個深呼吸。

「我們常誤解瑜伽只是折出漂亮身形的體位法。實際上，瑜伽包含了八支功法的練習：持戒、內修、體位法、呼吸法、收攝、心靈集中、禪定與三摩地。瑜伽是用身體和呼吸來做心靈的修練和淨化，最終和內在的靈性合一。

「八支功法裡面，呼吸是最基礎的練習。我們可以想像呼吸是一股內在的能量流，從外在的你，進入內在的你的橋梁。我們的心會像野馬到處亂跑，一心可以多用，但呼吸只有吸和吐。沒有呼吸，我們就沒辦法活著，心也無法運作，因此心最後一定會止於息，臣服於息。這就是爲什麼，只要我們願意專注在鼻尖的氣流，深深地吸氣，慢慢地吐氣，止於吸氣和吐氣這兩個簡單的動作，就能收攝雜念，回歸清淨的本心。

「從外在粗糙的你，進入內在精微的你，呼吸是最簡單的方法。生命的本能，其實自然就會主動教會我們如何呼吸。只是很多人都忘了自己會呼吸，忘了好好呼吸，也忘了好好對待自己。從數息、觀息，進入你的內心，心靜了，你才有辦法往內觀照。」

洛桑很訝異朵拉所說的，正是自己在最痛苦的時候，生命的本能教會她的，也和後來父親教她的數息、觀息完全相符。原來，父親無形當中已經把如何內觀教會了她。更貼切地說，她似乎只是在印證自己本來就知曉的。而那種知曉，是生命本能的知曉，即使在最痛苦的時候也不會失去，反而還會主動從內在跳出來，自己教會自己。

「透過呼吸和當下的自己連結，跟自己說，我知道，我現在正在吸氣，我知道我正在吐氣。我和自己在一起，不管我的內在出現什麼情緒，什麼記憶跳出來找上我，我都如實觀照，如實接納，對自己誠實。」朵拉說著，從跪坐變成高跪的姿勢，抬起臀部，雙手放在下背部，慢慢提起胸骨，身體微微往後彎，頭也跟著向後仰。

跟著朵拉做駱駝式瑜伽的動作時，洛桑感覺自己的胸腔和喉輪完全敞開。她感覺疼痛，試著慢慢往後彎，把自己拉開，並漸漸有一種敞開後的流動與暢快。從這個動作，她才發現自己的身體是如此僵硬封閉，把心輪和喉輪鎖得如此緊繃，以至於活得如此壓抑辛苦而不自知。

「深呼吸，一遍又一遍地深呼吸。越吸越深，越吐越長，讓每一次的呼吸，帶你去到更深的所在，和自己對話，和更深的自己連結。」朵拉引導洛桑回復到屈膝跪坐的姿勢，臉部慢慢往下朝著地面，用上半身貼住下半身，直到額頭貼住地面。接著，把兩隻手臂向後伸，讓手背貼住地面，就像在子宮裡等待長大的胎兒。

「做完駱駝式瑜伽的動作，把心輪和喉輪敞開後，也許以前被你鎖住的記憶，你所不願面對的往事，會自然而然流洩出來。這時，你可以做海螺式這個動作，一方面平衡身體，一方面也把自己還原成初生的嬰兒，一顆新生的種子，用初生的眼光，面對過去的自己。」

從駱駝式瑜伽，到海螺式瑜伽，最後回到跪坐的姿勢。洛桑微閉著眼睛，靜靜地呼吸，突然浮現以前在阿蘭若和母親相處的時光。

❀ ❀ ❀

每天晚上抱著她入眠時，母親會回憶白天在樹林裡採果子野菜，在山林所看到的種種色彩。雖然阿蘭若族人不能擁有色彩，從外面採集回來的水果蔬菜，必須用黑布覆蓋，即使烹煮有顏色的食物，也必須用黑色的餐盒裝上。

但色彩依舊活在母親的心底。

母親說：「紅色的蘋果、橙色的橘子、黃色的芭蕉，還有大自然各種顏色的花朵，就算被黑布蓋上，就算在枯槁後會變成褐色，腐爛後變成黑色，卻無損於其黃色、橙色、紅色的本質。

「雖然枯槁了，腐爛了，表面上不復存在，但在屬於它們的季節來臨，只要種子還在，依舊會冒出黃色、橙色、紅色的色澤，依舊擁有屬於它們的色彩，這些豈是外在的教條或詛咒所能抹滅？相同地，一個人的情感是鮮活的，怎麼可能結了婚，就被一紙婚約綑綁或束縛？」

「如果，活生生的愛是自由的，那麼，愛的許諾呢？愛難道不也是一種許諾？」自從發現母親有外遇後，洛桑幾度想開口問母親，但話到嘴邊又吞了進去。

洛桑已經不記得在幾歲時，就知道母親在外面有情人。雖然當時她年紀還小，甚至還不懂愛情是什麼，童稚的眼睛卻早已知曉母親愛上了父親以外的男人。從母親眺望外面殷殷期盼的眼眸，喜不自禁掛在嘴角的笑容，會見情人暗自嬌羞卻綻放光芒的臉龐，即使她還那麼小，還不曉得男女的情愛和欲望，卻也眞切地知曉母親即將外出和情人會面。她知道在那麼重要的時刻，她不能吵不能鬧，還要假裝什麼都不知道。雖然她年紀還那麼小，卻可以輕易僞裝得那麼好，這和部落族人用黑布遮蓋黃色、橙色、紅色的色澤，假裝這個世界除了黑色什麼顏色也沒有，什麼事也沒發生，有什麼兩樣呢？

或許是因爲太愛母親，過度包容，而害了母親。在母親面前，過於早熟的她反而比較像母親的母親，母親反倒像個天眞浪漫任性的小女孩。而父親呢？如果他早已知曉卻縱容母親越陷越深，這究竟是愛還是不愛？

洛桑想起母親時，總有一種莫名的罪惡，她總覺得母親的死，是她縱容母親造成的。她包容了母親對父親的背叛，也包容了母親對部落的叛逆。在很小的時候，她就知道，喜歡唱歌跳舞的母親在山林裡有一個祕密基地。母親將撿拾而來的各種彩色石頭和花朵，藏在屬於她的祕密基地，那是母親的夢幻基地，也是母親在黑色的部落可以好好活下去的唯一出口。沒想到後來竟有人向部落長老告密，母親被判了重罪，被囚禁在不見天日的牢房，長達十年。

村子裡充斥各種流言。有人說，告密者是父親，爲的是報復母親感情的背叛。母親的情人從此遠離，不曾到牢房探望。有人說，是父親恐嚇威脅了母親的情人，禁止他們有任何聯繫。報復與背叛、各種耳語與揣測像箭一樣指向父親和母親。母親因此性情大變，在牢裡時而咆哮，時而咒罵，身心漸漸失衡，生了重病，不再言語，也不想見任何人。出獄後不久，母親就病逝了。

「失去一生的摯愛」、「最愛的東西被狠狠剝奪」、「傷害我們最深的人，竟是我們最愛最信任的人」，這三個痛苦的印記從此緊緊揪著洛桑，難以再脫落。她不明白，父親爲何要用這樣的方式報復母親？母親縱然有錯，但不再相愛的兩個人，爲何不能好好說再見，而要用這樣的方式傷害彼此？

在母親被囚禁之後，失去母愛的洛桑，與父親的距離和隔閡日益加深。她逃避父親，失去愛的安全感，開始怕黑，害怕一個人，開始莫名地焦慮、頭痛，不知道如何面對加諸她身上的痛苦和陰影。面對部落裡的各種流言，唯一會到家裡陪伴她的，是從小一起長大的鄰家大哥丹增。對她而言，丹增就像是她的哥哥，那種感情像親情、像恩情，卻不大像愛情。這種若即若離、介於愛情與恩情之間的糾結和矛盾，在丹增長大、對洛桑表達情意後，隱隱約約開始困擾著她，變成一種愛的負擔。

❀ ❀ ❀

從回憶中一步一步走過來的洛桑，雖然淚濕衣襟，卻有一種終於能好好面對的坦然和放鬆。原來自己和自己對話，接納那些烙印在心上的傷痕，是如此地重要。當她能如實面對、接納，竟然沒有在回憶的過程中出現劇烈的頭痛。

洛桑想起，朵拉的父親最初也不准她接觸色彩。夾在一心想回西藏、愛已經不在丈夫身上的母親，與緊緊抓著愛、怎麼也不願意放手的父親之間，朵拉如何走過父母的情感拉扯，如何看待黑派與白派的衝突？

此時朵拉正在一旁靜靜作畫，洛桑走過去，看到朵拉所畫的圖，嚇了一跳。

「阿蘭若勇士！」洛桑幾乎尖叫出聲。她注意到這個鷹頭人身的身體裡面，還有許多大大小小的圓，正如當初那個老藏人在她的手心所畫的，圓裡面有一個小點。

「這是阿蘭若勇士才會有的老鷹頭套和羽毛披肩，我在書上看過。」洛桑用手指著圖，眼睛盯著圖上七彩的小圓。

「是的。原稿在雪雁那裡，我送給她了。這是我最近重畫的。」朵拉放下畫筆。

「雪雁是誰？」

「一個喜歡老鷹、來自臺灣的女孩。她當初來西藏旅行時，也住在這間青旅。」

「為什麼你會畫出這張圖，難道是因為你的父親是阿蘭若的勇士嗎？」洛桑覺得這張圖一定藏著什麼祕密。

「剛開始，我只是因為偶然的因緣，深入內心的世界，用潛意識和直覺畫出這張圖；後來整理父親的遺物時，才發現這個圖像，竟是父親作為阿蘭若勇士的老鷹頭套和羽毛披肩。我從來沒看過，竟然可以用潛意識畫出一模一樣的圖。」

「怎麼會這麼巧？」洛桑覺得這種巧合實在太不可思議。

「我想，所有生命一定有一份共同的記憶檔案。這份記憶檔案，儲存了我們生生世世的記憶。如果兩個人的因緣成熟了，某個記憶被觸動、被催化了，生命就會自動從這個記憶庫提取兩個人的檔案，喚起兩人在某一世的記憶，以及靈魂與靈魂之間在過去所做出的承諾，包含曾經受過的傷害、對彼此的悔恨、歉意，以及想從對方身上要回什麼。生命的本能會驅動內在的靈魂採取行動，做一點什麼，讓過去所經歷的愛與恨，得到平衡和補償。

「經過多年的探尋，我才知道，這個記憶庫檔案叫阿賴耶識。生命本能的驅動力，就是所謂的業力。業，就是緣。緣來了，你的心動了，生命本能的驅力，就會催動你從阿賴耶識的記憶庫，尋找和你有緣的人事物，展開一連串的故事和追尋。那些都是為了讓你們之間有機會化解傷痕，或一起圓滿所願。」

「你的意思是說，我們的父母所經歷的愛與恨，是他們在記憶檔案庫原本就有的糾結，是他們原本就要學習去平衡與補償的嗎？」洛桑突然釋懷。

「可以這麼說。今生沒有學好，來生繼續學。已完成、未完成，所有落下的種子都會儲存在阿賴耶的記憶庫裡。只能說，很可惜，我們的父母沒有好好把握住今生去圓滿彼此的情緣。所謂的圓滿，並不一定是兩個人最終在一起，而是學習化掉彼此的心結，並願意祝福對方在愛裡最終的選擇。我們要把握的永遠只有今生，活著的每一個當下，盡力去圓滿。錯過當下，錯過今生，下一刻，下一生，會用什麼形式再來，一切都不可知。」

「這樣子說來，靈魂在投胎出生前，眞的會彼此許諾並留下印記嗎？」洛桑突然想起瑪吉阿米餐酒館那位神祕女子對她的叮嚀，以及告別蔣秋·森巴之前，腦海突然迸出的小沙彌。

「沒錯。就像我畫的這張圖，就是我和父親之間的靈魂印記。雖然父親已經過世了，但這張圖的顯現，或許代表我曾經對父親許諾了什麼而尚未完成。往者已矣，未竟的旅程要由活著的人、留下來的人繼續完成。」

「你如何從這張圖辨識出，是你的父親留給你的靈魂印記呢？」

「往內心探尋就知道。你心裡過不去的坎，縈繞在你心中揮之不去的影像都是。以這張圖來說，父親一直反對我接觸色彩，但我學了藝術和瑜伽之後，卻發現我們每個人身上本來就具足了所有的顏色，色彩本來就活在我們身上。或許我的靈魂曾經許諾父親，透過他留給我的靈魂印記，找出阿蘭若黑派與白派之間衝突的眞相。」

「如同母親說的，心靈色彩是永遠無法被剝奪的。」想起母親，洛桑心裡還是痛。她指著畫上的圓說：「那些圓形，和色彩有什麼關聯嗎？」

「圓形，是我們身上大大小小的經脈所形成的能量圈。這些能量圈有各種顏色，我學了瑜伽之後，發現我們身體內部圓形的能量圈，叫作脈輪。總歸來說，我們身上有七個脈輪，蘊含七個人生課題。

「海底輪，位於尾椎骨尾端，是紅色，連結生命的本能和基本生存欲望。臍輪，位於恥骨和肚臍之間，是橙色，連結情緒和情感的渴望。太陽神經叢，位在胸骨和肚臍中間，是黃色，連結個人世間智慧和個人力量。心輪，位在胸部心臟周圍，是綠色，連結愛與慈悲、成長與療癒。喉輪，位在喉部，是藍色，連結聽與說、創造與溝通。眉心輪，位在前額兩眼中間，是靛色，連結第三眼、直覺與內觀。頂輪，位在頭頂中心，是紫色，連結靈性與覺知。

「我們來人間，面對的就是這七個人生課題。通過七個課題的考驗，保持這七個脈輪的平衡，而不是偏向某一個脈輪、某一個顏色，你的身心靈才會得到真正的健康與圓滿。」

洛桑再次想起蔣秋．森巴說過，在欲界我們是通過色身和情欲來修行。她數著紅橙黃綠藍靛紫七個顏色，來到西藏之後，不知不覺之間，諾布已經把每個顏色和內在的連結都告訴了她，而這七個脈輪的成長課題，剛好是她目前正在學習的。

「如果白派說得沒有錯，心靈本來就具足所有色彩的能量，那麼，一切都是黑派的錯嗎？」想起父親，洛桑心裡再度糾結起來。會不會在她漸漸學習接納父親、接納黑色，最後卻發現父親還是錯的？她突然很害怕接受這樣的結果。

「黑派其實也沒錯，因爲所有的顏色融合在一起就變成黑色。黑色本身就融合所有的顏色，因此，黑色在色彩裡含藏所有的可能性。也許當初阿蘭若經歷災難時，長老出現的夢境，是建議族人閉黑關。那是一種特殊的修行，在全然的黑色裡面靜下來，往內收攝，勇敢地面對災難過後潛藏在族人心裡的創傷和陰影。這也許是當初黑派創派的初衷，只是後來這個初發心被扭曲了。

「同樣地，白派也犯了相同的錯。心靈的色彩雖然是天生本有，但並不代表就能隨著色彩放縱情欲。執迷於色彩，過度沉溺於情愛，反而更容易在愛裡迷失。

「生命其實不是非黑即白、誰對誰錯，一定要二分法做出極端的選擇，而是由外往內收攝，同時又能由內往外綻放，能收能放，心靈才能得到眞正的自由。黑派和白派原本都沒有錯，錯在他們忘了創派的初衷，扭曲了初發心……。」

洛桑一下子恍然大悟，黑派和白派原來是誤會一場。白派不是全然都對，黑派也不是全然都錯。她有母親的紅，卻不全然屬於母親的紅；她有父親的黑，卻也不全然屬於父親的黑。她屬於自己，有自己的顏色。她愛母親，也愛父親，她不是父母感情的仲裁者，她不是法官，也不需要當法官。她只要知道，父母親愛她，她也愛著他們就夠了。

或許父親的傷，來自於他內在的靜默，不知如何往外溝通；而母親眞正的傷，在於她不知如何往內面對自己的陰暗面，以至於在受創之後，連帶地失去自己，也失去紅色的熱情和熱血。

洛桑深深吸了一口氣，把母親的彩色吸進去，融入父親的黑色。她感覺母親和父親的愛同時匯流在她身上，合爲一體，從此以後，她完整了自己，不再被父母的愛撕裂了。

她在心裡爲母親和父親修慈觀：「**願我的父母親內心沒有嗔恨，願他們心裡沒有痛苦，願他們身體沒有病痛，平安快樂。**」

她再度默默流下兩行熱淚，深深感受被淚水洗滌後的平靜和安穩。她想起，她初來西藏無意間拾起的愚人卡，那個天眞的旅人面對前方的懸崖，眞的會跳下去嗎？

「生命行走的路徑是圓，不是直線。」她畫了一個大圓，把腦海浮現的愚人卡裡面的旅人圈起來，然後在旅人的心上點了一點。

她揚起嘴角，望著遠方，突然知道自己下一步要怎麼往下走。

七、康巴漢子

洛桑的心輪、喉輪敞開了，身心自然融入色彩，不再有內外的拉扯和矛盾。她買了一條藏式七彩條紋的圍裙，烏黑的頭髮摻進彩色絲線，紮成幾條小辮子垂在胸前，戴上綠松石耳環，做了藏式的打扮。

出門見諾布的下午，拉薩剛下了一場雨。雨後天晴的天空，掛了一道美麗的彩虹，她張開雙臂深深吸了一口氣，感受心裡重新擁有紅色的熱情、橙色的喜悅、黃色的自信、綠色的新生、藍色的安穩、靛色的觀照，以及紫色的靈性。她終於明白，爲什麼人們看到彩虹時總是那麼開心暢懷，因爲彩虹凝聚了所有顏色帶來的能量。

「洛桑，你這條藏式彩色圍裙，眞好看。」諾布不知什麼時候來到她的身旁，俏皮地發出驚嘆聲，故意環繞洛桑一圈後，畫了一個大圓，把洛桑圈在裡面。

「關於圓輪的祕密，我已經找到了。其實就藏在……。」諾布說著，突然停了下來，凝視著洛桑，眼神似乎流轉著什麼話語想告訴她。

「是什麼呢？」洛桑的心怦怦地躍動著，夾雜著再次見到諾布的喜悅。

「圓輪的祕密，就藏在，圓圈的那一點裡。」諾布再次畫了一個大圓，把洛桑圈在裡面。

就在諾布的手即將點上一點、快要碰觸洛桑的心尖時，他突然從身後另一隻手拿出一顆紅蘋果，用手心把蘋果搓熱了，才放在洛桑的手上。

洛桑的臉紅了，從暖暖的蘋果感受到諾布的心意。當諾布的指尖指向她的心尖，短短幾秒的瞬間，她的臉頰莫名發燙，全身上下熱呼呼地湧上一陣溫潤的熱潮。她不知道自己怎麼了，像是原本紅色的她，忽然湧進了甜甜的粉紅和浪漫的紫色。

也許是爲了沖淡上次調侃洛桑的尷尬，這次依約見面的諾布，似乎努力想彌補一點什麼，獻上蘋果的當兒，還哼唱了一首藏歌。

額頭上寫滿祖先的故事，雲彩托起歡笑，胸膛是野性和愛的草原，任隨女人恨我自由飛翔。血管裡響著馬蹄的聲音，眼裡是聖潔的太陽，當青稞酒在心裡歌唱的時候，世界就在手上。

諾布的歌聲渾厚深沉，充滿力量，像是在抒發自己的感情，又像是在爲族人祈福。洛桑注視著諾布，他的頭頂髮辮間依舊盤纏著紅色絲穗，除了穿著傳統的黑色藏袍，還特別加了深紅色的披肩，腰帶繫著手工雕刻的木製護身符，手指上戴著銀製戒指，再加上高筒的皮靴，不同於先前花店主人的打扮，顯得更加帥氣，英姿煥發，像是爲了今日的赴約刻意打扮。

「這首歌的名字叫〈康巴漢子〉，描述的是康巴漢子野性不馴、豪放的天性。但是我呢，骨子裡雖然有康巴漢子的浪蕩不羈，但在現實人生裡總有做不完的事、放不下的羈絆。從因果關係來說，我上輩子應該是有很多業障的人，這輩子來消業障，積德行善，祈求來世能做個覺悟者。」

「噢，你看起來不像是個有很多業障的人。」洛桑很訝異諾布會這麼形容自己。但想到諾布花店門口那個充滿問號的花葉曼陀羅，她一直沒機會問他究竟經歷過什麼樣的人生，讓他一口氣問了十七個問題。

「我帶你到藏人寺院看看那個生命之輪，你就會知道，我們人生的業果和煩惱是怎麼來的。或許裡面有你想要的，關於圓的答案。」

諾布說著，牽起洛桑的手，在她的手心畫了一個圓，在圓的中心，點了一個小點。諾布的手勢、動作是那麼地自然，也許他一心一意只想履行對洛桑的承諾，但諾布彎下身在她的手心畫圓時，盤繞在他髮辮間的紅色絲穗，再度讓洛桑想起火鶴紅色的花苞，以及初識諾布時，他點了一根蠟燭，微微的燭火映照在火鶴花苞掌心所豎起來的金黃色小圓柱上。這些當初看似不經意的細節，如今卻栩栩如生地湧上洛桑的心頭，從記憶裡滲出微微的甜意。

諾布帶著洛桑，往前彎進布達拉宮附近一條山路。

「喏，你想看的圓輪，就在這裡。」諾布指著隱密於山林，一間古老寺院牆壁所畫的一個大圓輪。他沿著圓輪的周圍畫了個大圓，接著在中間點了一個小點，指著裡面畫的三隻動物說：「雞，代表貪欲；蛇，代表嗔怒；豬，代表愚癡。貪嗔癡，是生命輪迴的根源。」

「爲什麼圖畫裡的豬，嘴裡會吐出雞和蛇呢？」洛桑覺得這幅圖很有趣，一定有什麼含意在裡頭。

「這幅圖，象徵貪、嗔源自於愚癡。因爲你有錯誤的知見，才會對你所愛的、所恨的，緊緊抓住不放，讓自己受苦折磨。

「這是圓輪中央第一圈。」諾布說著，繼續解釋圓輪中央第二圈，將一個人的貪嗔癡分爲往上爲善，往下爲惡。再往外，中央第三圈，將圓圈分爲六塊，象徵六道輪迴，依據一個人一生所儲存的阿賴耶記憶，爲善或爲惡所造作的善業惡業，臨命終時，投生到六道：天人、阿修羅、人、畜生、餓鬼、地獄。

洛桑跟著諾布畫圈，從中心點的第一圈貪嗔癡，往外第二圈，到第三圈六道輪迴，然後指向三個圓的中心，點了一個小點。

她一下子心領神會，原來這就是蔣秋．森巴所講的三界六道輪迴，即使天人有二十八層天的修行層次，竟都脫離不了圓輪最中心的根源：貪嗔癡。我們所愛的、所恨的，點點滴滴細細小小的心念，居然能造就這麼龐大的三界六道輪迴。

「這麼龐大的輪迴，追根究柢，只是中心點貪嗔癡。而貪嗔的根源來自於愚癡，一個錯誤的知見。」諾布再度畫了一個圓圈，在中心點了一點，手指落在圖畫中那隻豬的嘴巴：

「只要你有正確的知見，知道如何放下情執、嗔恨，就沒有這些輪迴折磨了。」

洛桑想起蔣秋．森巴提過修行的次第，修行的時間長達三大阿僧祇劫，怎麼可能如諾布所說，只要有正確的知見就能簡單地超越輪迴？她突然注意到三個圓圈的中心，還有一條白色的線，由內往外，連至圓輪外面。她的視線追隨那條白線，往外連結到圓輪外面，竟是僧人持著白線，引導眾往生圓輪外面的佛刹土而行。

「這意味著更高的修行、佛陀的教導，可以幫助眾生脫離輪迴。」諾布會心一笑，隨著洛桑的視線，用手沿著白線畫了一道線往外延伸，再由外往內回到洛桑的視線前，故意朝著洛桑眨眨眼：「你專注凝神的模樣，像老鷹般的眼眸，眞的很獨特，教人很難從你的眼睛移開呢。」

洛桑的臉又紅了。她別過臉，諾布故意又往前跨越一步，側身低頭直視洛桑的眼睛：「你老實說嘛，你和老鷹究竟有什麼特別的緣分和祕密呢？」

洛桑臉上的紅暈像水彩一樣暈開，她不敢直視諾布清澈的雙眼，抬起頭指著在天空翱翔的老鷹，半開玩笑地說：「想知道的話，你得拿出同等分量的祕密來交換才行。」

「沒問題，我的祕密就藏在圓輪最外圈，十二因緣的流轉裡。這十二格，每一格都代表一個因緣。從第一格『無明』開始，後面十一個，每一個都源自前一個，環環相扣，所以成爲十二因緣。」

洛桑靠近圓輪一瞧，還有一層更大的圓在外圍。用手數了數，這個圓總共分成十二格，每一格還畫有生動的圖畫呢。

「如果你在西藏住久了，會發現西藏是彩色的，但藏人的生命卻是單純而充滿秩序，如同周圍這些隨風飄揚的彩色旗子。」諾布指著布達拉宮附近山路，懸掛在兩座高山之間，連接在白塔之上的五色小旗子說：

「經幡的顏色及順序都是統一的，由上到下依次是藍、白、紅、綠、黃。藍色代表著藍天、白色象徵白雲、紅色象徵太陽、綠色象徵河流、黃色象徵大地。經幡五種顏色排列的順序不能隨意改變，就像大自然中天地不能顛倒，天道的運行與大地的吐納都有自己的軌則。

「十二因緣的流轉也是一樣，上一個因緣扣著下一個因緣，順序不會顛倒，只會像圓輪不斷流轉。藏人懂得遵從這些生命運行的規則，自然活得單純而定靜。」

洛桑仔細一看，第一格所畫的圖，是一個瞎子。她嚇了一跳，第一個緣起，居然像是瞎子蒙著眼睛走路，才會步入無明。這跟諾布所言，輪迴的根源是愚癡，是因爲沒有正確的知見是一樣的。

「我懂了。沒有正確的知見，就像瞎子走路，無法看清楚前方的路，把自己置入險境。」

「沒錯。沒有正確的知見，內心看不清楚事理，便產生無明的煩惱。有了煩惱，有了困惑，心就會妄動，妄動就會造業。」

接著，諾布指著第二格：「裡面畫的圖，是一個陶匠在捏陶，象徵十二因緣的『**行**』。

行，代表你開始造作，像一個捏陶的陶匠開始創造自己的故事。有無明的因、造作的緣，有因有緣，後面就會結果。如何結果呢？就是你的靈識，會帶著你創造的記憶來投胎受報。」

「所以，十二因緣的靈識，就是我們過去的無明和造作，讓自己的靈魂帶著自己創造的記憶來投胎，造成現在的樣子。」洛桑的腦海突然迸出「自作自受」四個字，隨即又想，這不正意味著：自己的人生，自己創造，自己承受。既然是自己在創造自己的人生，一切取決於自己，生命就單純多了。

她再度想起蔣秋．森巴教她的慈觀：

願我內心沒有嗔恨，願我心裡沒有痛苦，願我身體沒有病痛，平安快樂。

當一切從照顧自己出發，接受現在的一切都是自己所造，心甘、情願，不怨天、不尤人，同時也相信自己可以不斷創造自己的人生，那麼還有什麼是過不去的？洛桑的心頭亮了起來。爲何她的生命在剎那間突然變得這麼明朗，這究竟是怎麼一回事？

「靈魂投胎，當然會從阿賴耶識的記憶，尋找跟他有關係的。」諾布指著十二因緣的第三格，洛桑看見一隻猴子在樹梢上，從一間空屋跳到另一間空屋。

「空屋，就像是我們的身體。身體只是我們這一生居住的房子，臨命終時，我們的靈識離開了原本的房子，會非常躁動，像猴子一樣跳來跳去，急著找另一個空屋去安住。此時，因爲沒有身體的束縛，靈魂波動的速度和能量非常強大，意念到哪裡，靈魂就跟著到哪裡，臨終最後一念的心識和牽掛，往往決定一個人未來投生的去所。這就是爲什麼藏人行住坐臥，時時都在唸佛，因爲你並不知道生命最後一刻何時會到來。時時唸佛，時時安住在清淨心，臨終那一刻投生佛國淨土就有把握。」

「諾布，假如一個人沒有信仰，臨終時，靈識像一隻猴子跳來跳去，會發生什麼事呢？」洛桑想起自己完全沒有信仰，阿蘭若族人的信仰就是信靠部落的長老，如今她才知道，部落的長老並不一定具足眞正的智慧，否則就不會演變成後來黑派和白派的衝突，造成那麼多痛苦的折磨。想到這裡，她突然對所謂的信仰、「正確的知見」，產生一種虔敬心。

「沒有信仰，沒有修持定功，靈魂會循著自己所儲存的記憶去尋找有緣的人，可能報恩、報怨、討債，或還債。

「報恩是善緣，報怨是惡緣。如果子女來討債，父母過去是欠他的，欠得多，有的父母會養孩子一輩子，年老力衰還需要賣力賺錢養孩子。若是欠得少，也許養個幾年，孩子就突然離世了。有些父母會因爲孩子過早離世而傷心，但實情有可能是因爲他們和孩子之間的債務情緣已經還清，彼此沒有相欠，孩子就走了。」

洛桑沒想過可以這樣思考。記得鄰家的伯母，她的孩子年紀很小就不愼墜入山崖而死，伯母非常傷心，以爲是自己的疏失，或觸犯了鬼神，終生鬱鬱寡歡。卻沒想到，也許孩子和她的情緣短短幾年就足已還清。死去的人，也許以他們想要的方式沒有牽掛地離開，反倒是活著的人放不下情執，不停地傷心，折磨自己，不知離世的孩子早已走上他的旅程，去尋找和他下一世有緣的人。

「緣起，緣滅，都有一個時間點。那個時間點，不是我們凡人的腦袋可以看透。既然如此，何不讓一切隨緣？我們藏地常說，人與人之間相見相識，一定要有緣分。無緣的話，兩個人擦身而過也不會對看一眼。

「當一個人離開，一定是你們之間的情債已經還清。不管是怎麼離開的，結束了就是結束了，當對方對你已經沒有任何念想，你再怎麼強求都無濟於事，不如勇敢放手，讓緣分自己去流轉。有一天，緣又來了，也許會以不同的樣子、不同的形式再碰面也說不定。」諾布對緣分的體會似乎很深，說這一段話時似乎在自言自語，而不是在說給洛桑聽。

「如果，兩個人之間是還債的關係呢？」洛桑順著脈絡繼續問。

「如果子女是來還債的，欠得多的子女會賺錢供養父母；欠得少的子女，對父母的供養就比較微薄。大體上，對父母報恩的子女會很孝順，情緣深厚；對父母還債的子女只願意付出錢財，卻沒有孝親之心，和父母的感情會比較疏離。

「從報恩報怨、討債還債的關係來看，倘若一個人上有父母、下有子女，加上兄弟姊妹之間，彼此報恩報怨、討債還債的關係都不同，就形成家庭錯縱複雜的情緣糾葛。一個家庭如此，再加上家庭之外的人情世故也是報恩報怨、討債還債的因果循環，人與人之間互相糾纏、互相牽掛，就變成龐大的互聯網。」

洛桑聽著，突然對諾布出生在一個什麼樣的家庭、曾經經歷什麼樣的感情感到好奇。她思忖著要怎麼開口，諾布卻一心一意只想把圓輪裡的十二因緣，完整地告訴洛桑。

「十二因緣，第一個是『**無明**』，第二個是『**行**』，第三個是『**識**』。第四個是『**名色**』：名是精神，色是物質。靈魂找到父母投胎，大概十四天就有心跳，形成一個具有精神和物質作用的肉團。第五個是『**六入**』：胎兒形成，眼耳鼻舌身意六根長出來了。第六個是『**觸**』：觸，就是出生，出胎與外面的世界接觸了。第七個是『**受**』：隨著成長，開始有各種感受。因爲這些感受，而有第八個『**愛**』；有了貪愛，就有第九個『**取**』：喜歡的，想要占有，這是取；不喜歡的，想要逃避離開，也是取。取，就是取著、著痕，在心上烙下痕跡，於是就形成了第十個『**有**』。『**有**』，是有了種子，在阿賴耶識種下了善惡業的種子。於是，就有了第十一個『**生**』，再跟著阿賴耶的記憶去受生投胎，又是一個新的輪迴。投胎之後，又有了第十二個『**老死**』。像一個圓輪，不斷輪轉。

「過去因，造成現在果；現在因，造成未來果。這就是三世因果。」說到這裡，諾布拿出紙筆，把十二因緣畫成了四個圓輪，標示出過去、現在、未來的因果輪迴。

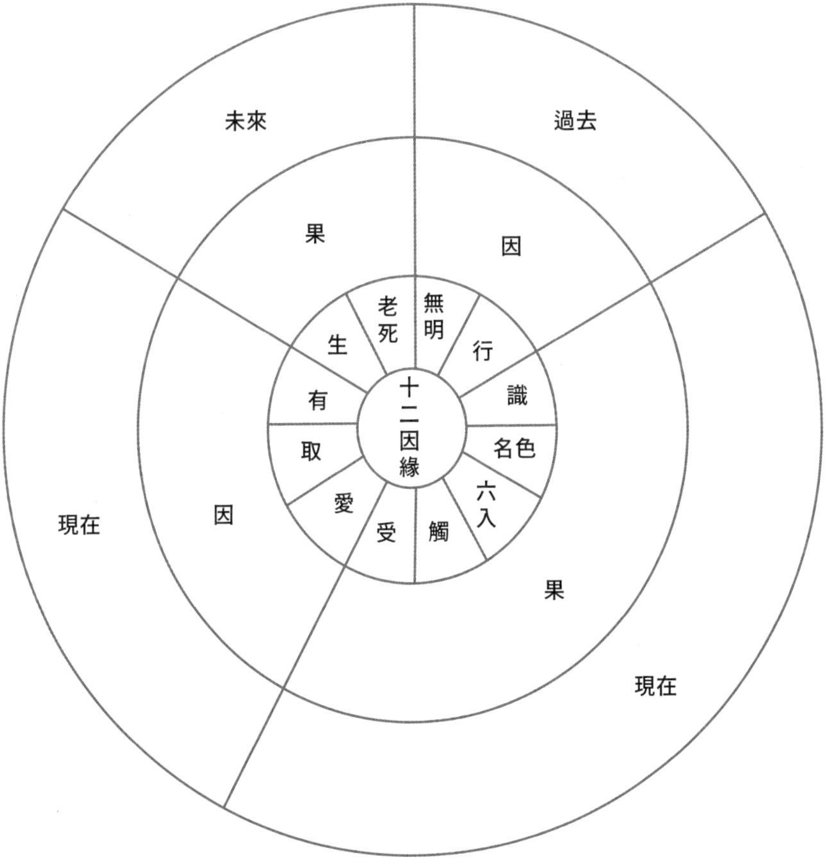
未來
過去
果
因
老死
無明
生
行
有
十二因緣
識
取
名色
愛
六入
受
觸
現在
因
果
現在

「**過去因**『無明、行』，造成**現在果**『識、名色、六入、觸、受』。」洛桑看著諾布畫的圖，驚訝地發現：

「我們現在的感受，居然是已成定局的結果，是今生註定的果報？這講不通呀，好像我看到誰，對某個事件有什麼感受，都早已註定似的，而不是取決於自己的自由意識。」

「你眞有慧根，看到重點了！你的感受是註定的，是現在果。而你現在的自由意識，尤其是**當下每一個轉念，就是現在因**。

「**現在果**，提醒我們先接納所有發生在自己身上的事物。今生不管遇到誰、出生在什麼家庭、經歷什麼感受，甚至喜歡什麼食物，你的眼耳鼻舌身意，所引發的色聲香味觸法，都是從你靈魂的阿賴耶識記憶庫提取出來的。所以你喜歡吃的食物、愛好、興趣，天生就有你自己的喜好。正因爲這一切都早已註定，一旦警覺自己今生的愛欲嗔恨，來自於自己過去所種下的執念和習氣，現在的你、今生的你要種下什麼因，就會格外謹愼。這個謹愼的覺察，每一個當下觀照自己的起心動念，就是修心的起點。」

諾布攤開自己所畫的十二因緣圖，再一次說明：「不只是看到**現在果**的識、名色、六入、觸、受，還要看到**現在因**。

「**現在因**，起點就是十二因緣的**愛**。」諾布指著十二因緣圖裡面的愛、取、有。

「過去因，造成現在果，這個果報來到你的面前，已經發生了，就是發生了，無法改變。所以今生有緣遇到的每一個人、經歷的每一件事，當你所愛所恨的來到你面前，你都要敏銳地覺察並提高警覺。那都是過去因，所帶來的**現在果**。現在的你，能把握、能改變的，就是**現在因**。你想要在今生、現在活著的每一刻種下什麼因，就會造成什麼樣的未來果。

「**現在因**，只有三個：愛、取、有。有**愛**才有**取**。你的愛與不愛、取與不取，你現在種下的每一個因緣，在愛裡烙下的種種痕跡，決定了你的未來果。因此，在十二因緣裡面，**愛**，就變成今生最重要的功課和學習。」

「那麼，只要告訴自己不愛、不取，未來就不會結果了，是嗎？」洛桑脫口而出，好像又回到第一次在花店遇見諾布，她想把紅色所帶來的愛與傷、命運所帶來的詛咒狠狠推開時所說的話。很奇怪，她突然有一種熟悉感，這樣的場景不只在諾布的花店經歷過，好像在某個時刻也曾經面臨愛與不愛的抉擇。眼前這位康巴漢子究竟和她有過什麼因緣呢？她突然湧上一陣莫名的難過。

「當然不是不能愛，也不是不去愛，而是在愛裡隨緣，不執著。」諾布的回答一如和洛桑初識時的豁達。

「我們呢？我們爲什麼會在這裡相遇？是報恩報怨，還是討債還債？」洛桑終於問了她最想問的。

「我們自然是因爲有緣，才在這裡相遇。」諾布笑了。「至於我們之間是報恩報怨，還是討債還債，我並不知情，所以我對你一直保有戒愼恐懼之心。」諾布說著，故意做了一個紳士禮敬的動作，把洛桑逗笑了。

「嚴格來說，我們對每一個相遇的人、經歷的每一件事，一枝草、一朵花，哪怕是一隻小蟲子來到我們面前，都要戒慎恐懼並發自眞心禮敬。一方面是因爲我們並不知道，在龐大的阿賴耶記憶庫裡和他們會有怎麼樣的因果流轉；另一方面，藏人崇尚萬物皆有靈性和佛性，禮敬萬物就是禮敬內在的靈性，甚至是禮敬未來佛……。」諾布想要再往下說，卻被洛桑打斷了。

「諾布，你有愛過嗎？在愛與不愛之間，你眞的那麼豁達嗎？」

諾布沒有想過洛桑會這麼直接問他。他收起笑容，想了半晌，朝著布達拉宮的方向，做了一個虔誠的禮敬。

「作爲藏人，我最愛的是佛；作爲康巴漢子，我最愛的是老鷹。每一個藏人的心裡都有一尊本尊佛，每一個康巴漢子的心裡，都有一隻雪山雄鷹。」

諾布帶著洛桑來到寺院的頂樓，眺望遠方的布達拉宮。他告訴洛桑，布達拉是「普陀山」的變音，意思是觀世音菩薩的道場。布達拉宮的宮殿兩邊各有一個半圓形的延伸建築。

「相傳這半圓形建築，是老鷹捲起來的一雙翅膀，在末法時期，大地被洪水淹沒，屆時老鷹的翅膀便會展開，整座布達拉宮便會隨著老鷹凌空飛去。

「對藏人而言，老鷹是神鳥，也是聖山的守護者。每次我眺望空中的老鷹，常常不自覺地想要成爲祂。當我深深地凝視老鷹，祂的靈性、忠誠，與強大的力量，彷彿也轉移到我的身上。不知不覺之間，我把老鷹的力量內化成爲我身上的一部分，感覺自己像老鷹一樣，可以飛得很高，看得很遠。可是，當我從心底生出如同老鷹一般強韌的生命力時，卻又猛然察覺，這股力量本來就活在我的身上，而且一直在我身上，從來沒有離開。

「從外在的老鷹，到內在的老鷹，我深深感受，眞正的力量來自於自己的心靈深處，只是我們都遺忘那股原生的力量和本能罷了。」

在訴說這段與老鷹的因緣時，諾布的眼神、姿態，全身上下綻放著一股動人的光芒。洛桑終於明白爲什麼阿蘭若老奶奶會把阿蘭若勇士的印記，老鷹的羽毛，送給了諾布。

「我說完了。現在換你用一個同等分量的祕密，和我交換吧。」諾布露出期待的眼神。

洛桑拿出放在腰間的羽毛。「這是我在阿蘭若的聖山阿蘭若迦山，無意之間撿到的老鷹羽毛。在喜馬拉雅山的部落，只有長老和被揀選的勇士才能擁有羽毛。從小，我就渴望擁有老鷹的羽毛，擁有老鷹的力量，我想，我有幸撿到這根羽毛，或許在我的潛意識，在撿到羽毛的那一刻，我就已經揀選自己成爲生命的勇士了……。」

說到這裡，洛桑突然想到，蔣秋・森巴要她在還沒有學會修心的八個竅訣之前，必須保守與他會面以及和阿蘭若相關的祕密。她突然停了下來，把老鷹的羽毛收回腰間的口袋。

「然後呢？」諾布以爲洛桑會繼續往下說。

「沒有了。就這樣。」

「什麼？我跟你說了那麼多，你卻只說了這麼一小段話，和你做這個祕密交易，我眞的虧大了！」諾布故意做出像上回一樣吃驚的表情，彎下腰凝視洛桑的雙眼，洛桑的臉頰又開始發燙。她別過臉躲開諾布的眼睛，諾布卻往前跨越一步，走到洛桑面前。

「沒關係。就算我吃虧，也是我自己心甘、情願。重要的是，在這個圓裡，我和你，在西藏的這一個點，相遇了。」說完後，他在洛桑的手心畫了一個圓，然後在圓心的中央，輕輕柔柔地點了一個小點，就像火鶴的花苞化爲小紅燭，在她的心頭點了一盞燈，而這盞燈綻放的光芒卻是彩色的。洛桑的臉頰泛起了甜甜的紅暈，這似乎是她第一次在心頭對一個人湧上如此親近親切的情感。

「謝謝你告訴我圓點的祕密，又教會我怎麼用色彩融入心靈。」洛桑也在諾布的手心輕輕畫了一個O，然後在圓心輕輕地點了一個小點。「這個圓點，是黃色的向日葵，是紅色的火鶴，是仙人掌的小白花，是西藏的藍天、白雲、黃色的大地、紅色的火焰、青山和綠水，讓我們在這裡相遇。」

「圓點，也是太陽的符號。老鷹，從生到死，都向著太陽飛翔。太陽的烈焰，是紅色，老鷹的羽毛，是黑色，所以我以紅色加上黑色，作爲勇士的顏色，提醒自己像老鷹一樣，永遠向著太陽飛翔。」諾布凝視著洛桑的眼睛，再一次在她的手心畫了一個O，輕輕點了一個小點。「西藏的色彩、太陽和老鷹，也許連結了我們什麼緣分吧。」

諾布帶著洛桑從寺院返回布達拉宮的湖畔，兩個人一起曬太陽，吃蘋果，追逐天上的老鷹，跟著藏人唱歌跳舞。洛桑從小到大從未如此開懷，手心上的圓點和諾布的指尖一直交纏著，從手到心，從心到手，再也沒分開，也分不開了。

八、守護

洛桑開始在諾布的花店打工。除了幫諾布看店，一起照顧花園的花朵、孵化花的種子，有時也和諾布上山採蟲草，一起轉山、煨桑、掛經幡祈福。不只是手心上的圓點，她發現眼睛、嘴巴、耳朵……，都是圓點。她身上的圓點一個一個被諾布打開了，七個身體的脈輪、七彩的光芒，和諾布身上的圓點互相交融、互相輝映。她擁有了愛情，充滿了各種色彩，當她再次來到布達拉宮的森林小徑，向蔣秋．森巴學習修心的八個竅訣，已經不再是當時那個活在黑色部落的洛桑。

「第一個修心竅訣，是珍愛眾生甚於如意寶。」多日不見，蔣秋．森巴剪去了長髮，清瘦的臉頰加上透亮的容顏，看起來更像是僧侶。

「如意寶是什麼？」洛桑問。

「如意寶，就是聚寶盆。你想要什麼，便如你的意，變現出來給你。如意寶，可以給你物質的東西，給你房子，給你很多錢。可是，如果房子空蕩蕩，什麼都沒有，住在一千萬的豪華宮殿，也會感到空虛。

「如果房子裡面有你所愛的人，你擁有愛情。如果房子裡面有愛你的父母和兄弟姊妹，你擁有親情。如果你在房子裡面做蛋糕，和好朋友分享，你擁有友情。你的父母、兄弟姊妹、好朋友，就是所謂的眾生，是不是比如意寶還寶貴？如意寶可以給我們物質的享樂，卻無法給我們想要的愛情、親情和友情。

「當你愛一個人，你會照顧他心裡的需要，吵架了，你會想要和他溝通，關心他怎麼了，是不是自己哪裡惹他生氣。你會反省，會想要成為一個更好的人，帶給所愛的人幸福。這就是修心的起點。」

「我懂了。修心的起點，就是想要帶給他人幸福的利他之心。」洛桑想起諾布，心裡洋溢著暖暖的幸福。想起阿蘭若族人，她希望能把愛的修心竅訣帶回阿蘭若，讓家鄉回復和睦與安樂。這種期望自己能帶給他人幸福的利他之心，就是蔣秋．森巴教她修的慈觀，菩提心。

「修心的起點，只是修心最粗淺的受用。如果你想修心，得先認出真正的你。真正的你，是誰？修心是為了什麼？」

「我是洛桑。我想修心是為了解開自己的痛苦，守護所愛的人，帶給他人幸福。」洛桑想當然耳地回答，她不明白蔣秋．森巴為什麼問她這麼簡單的問題。

蔣秋．森巴莞爾一笑。「真正的你，不只是眼前看到的洛桑。現在的你，是靈性的你、靈魂的你、肉身的你，這三個加起來，才是你看到的自己。同樣地，你所看到的我，是靈性的我、靈魂的我、肉身的我，這三個加起來，就是你看到的蔣秋．森巴。我們的肉身、外型、氣質不一樣，是因爲我們內在靈魂儲存的阿賴耶識的記憶不一樣。但我們的靈性是一樣的。靈性，是我們共有的本體。

「當你開始學習修心，你必須了解靈性、靈魂、肉身三者的差別。**肉身**的你，是你帶著某個記憶來投胎，這一世短暫的軀殼。**靈魂**的你，是靈魂帶著阿賴耶識的記憶來投胎。阿賴耶識儲存了三種記憶：妄想、分別、執著，這三種記憶會爲肉體的你帶來困惑和糾纏，我們稱爲妄心，也是我們累生累世帶來的習性。**靈性**的你，就是我們所稱的眞心、本心、自性、佛性，我們稱爲自性清淨圓明體。這個本體，本來就有，本來就在，也一直都在。本體，是不生不滅的存在，也就是莊子所說：『天地與我並生，萬物與我爲一。』天地萬物同根，宇宙萬有的本體。

「簡單來說，修行，就是妄盡還源，放下妄想、分別、執著，回歸靈性，回到眞心。當我們修心，修的其實是我們的習性，我們的妄心。眞心，不必修，因爲眞心永遠不動，眞心永遠純淨，永遠安住在我們的心底。就算我們忘了，眞心也不會丟失。眞心永遠都在。」

洛桑想起諾布爲他解說的十二因緣流轉，原來是靈魂生生世世的旅程。靈魂帶著妄想、分別、執著的記憶，來報恩報怨、討債還債時，不斷地糾纏執著，就會不斷地輪迴，遺忘了本心。靈魂雖然像圓一樣不斷地迷惑輪轉，本心卻永遠不變也不動。想到這裡，洛桑的心頭一亮，她終於看懂爲什麼在十二因緣和六道輪迴裡面，都有一條白線，由僧人帶領眾生離開輪迴。那條白線牽引的，其實就是回到本心。

「修行的次第，是這樣的：放下執著，證得阿羅漢的果位；放下分別，證得菩薩的果位；放下妄想、分別、執著，你就證得佛的果位，證得清淨心，明心見性。

「所有的修行，最終都只是爲了回歸你本來的靈性，不再和過去的習性糾結。當你的內在沒有妄想、分別、執著，你的心乾乾淨淨，就回復到空明寂靜，眞正的自由自在，我們稱之爲常寂光的狀態。」

「那是什麼境界？」

「無法言說的狀態。」蔣秋．森巴露出慈祥的笑容。「佛法的修行，是自證自得。你眞做實修，證悟了，你就知道了。」

蔣秋．森巴停了半晌，突然語重心長地說了一段話：

「不管你有沒有證悟，靈性的本體，其實從未離開過你。如果你眞要修心，就必須不斷提醒自己，靈性、靈魂、肉體和你是一個整體。當你執著於某個人、某件事的念想，靈魂就會帶著你的念想來投胎。你投胎來到人道，人道在欲界，是一個執著於色欲、食欲、情欲的物質世界。既然你的靈識已經決定來到地球，你就要踏踏實實地落地，無怨無悔地度過這一生，好好愛惜你的肉身，不要忘記現實的責任，靈識選擇這個肉身來到這個世界，就是透過肉身的眼耳鼻舌身意，產生各種愛恨交雜的共鳴和糾纏，來平衡或償還你和其他靈魂之間的約定和承諾。靈魂和靈魂之間的阿賴耶記憶開始糾纏時，靈魂會迷惘，肉體會疼痛，但你的靈性絕對是清明清淨而且明明朗朗、清清楚楚，那是你的本體，絕對不會在你最痛苦時離你而去或被任何魔鬼封印。你的靈性永遠和你在一起，只要保有正確的知見，你在修心的路上就不會走偏或迷失，而能蛻變成爲眞正的勇士。」

不知爲何，當蔣秋．森巴提到「蛻變成爲眞正的勇士」時，洛桑的眉心輪一陣刺痛，啪地一聲，兩眼中間的開關突然又打開了，腦海瞬間迸出一個小沙彌，經歷了各種迫害和折磨，墜落黑暗的深淵，被一個黑巫師接住了……。洛桑感到一陣暈眩，接著腦袋像是要炸開似地，疼痛萬分。

蔣秋．森巴扶住洛桑，持誦了一段經文，提醒她記住蓮花生大師的教導，不要追隨腦中的畫面，謹記三句口訣：「沒有」、「不清楚」、「不知道」。

「不要輕易相信幻境或錯覺，好好活在當下，活在你眼前的這一刻。」蔣秋．森巴要洛桑坐下來，眼觀鼻，鼻觀心，靜下來，感受自己的呼吸。

「吸氣時，告訴自己，我知道，我正在吸氣；吐氣時，告訴自己，我知道，我正在吐氣。慢慢地吸，慢慢地吐，把意念帶回當下，只專注在眼前的呼吸。

「不管過去發生什麼事，都過去了。前一秒過去了，你怎麼抓也抓不回來，更何況是過去的事，你怎麼執取，都只是妄念。現在的你，活在此時，當下這一刻。現在的你，坐在西藏布達拉宮森林小徑的一棵樹下，你所擁有的，只有當下這一口氣。」

接著，蔣秋．森巴告訴洛桑，在腹部肚臍以下三指的地方有個氣海穴，氣海穴就像一口井，儲存我們體內純淨的眞氣。吸氣時，把手放在氣海穴的位置，背挺直，腹部慢慢鼓起，透過深呼吸從氣海穴那一口井提煉體內乾淨的內氣，去淨化體內負面的能量。

「吸氣時，感覺你吸飽了能量；吐氣時，把能量帶到你不舒服的部位，想像那個不舒服的能量，被自己吐出來的氣息撫慰了、療癒了。一遍又一遍地吸，一遍又一遍地安慰自己，給自己能量。」

漸漸地，洛桑的頭不暈，也不痛了，漸漸恢復平靜。她跟著蔣秋・森巴的引導，專注在自己的呼吸，有那麼短暫的片刻，她感覺時間和空間似乎停止了。當她不再去執取腦海中的畫面，不害怕、不分析，那些畫面自自然然就消融在呼吸的氣流裡。等她回過神來，時間繼續轉動，回到原本的空間，她發現蔣秋・森巴也在一旁靜靜坐著，像個入定的僧侶。

「安住在當下，安住在今生，踏踏實實地活著，過好你的每一刻。」蔣秋・森巴覺察洛桑回到現實，突然發出某種聲波，從洛桑的耳朵植入心底；又好像蔣秋・森巴一直住在洛桑的心底，從洛桑的心底發出回音傳到她的耳朵似的。

「當你和過去的畫面糾纏，就會掉入阿賴耶識的記憶裡面，你會分隔出很多記憶的空間和時間，與不同時間和空間活過的你產生糾結。時間和空間是一個人的分別、執著產生的，那些糾纏引來的痛苦是你學習的功課，但那些糾纏只單獨屬於你，不屬於我們，也不屬於你今天來這裡的目的。

「剛才我提過，靈性的你、靈魂的你、肉身的你，加起來就是現在的你。同樣地，靈性的我、靈魂的我、肉身的我，加起來就是現在的我。當靈性的我不起任何波動，不跟隨著你靈魂的阿賴耶識的記憶糾結時，我就能安住在我的靈性，用我的靈性和你的靈性連結，引導你恢復平靜。靈性，是我們共有的本體。在那個平靜純淨、沒有雜染的當下，你就是我，我就是你，我們在共同的生命本體裡。」

洛桑發出驚訝的讚嘆聲，不知該用什麼話語來回應這份感動，或許這就是蔣秋．森巴說的「無法言說的狀態」。

「這就是修心的第一個竅訣，珍愛眾生甚於如意寶。如果你珍愛眾生，就要珍愛和眾生共同的靈性，回歸自己的靈性，也引導眾生回歸自己的靈性。」

「像我這麼駑鈍，時時會被阿賴耶的記憶干擾、心思不定的人，自己都無法安住在本心，又如何能引導眾生回歸本心呢？」洛桑突然感到羞愧，她怕自己做不到。

「那是因為你活得不夠警醒。」

「我要怎麼做才好？」

「與其空談本心、靈性，不如踏踏實實過日子，想想如何無憾無悔地過好這一生。先練習觀修無常，經常思維：每個人最多只有百歲，每過一天，生命就減少一天。人生無常，死亡不知何時到來？並不是每個人都能終老。沒有人知道，自己何時死？如何死？死亡後你去哪裡？活著的意義和價值何在？你做了什麼，沒有辜負這一生？活到現在，你有什麼遺憾？有什麼是你必須做，卻遲遲沒有去做的？修行最重要的是最後一刻，最後一刻的平靜，你有沒有把握？如果每一刻都可能會死亡，活著的每一刻，你想活出怎麼樣的你？」

洛桑靜下來思索，當自己逐漸衰老，一步一步走向死亡，或突然遭遇意外、罹患重病，再也無法做想做的事，當她面臨生命最後一刻，會想見什麼人？說什麼話？她眞的有把握，不管在什麼狀態下都能夠平靜自在或無憾無悔嗎？

或許洛桑從來沒有認眞想過這些問題，她的思緒馬上陷入混亂。她發現，她對生命最後一刻完全沒把握。她拒絕去面對死亡，她不想死，也不能死，她還有很多事必須完成。她想到還在阿蘭若的父親，也許他和母親存在什麼誤會；還有一直深愛她的丹增，她應該要早一點告訴他，其實她對他並沒有愛情，而只是像兄妹之間的親情，爲什麼她一直知道自己不愛丹增，卻任由丹增愛著她呢？她發現自己在愛裡是自私的，她只是害怕孤單一個人而需要有人陪伴罷了。想到這裡，洛桑突然無法原諒自己。她一直都知道，不是嗎？會不會很多人跟她一樣，害怕面對自己的知道，而假裝自己不知道？

她的思緒像猴子急躁地跳來跳去，倏然迸出諾布的臉龐和火鶴紅色的花苞。她突然渴望自己永遠待在西藏，不要跟諾布分開。她爲自己的念頭感到羞愧，可是，愛一個人而渴望和他長相廝守，有什麼錯呢？她怎麼會落入如此尷尬的處境？想到這一切痛苦的導火線，都來自部落長老錯誤的靈訊解讀，讓部落陷入紛爭，害族人出走，她突然感到憤怒，紅色的怒火迅速開始竄燒。她從來不知道自己竟然會如此生氣，更訝異自己內在的憤怒居然可以藏得如此地深。

「如果你的心沒有依歸，任由思緒像野馬奔馳，只是讓自己陷入混亂和危險罷了。」

蔣秋·森巴終於發出聲響，把洛桑拉回現實。

洛桑這才發現，剛才的所思所想，完全偏離了蔣秋·森巴要她觀修生死無常的主軸。修心遠遠比她所想的還要難上加難。她根本不是在觀修，而只是在胡思亂想罷了。

「沒關係，這只是剛開始。」蔣秋·森巴似乎可以讀取洛桑的心思。

「唯有你親自體驗陷入阿賴耶識記憶庫的可怕，面對靈魂與靈魂之間的糾結難解，以及內在思緒的混亂根本無法執取和掌握，你才會了解修心的重要，還有爲什麼阿蘭若規範勇士死也要死在家鄉，而不能死在外地。這也是尺尊公主的叮囑。」

「難道外地和家鄉，有另外的深意？」洛桑在瞬間好像意會了什麼，卻又哽在喉間，不知如何用自己的話語說出來。

蔣秋·森巴爲她釐清了思緒：「外地，指的是和外境糾纏，在阿賴耶識的記憶輪迴。家鄉，指的是回歸靈性，回到本心。死在自己的家鄉，不能死在外地。尺尊公主創建阿蘭若的初心，指的是，每個人在面臨生死交關的險境，在臨終的那一刻，不能任由脫離肉身的靈魂隨著混亂的意念不知所終，無所依歸。唯有證悟清淨心、心地乾乾淨淨的勇士，才能拒絕外境的誘惑，回歸靈性的家鄉。」

洛桑終於理解勇士一定要回到阿蘭若的眞實含意。她的眼淚再次奪眶而出，從阿蘭若到西藏，她觸摸了自己的脆弱，看到自己的駑鈍和混亂，卻也一次又一次撥開塵霧和迷惘，看見眞正的光亮與眞相。她深深吸了一口氣，再次想起自己的誓願，自己一次又一次的「我願意」，她怎麼能辜負自己？

洛桑閉上眼睛，從頭再來，觀修菩提心。

先對自己修慈：「**願我無怨、無嗔、無憂，願我守住自己的幸福。**」

願所有和我相遇的人，都感到幸福開心。

接著，爲別人修慈：「**願他無怨、無嗔、無憂，願他守住自己的幸福。**」

最後，爲一切眾生修慈：「**願一切眾生無怨、無嗔、無憂，願一切眾生守住自己的幸福。**」

她在腦海裡畫了一個圈，點了一點，終於領會十二因緣裡面，圓輪中心點，那隻豬吐出蛇與雞，錯誤的知見帶來的貪嗔癡，靈魂生生世世在阿賴耶記憶困惑糾纏的可怕。肉身最終歸於毀壞與無常，唯有回到靈性，清淨的本心，才是眞正的救贖。

從肉身的自己、靈魂的自己，到靈性的自己，洛桑想像自己像漣漪一樣，不斷將心量往外擴大、再擴大，最後和無邊無際的眾生融合在無邊無際的大圓裡。

「我們每個人都不是孤獨的，我們活在一個整體、共同的靈性裡面。」蔣秋．森巴安坐在樹下，深深凝視著洛桑。不知是不是錯覺，洛桑竟在蔣秋．森巴的眼裡再次看到那個小沙彌。

「就算是肉身的你，你也無法離開眾生，一個人離群獨居。你餓了，有飯吃；渴了，有水喝；想睡覺時，有地方可以棲息。你的生活所需，是眾生與眾生之間彼此互助、連結、因緣和合，你才能安住在這裡。不管是肉身的你、靈魂的你，還是靈性的你，這個世界都是一張網，所有生命都互相連結，相互依存，互爲因緣。

「修心的第一個竅訣，珍愛眾生甚於如意寶。首先就是要對所有的眾生，和你活在生命共同體、和你同一個靈性的眾生，生出珍愛、感恩、利他之心。所有的眾生都和你一樣有一個本心，本自具足的靈性。肉身會毀壞，靈魂會迷惘，會因爲妄想、分別、執著，生出空間與時間，阻隔彼此的連結，唯有靈性的本體，讓你得以和所有的眾生保持永恆的連結。你不再害怕失去，不再害怕獨自一人，你不必希求外在的如意寶，最大的寶藏就是你內在的靈性。

「先知道你有個靈性，安住本心，接下來，第二個修心竅訣，就要開始學習轉化妄心，修練習性。」

蔣秋・森巴站起身來，眺望布達拉宮附近商店街熙熙攘攘的人群：「修心之前，先修習慈觀，照顧好自己，安頓好自己，做好自己的本分，是前行的準備。開始修心之後，落實在生活，學習和別人相處，才是眞正的考驗。首先要學習謙卑，把自我消融。」

「把自我消融，不就沒有自己了嗎？」洛桑的提問，正是一路走來，心裡的痛處。「如果太謙虛、太自卑，不去展現自己，如何能活出自己呢？」

她想起，阿蘭若是個純樸的山間部落，加上族人長久習慣用黑色隱藏自己、壓抑自己，根本不知道如何活出自己。來到西藏之後，洛桑看到色彩繽紛的西藏，大山、大湖、湛藍的天空，大地萬物都有自己的色彩。當她從黑色的桎梏走出來，才剛要學習展現自己，享受生命的自由和歡笑，她不懂，爲什麼蔣秋．森巴要她放棄好不容易得來的自我？

「我們不妨從反面來思考。謙虛的反面是傲慢，如果一個人很驕傲，覺得自己很厲害，會有那些過患呢？」蔣秋．森巴並沒有正面回答，反而拋出問題要洛桑思考。

洛桑想了一下。或許一直以來都是隱藏自己，不擅於言詞，但用內在的眼睛靜靜地觀察人性，反而更加敏銳，她一下子就說出傲慢的過患：

「傲慢容易引起嫉妒，暗中被傷害。驕傲帶來優越感，往往讓人覺得自己已經很好了，不需要再學習，反而失去學習的機會。傲慢的人很容易執著，堅持己見，增長嗔恨心，常覺得別人很笨，對別人發脾氣。

「傲慢會讓人習慣以自我爲中心，越活越狹窄。當一個人覺得自己很厲害，不知不覺便會滋生貪念，渴望得到別人的讚美，在乎別人的看法，失去單純的快樂。」

蔣秋．森巴點點頭，反過來問洛桑：

「傲慢的反面是謙虛。如果一個人很謙虛，會如何利己利人呢？」

經過反面思考，洛桑突然發現謙虛的種種優點：

「跟傲慢相反，一個人越謙虛，越容易敞開心來學習，隨時隨地都能向周圍的眾生學東西。一個人越謙虛，就越能爲別人著想，廣解善緣，把自己的心量放大。常常想著：『我可以爲別人做什麼？』心就會越來越廣，越來越快樂。謙虛的人，會把自己當作空瓶子，放空自己，裝進新的東西，也讓別人有機會當他的老師，產生成就感，這也是一種利他之心。」

洛桑說著，竟然自己解開原本的困惑。「原來，謙虛，不是失去自我。謙虛，是爲了破我執、斷我慢，是一種處事的智慧。」

「沒錯。」蔣秋．森巴點點頭，「謙虛，不是失去自己，而是守住自心。眞心謙虛的人不會自卑，反而會得到眞正的自信。眞正的自信，是因爲你有自性。你知道自己的本心，是清淨心，乾乾淨淨，無欲則剛，純眞無畏。

「內心清淨的人，往內守住本心，往外沒有敵人。因爲內心清淨空明，沒有匱乏，沒有缺少，沒有比較，沒有什麼好驕傲，也就沒有什麼可以和別人糾纏。只要向著本心而行，做好自己的本分就行了。這就是修心的第二個竅訣：斷除我慢，謙虛利他。

「有兩個關於傲慢的故事，一直讓我警惕在心，成爲我後來修持的提醒。」

蔣秋．森巴繼續說了兩個故事。

從前有個貧窮的女孩，有一天經過一座山間寺廟，看到很多人在點燈、打齋，做種種布施，心裡很感動，便把身上僅有的一枚銅錢供養給寺院。寺院的大和尚被她的真心感動，便親自為她誦經祝福。

女孩離開寺院後，當地的國王來到山林，遠遠就看到前方有道異常美麗的光芒，走近

一看，發現這道光芒竟然來自這個貧窮的女孩。國王想著這個女孩必定有異於常人的智慧和心靈，便揀選這個女孩成為他的皇后。

多年以後，有一天皇后再度經過這座山林，憶起了當年的往事，便準備了十大車的金錢寶物，供養給這間寺院。

沒想到，出來接受供養的，只是一個小師父。女孩很納悶：「以前我只能供養一枚銅錢時，寺院的大和尚還親自為我誦經祝福，為什麼現在我成為一國的皇后，用幾千萬倍的財物來供養，卻只是一個小師父出來接待我呢？」

小師父告訴皇后：「當你是個貧窮女孩時，雖然你只能布施一枚銅錢，但那是你傾盡所有，發自真心虔敬的供養，那種慈心悲心所綻放的光芒，照亮整個寺院，也撼動了所有的人。現在，你帶著傲慢的心前來，表面上十大車的金錢供養非常多，實際上卻很微薄，因此不需要大和尚為你誦經祝福，只需要小師父出來接待就夠了。」

蔣秋・森巴說完後，再一次提醒洛桑：

「眞心發出來的光芒，那種力量是無以倫比的。那是你的本體，從內在本有的靈性自自然然發散的，即使一個貧窮女孩也具足那樣的能量，反而成爲皇后之後的高傲我慢，讓明亮的本心染上塵垢，把本體的光芒遮蔽住了。

「另一個故事，是流傳於寺院之間，《慈悲三昧水懺》的緣起。」

十世高僧悟達國師，在他的阿賴耶記憶庫，有個冤家一直想找他復仇。但因為悟達國師前九世持戒修定，守住自心，非常精進，而且有護法神守護，冤家一直無法靠近上身。好不容易，等到第十世，悟達國師做了皇上的老師，成為國師。皇上作為悟達國師的弟子，特別訂製了價值連城的沉香寶座供養悟達國師。悟達國師一坐上去，起了一絲絲傲慢之心，覺得天下的出家人，誰能比得上他擁有如此高貴的榮耀呢？

沒想到，這個念頭一生，失去本心，護法神馬上就走了，等了他十世的冤家終於逮到機會復仇。過了不久，悟達國師的膝上竟然生出了一個人面瘡，遍尋名醫都束手無策，差點丟失性命。所幸，承蒙迦諾迦尊者以三昧法水洗滌，幫忙化解冤結，才恢復健康。

「十世高僧的修行，僅僅起了一個傲慢的念頭，就遭逢大難，引來阿賴耶記憶裡面的冤結，更何況我們凡夫妄念紛飛呢？」洛桑深深吸了一口氣，對於念頭引來的善業惡業，產生一種警醒。

「如果你對於累世的習氣所生出的妄心，有了警覺之心，接下來我們就可以繼續修心第三個竅訣：觀照自心，疾斷煩惱。」

洛桑的心頭一振。每一個修心竅訣，似乎都剛好對應到她目前的需要。

「藏文用『**續**』表心，自心相續不斷，念念相續，念念不斷，很難控制。如果沒有警覺心的這種狀態，任由念頭像雜草叢生，是很可怕的。」

「怎麼做呢？」

「你可以從日常行爲、一舉一動，去觀照你的內心。譬如：怎麼吃飯？吃什麼？在什麼狀態吃？如何吃？從日常生活的小節，行住坐臥，怎麼走路？怎麼說話？怎麼坐？甚至怎麼呼吸？從呼吸的快慢，吸氣吐氣之間，觀察自己內在能量和身心的變化。」

蔣秋．森巴說得很簡單，但洛桑卻覺得很難。

「念頭常常在不自覺的當下竄上心頭，像火苗被點燃之後，難以抑止地迅速燃燒，若是碰觸到傷心處、難以釋懷的記憶，更是沉浸在裡面，難以自拔。

「煩惱的來源，是阿賴耶識的記憶庫。你的六根：『眼耳鼻舌身意』，對六塵『色聲香味觸法』，產生妄想、分別、執著，讓儲存在你阿賴耶識的記憶，產生各種念想和劇情，擾亂你的清淨心。你可以把煩惱當作小偷，守護自心，守護根門，就像守護你家的大門。想想：如果有小偷要進來你家大門，你會怎麼處理？」

「看到小偷，當然要馬上把門關起來，不讓他進來。」洛桑想當然耳地回答。

「這就對了！不讓煩惱闖進你家大門，就像防小偷。一見到小偷，馬上就把門關起來，這種堅決、毫不遲疑的決心，就是勇士的表現。」

聽到蔣秋．森巴提到「勇士」兩個字時，洛桑的背桿子不知不覺就挺直了起來。勇士這兩個字，對洛桑是個重要的存在，她一生下來，似乎就爲這兩個字而活。

「觀自心的重要關鍵，就是在念頭剛剛生起的那一剎那，馬上覺察、辨識，若是念頭傷害自己和他人，就要馬上採取行動，堅決勇敢地扭轉、清除。」

「可是——」洛桑猶豫了一下，擔心自己的提問太膚淺。

蔣秋・森巴示意洛桑勇敢地說出來。

「如何做到六根清淨，不起念想呢？這眞的太難了。把六根的門都關起來，眼不看，耳不聽，鼻不聞，舌頭吃東西沒味道，腦子不能想，也不能接觸任何人嗎？不看不聽不聞不嘗不想，這要如何生活呢？」

蔣秋・森巴笑了：「不是不看不聽不聞不嘗不想，而是眼見色、耳聞聲、鼻嗅香、舌嘗味，不管什麼來到你面前，有什麼就吃什麼，可以品嘗、欣賞，但不要執著。不管什麼人來到你面前，好人你跟他學，壞人你作爲警惕。對於所愛不起貪戀，對於所厭不起嗔恨，不黏膩，也不推開，緣來則應，無緣不求。關起六根的根門，指的是關起阿賴耶記憶倉庫的開關，不讓記憶的倉庫擾亂你的六根，擾亂你的清淨本心。」

洛桑突然又回到十二因緣的「愛、取、有」，她再一次想起諾布說的：「不是不能愛，也不是不去愛，而是在愛裡不執著。」原來都是同一個道理，不一樣的說法罷了。

「不怕念起，只怕覺遲。自我覺察要從日常生活練習，眼耳鼻舌身意，六根接觸六塵，當你覺察自己的念想已經讓你產生分別、執著，帶來痛苦和憂慮，就要趕緊把這些妄想、分別、執著當作煩惱的小偷，趕緊把門關上，不讓它繼續，阻隔往來。」

蔣秋．森巴像個循循善誘的老師，耐心地又做了解釋：

「如同我跟你說過，你有肉體的你、靈魂的你、靈性的你。這三個你是合一的。靈性和靈魂、肉體的關係，就好比是電視螢幕和影像的關係。靈性，是乾乾淨淨、一塵不染的螢幕，沒有妄想、分別、執著，什麼都沒有，卻有如如不動的見聞覺知，什麼都清清楚楚，什麼都知道。靈性是我們的本體，我們稱爲性體，也是我們的眞心、自心、本心。靈魂，則像是電視裡的記憶庫，充滿各種妄想、分別、執著，讓肉體的你產生受想行識的影像和糾纏，我們稱爲業相、妄心。你的念想，就像遙控器的開關，可以提領阿賴耶識的記憶庫，轉換各種頻道，在內心產生各種劇情，讓你痛苦悲傷，產生各種情愛的糾纏。修心的重要關鍵，就在於你知道自己有個本心。」

「雖然知道自己有個本心，但爲何我觸摸不到，也找不到？我的腦海總是被各式各樣的念想糾結著。」洛桑想到自己的妄念是如此地多，越來越擔心自己做不到，也學不會。

「本心不用找，本心一直都在，也一直都安住。你要修習，要收攝，要防備的，只有你的妄心。」

蔣秋．森巴再一次把洛桑的思緒拉回來，聚焦在靈性與靈魂的差異：

「把電視的螢幕，當作是你的靈性本體。靈性和靈魂的關係，就好比影像要有螢幕才能顯現，但我們往往在意螢幕上影像的劇情而忘了螢幕，遺忘了本心。

「靈性，是宇宙萬物的根本，沒有本體，就沒有我們，沒有萬物。雖然靈性這個螢幕可以顯現影像，但螢幕是螢幕，影像是影像，螢幕和影像相容，但不糾纏。當你把影像關掉之後，螢幕還是那個乾乾淨淨的螢幕，不管好的壞的劇情都不會在螢幕留下任何痕跡，痛苦的只有把影像當眞的自己而已。

「事實上，不管你經歷任何喜怒哀樂，你的本心依然清淨如初，不增不減。本心就像如如不動的螢幕，本來就不動，也永遠不動。螢幕只負責顯現影像，從不跟影像糾纏。只有自己的念想產生各種影像，影像和影像之間才會互相糾纏。

「在妄心中糾纏的凡夫，只看到表象和業相，沒有看到內在的螢幕和性體，當他陷入過去記憶的折磨，會覺得自己很痛苦，痛苦到失去自我，失去一切。在眞心裡面安住的行者，可以感受到痛苦，卻知道痛苦不是眞我，不會跟痛苦糾纏，而像螢幕如如不動，不受影響。

「唯有你知道自己有個覺性，回到本體，才會從迷妄的影像裡覺醒，成為不管遇到任何處境都能回到本心、眞正的勇士。」

不知為何，當蔣秋．森巴講起這一段話時，洛桑注意到，布達拉宮上方天空的雲朵突然有兩股勢力互相對峙拉扯，一邊是金色的雲朵，一邊是暗黑的雲朵，兩邊互相追逐、融合，又好像互相吞蝕。當金色的雲朵被暗黑的雲朵咬掉一大塊時，洛桑一陣心痛，頭突然又痛了起來。

她的眉心輪一陣刺痛，啪地一聲，腦海瞬間又迸出之前那個小沙彌，經歷了各種迫害、折磨，墜落黑暗的深淵之後，變成黑巫師的門徒。黑巫師養他、育他，教他用念力變化出各種恐怖的幻影，展開各種報復和攻擊。從單純純淨的小沙彌，變成兇惡殘暴的黑巫師，洛桑搗著眼睛不忍目睹，腦袋痛得快要炸開，就像當初被心裡的猛獸襲擊時所產生的劇烈痛苦一般。從兒時的黑暗部落到母親外遇，父親的靜默和出奇不意展開復仇，到所有的流言蜚語，在黑暗中孤獨無助度過的每一刻，所有的不堪痛苦像一顆炸彈瞬間爆開，她在黑暗中再次沉淪，感受到深深的絕望。就在此時，她在黑暗中看到一絲白線，又好像黑暗的深淵中灑進一絲陽光，她聽到光裡面傳來的音波：「不要辜負你對自己的承諾，不要辜負你對師父許下的誓願，你說過的，你說你願意，你願意……。」

「師兄！」洛桑大叫了一聲，眼淚奪眶而出。她回到現實，眼前除了蔣秋．森巴，什麼也沒有。她正訝異自己爲何會脫口叫出「師兄」時，蔣秋．森巴突然嚴厲地喝止她：

「什麼也沒有，是吧？你有辦法把腦海中妄念產生的幻覺抓出來嗎？妄念只是阿賴耶的倉庫生出來擾亂你的幻影而已。你竟然追逐妄念，再一次遺忘了本心，把剛才的教導完完全全拋到腦後。」

蔣秋．森巴表情嚴肅地說完後，靜靜坐在樹下，持誦了一段經文，便雙腿盤坐，微閉著眼睛，不發一語。

周圍的空氣突然凝結起來，洛桑感到羞愧懊惱，不明白爲何這段記憶會一直找上她，最後竟然和她在阿蘭若的生活串連起來？那個小沙彌是過去的自己嗎？那條白色的絲線，那道黑暗中灑落的陽光，從光影中發出的音波，爲何那麼熟悉？師兄又是誰？阿蘭若的未來和黑巫師有什麼關係？

她想起諾布花店門口花葉曼陀羅裡面那個問號。諾布當初面對那麼多的疑問，究竟是怎麼找到答案的？如果不管這些疑問，妄念如何自己止息？

她看著蔣秋．森巴靜靜地坐在一旁，雖然他不是僧侶，卻像僧侶一樣定靜地坐在那裡。她的視線從樹下的蔣秋．森巴，移向布達拉宮古牆情人之吻的圖畫，最後一幅馬格利特所畫，兩個情人用頭紗蒙住彼此的臉，親吻著彼此。畫作的下方鏤刻著幾個小小的字：「蔣秋．森巴。愛到盡頭，情到深處。」接著還有一行古老部落的圖紋「ཞེན་པའི་འཆིང་བ་འཆས་ཡོལ་སྔག」。

洛桑的心被撞了一下。來到西藏後，她一心一意尋找阿蘭若族人的下落，卻一直忘了問蔣秋．森巴眞正的身分。他究竟是誰？過去經歷了什麼？愛到深處，當他愛到不能愛，走到愛的盡頭，名字後面那一行古老的部落圖紋，究竟和他有什麼關係？那是《情人之吻》作者傑瑞西．旺秋的體悟？還是蔣秋．森巴對愛的覺悟？

爲什麼她遇到蔣秋．森巴之後，腦海裡會跳出小沙彌和黑巫師的記憶？爲什麼蔣秋．森巴不准她回想那段記憶？那眞的是修心的竅訣嗎？還是擔心洛桑知道什麼眞相？蔣秋．森巴究竟是好人還是壞人？爲什麼她對蔣秋．森巴一直有一種熟悉親切的感情，那股莫名的感情牽引她走到現在，難道不也是阿賴耶記憶庫的糾纏？洛桑想起愚人卡上的懸崖，她會不會已經掉入深淵，而自己竟然毫不知情？一時之間，她的心混亂了起來。

「用如如不動的覺知，去觀照自己。」蔣秋．森巴張開眼，好像什麼事也沒發生似的，繼續傳授修心的第三個竅訣。

「本心不動，本來就不動，也從來都不動。有時，你以爲本心不見了，其實只是妄心把本心遮蔽了，本心並沒有消失，永遠都在。你可以繼續觀修：**我很痛苦**和**我知道我很痛苦**，這兩者的差別在哪裡？」

蔣秋．森巴表面上好像在問洛桑，卻一點也不等她回答，就自問自答：

「**我很痛苦**，那個我，是我執；那個我，是沉浸在記憶的糾纏，用妄心的凡夫。**我知道我很痛苦**，那個**我知道**，是內在的知曉，是跳出來觀照自己，用眞心的覺知者。

「**我**看著**我**自己……**我**知道**我**自己……**我**和**我**自己在一起……第一個我，是如如不動的螢幕；第二個我，則是阿賴耶記憶糾結的影像。一個用眞心，一個用妄心，**我**和**我自己**在一起……是用眞心陪伴妄心。

「眞心和妄心是一體的。眞心從來不會遺棄妄心，只有妄心才會遺棄眞心。儘管妄心會遺棄眞心，眞心也不會離開，眞心永遠都在。」

蔣秋．森巴似乎沒什麼改變，但洛桑聽了這段話，卻淚流滿面。她似乎反覆在犯錯，連犯錯的感覺都如此熟悉。爲何她在短短時間就對蔣秋．森巴產生了疑慮？她的心是如此善變，連她自己都無法掌握。她感到愧疚，連說對不起的勇氣都沒有。

即使蔣秋．森巴察覺出洛桑的異樣，卻依然若無其事地繼續教授：

「從日常生活的小事做覺知的練習，將覺知融入生活。比如：**我知道我在喝茶，我看見我在喝茶，我和自己在一起。**活在當下，專注在當下，專心地喝茶，把喝茶這件事做好。

「行住坐臥都是修心的練習。從我看見自己在走路，我看見自己在吃飯，專心地走路，專心地吃飯，用如如不動的覺知觀照自己，專心活在當下，把當下的自己在做的每一件事做好。

「單純地觀照，單純地覺察，不要去理會腦海中的想法，而是專注在自己當下的動作，當下要做的事。單純地看，桌子是桌子，樹是樹，石頭是石頭，還原事物本來的面貌，不要黏膩在自己的情緒裡面。

「從觀照自己一個人的生活開始，當你能夠在獨處時清楚地覺知自己，再逐步擴展到你和家人朋友的關係：**我知道我和家人在喝茶，我看見我和家人在喝茶，我和自己在一起**，在任何處境都能覺知到自己有一個如如不動的本心，在群體相處之間，因為妄心妄動犯下的過患就會逐漸減少。」

蔣秋．森巴停了下來，指著在布達拉宮周遭轉經的藏人：

「當你無法跳出來覺知，不小心又掉入混亂的妄心裡面，即使呼吸數息也無法把自己帶回當下，你可以跟藏人學習做這兩件事，提醒自己回到眞心，守住本心。

「第一件事，是專心唸佛。佛是覺，唸佛和佛相應，是因爲佛和你有同樣的覺性和本心。唸佛是唸回你的本心，不在妄心裡迷失。佛佛道同，唸任何一尊和你相應的佛號都可以。如果不知道要唸哪一尊佛，可以唸觀世音菩薩。因為西藏是觀世音菩薩的道場，觀世音菩薩發的願是聞聲救苦，只要唸觀世音菩薩，祂就會來到你的身邊，度一切苦厄。

「每唸一句佛號，就推一顆佛珠，提醒自己回到本心。剛開始唸的時候，可以先獨自一個人，用嘴巴唸出聲音，用耳朵聽自己唸佛的聲音，一字一句慢慢唸，唸得清清楚楚，耳朵也聽得清清楚楚。都攝六根，淨念相繼，不間斷，不夾雜，專心受持一句佛號。專心久了，雜念自然止息。

「第二件事，是專心拜佛。佛是覺悟，放下妄想、分別、執著，回歸眞心就是佛。拜佛，是禮敬自己本有的眞心、清淨心。」

蔣秋．森巴示範了一次藏人做的大禮拜。「首先，雙手合掌，代表皈依禮敬。拇指代表我執，先把兩手的拇指縮進掌心裡，代表捨去我執。接下來，在心裡默唸佛號。把雙手放在額頭、嘴巴、胸口，各點一下，表示你願意把凡夫不清淨的身語意，轉化成佛清淨的身語意。轉化的功夫，是你願意眞心像佛一樣放下妄想、分別、執著。藏人趴在地上磕等身長頭，是為了降伏傲慢，把我執全然放下。因此，全身交託、五體投地之後，要毫不猶豫馬上起身，表示自己立斷頓超，把煩惱捨得乾乾淨淨。轉化轉心的動作完成後，雙手再次合掌，再次禮敬，才算圓滿一次大禮拜。簡單的唸佛、拜佛就已經含括今天教授的三個修心竅訣。」

洛桑聽著蔣秋．森巴的話語，用手推著諾布送她的藏紅色佛珠。她發現，不管是佛珠，還是她的手心，甚至在她的心裡，身上任何一個圓點，都有了諾布的溫度。她突然想起曾經問過諾布是否有愛過，在愛與不愛之間，他眞的那麼豁達嗎？諾布說了他的愛，卻略過了不愛的部分。

她敲敲自己的頭：「我究竟怎麼了？爲什麼腦海中看到小沙彌變成黑巫師之後，就再也無法專心，一直胡思亂想呢？」

「我們的修心竅訣就上到這裡了！」蔣秋．森巴自動結束了課程。

「我……。」洛桑想開口說些什麼，卻哽在喉嚨，一句話也說不出口。她眞的不知道自己究竟怎麼了，短短時間就出現一股莫名的力量推開了她和蔣秋．森巴。就像在黑暗的深淵中，射進來一絲絲光線，她以爲是一條白色絲線，想奮身跳上去抓住那條絲線，逃離黑暗的深淵，卻什麼也抓不住。爲什麼上天這麼殘忍地對待她？她這麼努力，從小到大那麼地努力，卻還是墜落了。是她自己甘心墜落，還是命運讓她再次墜落？她覺得心裡好難過、好難受，頭再次疼痛起來。

或許她只是一個駑鈍的凡夫，充滿各種雜念，回不到什麼清淨之地，也成不了生命的勇士。她的眼淚一滴一滴滑落，儘管蔣秋．森巴告誡她不要去理會腦海中的幻影，那個幻影卻已經像一條絲線一圈又一圈地纏住她的心。當她忍不住拼湊起小沙彌痛苦而脆弱的一生，看見小沙彌經歷的種種折磨，以及變成黑巫師的可怕，她害怕那是她的一部分，不想再面對那些痛苦的記憶。如果她可以選擇，寧可什麼都捨棄，只想當一個單純的女孩和所愛的人度過一生，擁有單純的幸福。

「假如，我是說假如，我忘不了阿賴耶記憶的糾纏，這一生會不會一事無成，讓你感到失望？」洛桑深深吸了一口氣，終於艱難地開口。不管蔣秋．森巴來自何處，是一個怎麼樣的人，她覺得她都應該要跟他坦白。

「無妨，那是你自己的決定。至少在今生和來生，讓自己成為更好的人。」出乎洛桑的意料，蔣秋．森巴並沒有任何不悅和失望，還殷切地叮嚀：

「每天睡覺前，你可以回溯一天下來，把時間和能量用在什麼地方？剛開始可能要做點筆記，詳細地記錄，刪除不必要的，修正自己的過失。只是反省懺悔是不夠的，還要想像若是重來，要怎麼做才會更好？該道歉就趕緊道歉，該解釋也要趕緊解釋，讓阻塞的能量重新流動。若是需要別人幫忙也要開口求助，一條一條列出來，排定優先順序。在一天結束時，有覺知地去觀察自己，明天太陽升起時，自然就會產生新的能量，知道自己要怎麼活，才不會虛度光陰。」

蔣秋．森巴說完後，深深地凝視了洛桑一眼：

「這是我最後教給你的。如同我們先前的約定，假如你有一絲疑慮，就隨順你的心，停止教導；如果你願意繼續，記得修慈觀，安住自己。從守護初發心，守護清淨誓願，到守住自心，學習斷我慢、去我執，從日常生活的每一件小事練習自我覺察，回到本心。」

洛桑愣在一旁，不知怎麼回應蔣秋．森巴。她很難過，也很羞愧，訝異自己竟然說不出那一句「我願意」。

蔣秋・森巴頭也不回地走了。

九、墜落

「我忘了跟蔣秋．森巴說一句謝謝，也忘了跟他說對不起，我終究辜負了他的期待。」洛桑在睡前，依據蔣秋．森巴最後的教導，回溯自己，做了紀錄和筆記。她還是很難過、很羞愧，卻也對自己的脆弱和欲望誠實。不管在任何處境，她都對自己誠實，這是她活到現在的生存法則。

「或許，我最無法接受的，是我遠遠比自己所認為的還要脆弱、懦弱，不夠勇敢。」

她想起蔣秋．森巴最後的叮嚀：「至少在今生和來生，讓自己成為更好的人。」

她在日記本上寫下想要怎麼活著，才不至於虛度光陰，再度辜負自己。

「把握活著的每一個當下，把能量用在對自己有幫助的事上，做最想做的事，過最渴望的生活。不管活多久，都要帶著美好的能量離開，不留一絲遺憾。」

某些部分，她發現自己並沒有完全忘記蔣秋．森巴的教導，只是無法完全做到，高估了自己，無法完達作為阿蘭若勇士該完成的任務罷了。

她的心抽了一下，瞬間心痛如絞。她誠實記下：「未完成的事：小沙彌與黑巫師背後的眞相、找到回阿蘭若的路，還有，學好八個修心竅訣，讓阿蘭若族人恢復昔日的歡笑和幸福。」

洛桑對自己未完成的事，說了一聲對不起，說了自己的懺悔，坦白自己的脆弱，請他們能夠原諒她。她特別在日記本註明，「他們」指的是蔣秋．森巴、阿蘭若的族人、父母親，還有腦海中的小沙彌。她告訴小沙彌，雖然不知道他是誰，但因爲過於痛苦，她並不想知道，也請小沙彌不要再來找她。她會在每一個祈福的時刻替小沙彌祈福，請小沙彌和黑巫師放過她，不要再和她糾纏。

她覺得自己好多了，卻又覺得，好像必須跟自己好好說聲對不起。她的眼淚滑了下來，還好，她並不是阿蘭若眞正的勇士，童年那場病毀了她的勇士夢，如今卻變成她罪惡感的救贖。她在日記本上未完成的事那裡，寫上「洛桑」，取出腰間一直攜帶的老鷹羽毛，放在「洛桑」的旁邊。她突然放聲大哭，懊惱、罪惡、嗔恨、痛苦，各種複雜的情緒瞬間翻湧而上。她盡情大哭，一次哭個痛快，也跟過去的自己、痛苦的過往，好好地告別。她很慶幸離開了阿蘭若，來到西藏之後也沒跟任何人坦白自己來自阿蘭若，如今有了全新的自我和全然的自由。

擦乾眼淚之後，她看著日記本上的「洛桑」，突然有種跳脫出來看待自己，清明的解脫感。原來，蔣秋．森巴所說的「我很痛苦」和「我知道我很痛苦」，兩者的差別在這裡。這種內在的知曉很微妙，好像她一直都知道所有痛苦的來龍去脈，她只是陪著過去的自己，幫助日記本上的「洛桑」釋放痛苦，說出她一直不敢說出來的話而已。

告別了過去的洛桑，突然想起尺尊公主。雖然她不認識公主，也沒見過面，但畢竟阿蘭若是她創建的，既然過去那個洛桑曾經許下承諾，似乎在心裡也要給尺尊公主一個交代才對。

她恭恭敬敬在日記本的未完成事項，寫上「尺尊公主」。聽諾布說，當初阿蘭若老奶奶到大昭寺拜見佛陀和尺尊公主之前，在懺罪殿放聲大哭，度過靈魂的黑夜之後，覺得自己沒有臉見佛陀和尺尊公主一面，如今她竟然約略能讀懂阿蘭若老奶奶當時的罪惡和羞愧之心。這是怎麼一回事呢？從小到大，她並沒有傷害過任何人，就世俗而言，應該也算是個好人，但為何像她這樣一個好人，卻把自己搞得如此痛苦不堪、充滿罪惡感？

她深深吸了一口氣，把這些困惑、疑惑都坦白地告訴尺尊公主。想到諾布說過，尺尊公主在藏人心中已經是證悟的白度母，於是，她恭恭敬敬地按照蔣秋．森巴教她的，做了三個大禮拜，請尺尊公主原諒她無法完達阿蘭若勇士的任務。也許尺尊公主證悟成佛的心量，早就知道她並不是阿蘭若真正的勇士。不管是世人認為的阿蘭若或後來她所知道的關於阿蘭若勇士的真實含意，她很抱歉自己都無法完達任務，以至於感到非常羞愧、充滿罪惡感，請尺尊公主能夠理解她、原諒她。

懺悔和反省，是釋放自己、重獲新生最好的儀式。洛桑在心裡謝過蔣秋．森巴，縱然自己不夠完美，但她還有夢，還有很多想做的事。她換上新衣裳，穿上新馬靴，圍上藏紅色圍巾，把頭髮紮成幾條彩色的辮子，垂在胸前，戴上她最愛的綠松石耳環，決定帶著新的自己，開啓新的生活。

她閉上眼睛，雙手合十，對自己修慈：「**願我無怨、無嗔、無憂，願我守住自己的幸福。**」願所有和我相遇的人，都感到幸福開心。

接著，她爲蔣秋．森巴，爲小沙彌和黑巫師，爲阿蘭若族人和父母親，爲諾布修慈：「**願他們無怨、無嗔、無憂，願他們守住自己的幸福。**」

最後，爲一切眾生修慈：「**願一切眾生無怨、無嗔、無憂，願一切眾生守住自己的幸福。**」

她跟諾布請了一天假，不去花店。她想給自己一個重生的儀式，沿著八廓街一邊轉經，一邊煨桑，然後坐在大昭寺前庭的廣場，和藏人一起做大禮拜禮佛。

她去八廓街買了煨桑的松枝、青稞粉和穀粒，看到煨桑的白塔，就丟幾枝松枝，撒一點青稞粉，再丟一些青稞穀粒在爐子裡。在西藏，煨桑爐像個會呼吸的心靈轉換器，把眾生的痛苦吸進來，在爐裡燃燒，再將痛苦化爲輕煙，轉化爲對眾生的愛與祝福。不知不覺之間，洛桑覺得自己的痛苦和重擔都丟進煨桑爐裡面，隨著輕煙變輕，走遠了。

在煨桑白塔的後面，有個賣寶石的店面，門口的一幅畫引起了洛桑的好奇。

自從洛桑的生命融入色彩，只要專注凝視一幅畫或大自然的花草樹木，甚至小小的石頭，就能從表面的色彩看透藏於內裡的祕密。好像從小到大在山林長大，壓抑在阿蘭若黑色部落、隱藏於深處的潛能，一下子全部爆發出來似的，有時連諾布都驚訝於洛桑的直覺，以及與山林植物合一、水乳交融般的感情。

「一個穿血紅色僧袍的僧人，背後有尊佛像卻掛著眼淚。僧人手上拿著佛珠，佛珠卻是虛幻的。」她端詳著畫作上的僧人，眉宇之間英氣煥發，好像在哪見過。

「喜歡這幅畫嗎？說說你對這幅畫的感受。」洛桑看著畫陷入沉思，一時沒注意老闆娘來到她的身旁。

洛桑回眸端詳著眼前的女子，她的五官柔和中帶著幾分英氣，身材豐滿而勻稱，頭上戴著淺灰色的寬邊毛氈帽，穿著米白色羊毛外套，內搭暗紅色長裙，裙襬上還有手工刺繡的圖案，鑲嵌著古老的符號與能量。深棕色的頭髮柔順而有光澤，垂落在肩膀上，散發著成熟而高貴的氣質。

「這幅畫是誰畫的？」她看著畫裡僧人清澈的眼神，突然想起蔣秋．森巴。從蔣秋．森巴的眼眸又看到腦海的小沙彌，接著心緒又跳到諾布眼裡的圓點，和胸膛上的圓點……。她的心怦怦跳，不知從什麼時候開始，她的心像野馬般飛馳，老是定不下來。

耳邊傳來老闆娘的聲音：「是誰畫的，不重要。八廓街來來往往的客人這麼多，很少有人像你盯著一幅畫看那麼久。你的眼神和眼眸很特別，專注的模樣，很像觀音美麗的眼紋呢！」老闆娘指著畫作，眼神犀利而好奇地把洛桑收進眼底。她很好奇洛桑會怎麼看門口這幅畫。

「僧袍的衣服是藏紅色，但畫裡的僧袍卻偏血紅，像血一樣的紅。我想，這位畫者並不是要畫僧侶，而是畫一個她想愛卻愛不得的人。像血一樣的紅，是她的愛，也是她的傷。」

洛桑想著初次踏進諾布的花店看到的紅，跟如今看到的紅顏色相同，心境卻大不同了。

「你如何知道畫者愛的不是僧侶？那麼，爲何又要畫僧侶呢？」老闆娘的耳朵上戴著一對垂墜的藍寶石耳環，隨著她指著畫中僧侶的手勢和動作，閃爍著迷人的光芒。

「畫者所愛的人不是僧侶，因爲畫中的僧侶拿的佛珠是虛的，不是實體。畫者故意畫僧侶，一方面是爲了隱藏她的愛，避免被熟人一眼看穿；另一方面，是隱喻她愛的人像僧侶一般純淨。僧侶對眾生的愛是寬的，他的愛無法被一個女人獨享占有。如果沒有猜錯，畫者愛的是一個心懷眾生、身邊有很多女孩愛慕的俊俏男子，他擁有像佛一樣的慈悲心，卻偏偏又不是拿佛珠可以讓信徒親近的僧侶，讓畫者愛得很辛苦，既不能愛，又不能恨，愛恨不得是畫者最大的痛苦。」

「你眞厲害！幾句話，就把畫者的心境說透了！你再說說，畫此畫的人是一個什麼樣的女子？」老闆娘露出驚嘆的眼神。

「整幅畫，以紅色爲主視覺。畫者的個性，一定像紅色一樣熾烈。紅色是血，她給出的愛很純粹、很天然，敢愛也敢恨。可是當她愛上一個不能愛又不能恨的男子，一定在愛裡飽受折磨。

「僧侶背後的佛像，頭很大，又垂著淚，隱喻畫者以愛爲修行，淚珠象徵著紅色帶來的愛與傷，會引領畫者尋找愛的答案。」

「你眞是一位奇女子！竟然能從一幅畫的色彩和圖畫，看穿一個人在愛裡的糾結。進來我的店裡，瞧瞧你還能看出什麼。」

洛桑隨著老闆娘走入店內，一盞由晶瑩剔透的水晶拼組而成的燈飾，懸掛在挑高的天花板上，像一閃一閃的星光，柔和地灑落在店內。展櫃是用胡桃木製成的，玻璃櫃面乾淨透亮，陳列各種美麗的寶石，還一一寫上名稱。

洛桑用目光溫柔地撫觸每一顆石頭，深深吸了一口氣，再緩緩吐出鼻尖的氣息。當她體內的七彩能量和每一顆寶石的顏色互相融合時，寶石的生命在她眼前突然鮮活起來。她變成它們，它們也變成她，互爲彼此的眼睛。

自從恢復體內的色彩本能，不再被囚禁於黑色的心靈桎梏中，她很自然知道這麼做就能了解藏於色彩表面下的心靈。萬事萬物都是活的，如同蔣秋．森巴所說，萬物都有一個共同的本體，在這個本體裡面，他就是我，我就是他。

她靜靜地讓內在的雜念止息，凝神專注地讀取這些寶石的生命訊息，感受它們傳遞而來的能量。

黑色天珠自然對稱的幾何圖紋，猶如電流流經一般，散發神祕而強大的磁場；黃色的蜜蠟則像凝結的暖陽，金黃與琥珀色交織，穩定了焦躁不安的心靈；紅色的珊瑚，如同落日餘暉灑落在海面上的那抹酡紅，娓娓道來在海洋深處千百年成長的過程；綠色的松石猶如樹葉的脈絡和裂紋，像一張生命之網連接天與地，讓生命的能量互通，帶來守護與療癒；藍色的海藍寶清澈如大海之心，從淡藍到深藍，有層次地將海洋每一層深度的祝福都凝聚其中；月光石會隨著光線變化閃爍著不同的色澤，靈活對應不同的能量，收放自如；粉水晶、紫水晶和黃水晶展現出夢幻的美感，捎來浪漫的喜悅；金運石的表面如貓眼般神祕不可捉摸，可提高自身的保護力；拉利瑪則像極了平靜的海洋波紋，讓人宛如置身在大海之中，感受到無邊的寬廣、溫柔與包容……。

她發現，每一顆寶石的玻璃櫃附近，都擺放了一株相對應的植物，彼此的顏色交相輝映，有的色相相近相親，有的則是大膽地呈現反差對比，營造出寶石與大地交融、生機勃勃、靜謐而高貴的神祕世界。

寶石是靜的，在還沒有被佩戴時，呈現的是自然的本性和色澤，加上鎖在玻璃櫃裡，很難沾染世俗的人氣和塵埃。但植物就不同了，植物是活的，敞開於外，花開花謝，會隨著光線和環境給它的能場，產生很細微的變化。她想起諾布說，植物會反映主人的心境。

「店內有打算翻修更新嗎？」洛桑盯著幾盆精心修剪的植物，左瞧右瞧，看出其中的端倪。

「有！」老闆娘如同珍寶般的眼睛，深邃而明亮地閃動了一下。

「店內好幾盆鐵線蕨最內在接近根部的地方，葉子有點枯萎，沒有仔細觀察根本不會發現。我想，店內也許需要做某方面的更新，是根源性的內在問題，別人光看表面看不出來，但主人追求完美，自己會跟自己過不去。」

「沒錯！我的祕密居然被你看穿了！」老闆娘笑了，灑脫的笑聲洋溢著被人看穿了也不以爲意的自信，眼底的笑意盡是對洛桑的讚賞。

「有打算開分店嗎？」洛桑大膽地問。

「正打算開第二家。」老闆娘驚訝地點點頭。

「你瞧，另一棵黃金葛從上方延展下來，長得很好，表示這家店很有延展性。黃金葛延展下來的那一片牆，是藍綠色的牆面，對應到紅珊瑚寶石。藍色加綠色，藍色是溝通，綠色是心輪，紅色代表熱情和行動力。只要多跟自己的心輪溝通，腳踏實地採取行動，慢慢累積，第二家店的風格自然會浮現。另外，藍色也代表生命藍圖和創造力，綠色則代表人脈資源，像黃金葛的枝葉一樣延展人脈，往創造性強的藍圖去做寶石設計，對第二家店的前景是很有助益的。」

「你太厲害了，居然能從色彩和植物了解人性和心靈！我正缺人手，你要不要來我這裡工作呢？」老闆娘張開雙臂，給洛桑一個熱情的擁抱。

「噢，我就在布達拉宮附近的格桑花店工作呢！」

「噢，你可別——不小心愛上諾布。」老闆娘湊近洛桑的耳邊，低聲說。又小心翼翼探看周遭，確定沒有人之後，才繼續說道：

「剛才那幅畫的畫者就是我親妹妹呢，她去格桑花店買花時不知不覺就愛上了諾布。可是諾布是個多情種，在拉薩不管是漢人、藏人、男女老少都很喜歡他，只是聽說諾布心裡一直有個喜歡的人。」

「是誰？」洛桑心裡湧現複雜的情愫。

「他大嫂。」老闆娘嘆了一口氣，「很可惜，諾布的大嫂後來在倉姑寺出家了。諾布的大嫂是個藏族美女，聽說諾布很小的時候母親就過世了，他是被嫂嫂帶大的，嫂嫂就像他的母親。怎知，長大之後，親情就變成愛情。諾布常常送花去給倉姑寺的僧尼，可是大家都知道，諾布是去看他的大嫂。感情的事只有當事人知曉，旁人很難置喙……。」

洛桑心裡一陣難過和震驚，老闆娘說的故事，她從來沒聽諾布提過，也從來沒問過諾布過去的感情，就傻傻地墜入情網。被蒙在鼓裡的難堪，夾雜各種難以言說的心緒一下子衝上心頭。她壓抑著，假裝不在意地把目光移向周遭的寶石和植物，驀然發現，牆角擺了好多南瓜，向陽的窗戶有個南瓜架，許多南瓜子一顆一顆發芽了，長出兩片子葉，直挺挺地抽高，奮力往上生長。

「你妹妹呢？」洛桑盯著南瓜，憶起了初來西藏，在瑪吉阿米餐酒館無意間聽到兩個女人的對話。

「剛開始，我妹妹的確如你所說，愛不得也恨不得，非常地痛苦。有次去瑪吉阿米，遇到一位神祕的吉普賽女子，教她使用南瓜的綠魔法，把痛苦釋放出來之後，就好多了。她說，諾布從來沒有給她任何承諾，是她自己愛上了諾布。諾布是個值得人愛的男子，她從來沒有後悔愛上他。她發現，她失去的不是愛，而是失去了自己。」

「怎麼說呢？」洛桑極力撫平心緒，故意逗弄著南瓜，掩飾眞實的心情。

「妹妹說，諾布的愛，是很寬很大的那種愛，但她要的不是博愛，而是愛情。愛情很狹隘，卻是她想要的。既然諾布給不了她想要的愛情，又何必苦苦追求或期望諾布改變他的愛呢？

「妹妹想通了之後，現在有了新的男朋友，過著很幸福的生活。她常常帶著男朋友去格桑花店買花，她的男朋友也很喜歡諾布。諾布就是有那種讓大家愛上他的魅力。你可要小心一點，別像我妹妹一樣，愛上一個像僧侶的康巴漢子。」

洛桑強忍著難過，拖著沉重的步伐，沉甸甸地走出寶石店。她想起羅丹雕塑的情人之吻、但丁《神曲》裡保羅與嫂嫂法蘭切絲卡的愛情悲劇，以及馬格利特的謎樣之吻，就像她一直蒙著臉，蒙蔽自己的愛情。這些因愛而來的苦果，好像一直在等著她去經歷，而她只是在重複阿蘭若族人來到西藏所經歷的痛苦罷了。

洛桑默默流下兩行熱淚，心緒紛亂地走到八廓街的東南角，又看到那棟黃房子瑪吉阿米餐酒館。想到她的錢包也許掉在那裡，她走進瑪吉阿米問了店員，依舊沒有找到，卻注意到書架上有好幾本訪客留言本，都是旅人到西藏旅行留下的字句和圖畫。她好奇地翻開，發現抄寫的多數是署名爲「倉央嘉措」的人寫的情詩。

那一月，我轉動所有的經筒，不為超度，只為觸摸你的指尖；
那一年，我磕長頭匍匐在山路，不為覲見，只為貼著你的溫暖；
那一世，我轉山轉水轉佛塔，不為修來世，只為途中與你相見。

她記得有一回諾布帶她爬上布達拉宮，她說起倉央嘉措的這首情詩，諾布馬上更正：「不是情詩，是道歌。」就藏人而言，上師是他們心裡的佛。若說上師因爲男女之情而寫下情詩，便是詆毀他們的上師。

諾布說，六世達賴喇嘛倉央嘉措被選爲轉世靈童，從小就離開母親，這首道歌寫的其實是思念母親、獻給母親。對自幼喪母的諾布而言，這首詩，也是他思念母親的寫照。

如今，想到諾布思念的母親，是後來取代母親的大嫂，洛桑看到這首詩心頭又難過了起來。她閉著眼睛，不想再看，隨意翻到後面幾頁，沒想到又是倉央嘉措的情詩。

如果不曾相見，人們就不會相戀。
如果不曾相知，怎會受相思的煎熬。

即使最終倉央嘉措並沒有和所愛的人長相廝守，世人論起倉央嘉措的一生，總會討論他的離經叛道，所愛不得的渴望。卻沒有人想過，他的原生家庭是寧瑪派，寧瑪派的修行人是可以娶妻生子的，命運卻讓他成爲戒律嚴謹、不得走入婚姻的格魯派僧人，才有往後的痛苦。

「命運總是捉弄人，如果我不是來自阿蘭若，而是出生在西藏或其他地方，我會成爲一個怎麼樣的人呢？」洛桑想著，心裡又是一陣糾結，她把留言本放回書架，再取出另一本。

隨手一翻，映入眼簾的字句，讓她大吃一驚：

我問佛：如果遇到了可以愛的人，卻又怕不能把握，該怎麼辦？

佛曰：留人間多少愛，迎浮世千重變，和有情人，做快樂事，別問是劫是緣。

洛桑不相信這是佛說的。不過，既然是訪客留言本，她索性拿起筆，在這段文字的下方寫著：

「就算你所愛的人，最終的選擇不是你，轟轟烈烈地愛過，這一生不也值得了嗎？」然後在下方署名，「不敢放手去愛的女孩」留言。

洛桑苦笑了一下，又換了另一本留言本，翻開第一頁，竟然還是〈我問佛〉。

我問佛：如何能靜？如何能常？
佛曰：尋找自心。
我問佛：世間為何多苦惱？
佛曰：只因不識自心。
我問佛：人為何而活？
佛曰：尋根。

她再次想起蔣秋．森巴。人們總是茫然求助於外在的佛，卻不知眞正的佛是自己的自心。

「人爲何而活？」一個人來到這個世界，是爲了尋根，回歸靈性，回到眞正的我。蔣秋．森巴第一堂課就告訴她了啊！

「世間爲何多苦惱？」那是因爲世人不知肉體的我之所以這麼痛苦，正是靈魂的我受到阿賴耶記憶的糾纏，但靈性的我仍然是純淨的、不動的。

「如何能靜？如何能常？」回到靈性的我，就對了。靈性不用尋找，靈性本來就安住，一直都在，一直都那麼純淨，只是被自己的妄心遮蔽罷了。

她爲自己能這樣自問自答，感到吃驚。如果蔣秋・森巴在這裡，想必會這樣回答吧。

她繼續翻到下一頁，出現了一張很特別的插圖，是一個小故事。

有一個小黑點，待在山洞裡一片漆黑。

它自己一個，想做什麼，很自由很自在。

沒有誰可以干涉它。

黑洞裡，什麼都看不到，什麼都隱形了。

漸漸地，它感到孤獨、寂寞。

它想找尋出口。

它大叫，有人在嗎？

它找梯子，想要往上爬。

它撞壁，想撞出一個洞，卻頭破血流。

「是你嗎？」有個種子在山洞外說道。

小黑點發現，種子的根，可以往下扎，從山洞外伸展到山洞內。
種子說，你沿著我的根，沿著細細的裂縫，就可以走出來了。
到了外面，強烈的亮光，讓小黑點無所遁形，曝露在外。
形形色色的點點，各種比較，讓它自卑，
它嘗到了愛與被愛、等待與失落、奮力往前卻被拒絕的各種滋味。

它累了，
想重新回到山洞裡。
又是一片漆黑，卻充滿寧靜靜謐。
日子久了，它突然又開始懷念外面的光。

種子漸漸長大了，越長越高。它的根越長越粗，越來越強壯，
終於把山洞的底部撐裂成一條更大的裂縫。
種子在山洞外面，長成了綠樹，開出美麗的花。

它的根伸進了山洞內，綠葉和花兒卻在山洞外面。

黑點問種子：外面好，還是裡面好？

種子說：都很好。

我扎根時，扎根在地底下，伸向黑暗，忍受孤獨寂寞。

我往外往上成長，向著光，找到伸展的舞臺。

我在光亮與黑暗中

來去自如。

我很好。

（空白兩頁之後）

（畫面：小黑點，逐漸蛻變成一顆小種子。）

洛桑憐惜地摸摸插圖中那顆小黑點，再摸摸新生的種子，嘴角揚起了一絲笑意，彷彿也從中獲得了新生的力量。

驀然間，她看到後面署名，寫的竟是：「到西藏一遊，格桑花店主人諾布的故事。」她嚇了一跳，這是諾布從小黑點，通過靈魂的黑夜、蛻變成種子，後來開花店的故事嗎？

或許她應該要找諾布好好聊一聊，她對諾布的了解實在太少了。她和諾布之間並沒有愛的承諾，而她能給諾布什麼承諾呢？如果喜歡一個人卻不知如何跟對方坦白自己來自何處，兩個人之間的愛會不會永遠隔著一層謎？

她當初在阿蘭若迦山並沒有看到情人之吻，而是看到一棵樹上的果實含藏著新生的胚胎。爲什麼她要像阿蘭若族人一樣，受到情人之吻的折磨呢？她要做的，應該是在愛裡重獲新生才對。

洛桑放下留言本，重新釐清自己，找到新的思路。走出瑪吉阿米，她在前門出口不遠處，注意到一根高聳入雲，像是直達天庭的旗桿。

旗桿的柱子上圍著彩色經幡，不像一般民居掛在柳樹枝上、插在屋頂隨風飄揚的五色旗，而是用細繩牢牢密實地把經幡綑綁在旗桿的經幡柱。洛桑看到一位藏族老太太，一手拄著楞杖，另一手背著煨桑的糌粑袋，搖搖擺擺地走到經幡柱前，脫帽合掌祈禱，還邊以頭抵著柱墩禮敬。

她想走過去幫忙老太太，卻有個熟悉的身影搶先一步扶助。等老太太禮敬結束，緩緩地從經幡柱的左邊繞過，那個熟悉的身影才轉身回眸，剛好和不遠處的洛桑四目交接。洛桑定眼一看，竟是剛才寶石店的老闆娘。

洛桑露出笑顏，向老闆娘揮手致意。老闆娘一看見洛桑，馬上快步走到她身邊，大爲驚喜。「我正出門尋你呢，想說如果有緣，定能和你再次相逢。」

老闆娘說著，從背包拿出一串綠松石項鍊，套在洛桑的脖子上。「謝謝你剛才爲我解說妹妹的畫作。我一直無法理解妹妹對藝術畫作的想像及對愛的抉擇，經過你的解析，我才知道妹妹內心的煎熬，又爲她現在的幸福感到寬慰。當然也謝謝你給了我的寶石店建議和提醒。我看你戴著綠松石耳環，猜你應該喜歡綠松石，就以綠松石當作我們認識的見面禮，也聊表我對你的謝意。」

「你太客氣了！我既然已經有了綠松石，就不……。」洛桑感到害羞想要推辭，正想從脖子拿下綠松石，卻見老闆娘抓住她的手，努努嘴，眼神朝向旁邊那根高聳入雲的經幡柱：「你知道這根旗桿，『甘丹柱』的由來嗎？」

老闆娘雙手合十，說：「甘丹柱和宗喀巴大師有個典故。相傳，黃教格魯派創始人宗喀巴想要改革宗教亂象，建立第一座寺院甘丹寺。由於工程浩大，事務繁瑣，耗費很長的時間，好不容易竣工完成那天，宗喀巴人不在甘丹寺，卻在八廓街東南角這裡。得知喜訊之後，宗喀巴非常欣慰，馬上就地把手杖插在地上，在路邊席地而坐，唸誦吉祥文，感恩甘丹寺如願完工，並爲眾生祈福。後人爲了紀念這神聖的一刻，便在宗喀巴手杖插地的地方，豎立這根旗桿，裡面還裝了當年的手杖。

「甘丹柱不只紀念宗喀巴，還告訴我們愛與感恩要即時，即使是自認爲微不足道的祝福與感謝，也要馬上去做。藏人懷念宗喀巴，不只是宗教情懷，而是他毫不猶豫、馬上在路邊席地而坐，爲眾生持誦祝禱，當下的情眞意切，感動了僧人和藏民。」

這個故事深深打動了洛桑，她摸著綠松石，溫潤的感動流進她的心田。

「所有的愛與感謝，當它從內心自然升起，哪怕只是短短幾秒的火花，都是神聖的一刻。如果有一天，當你遇到讓你感動的人事物，當你的愛從內在滋生，請把握神聖的一刻，說出來，採取行動。愛，要即時，才有意義。綠松石在西藏，稱爲守護之石，象徵保護與療癒。藏人遠行時都會在身上攜帶綠松石，願綠松石的能量保護你、守護你。」老闆娘說完，朝著甘丹柱做了合十禮敬，又給洛桑一個擁抱，才轉身離去。

❀ ❀ ❀

洛桑望著老闆娘離開的身影，撫觸著脖子上的綠松石項鍊，正好就掛在她的心輪上，像心尖上的一個小圓點。她繼續沿著白塔煨桑，再往前三百公尺，就是大昭寺廣場了。她停了下來，在一家古樹酸奶的大樹下，喝了一杯酸奶稍作休息，卻在樹旁的巷弄轉彎處，聽到一陣笑聲。

她好奇地往前，發現是一家賣西藏糖果的店鋪，門口掛著一塊木製招牌，上面刻著店名「愛情轉角」，門上的對聯寫著：

你會不會忽然出現，在街角的這家店。

和有情人，做快樂事，別問是劫是緣。

她好奇地靠近門邊，赫然看到諾布竟在店裡，背著竹簍子，裝滿了鮮花。她認得店內的主人貝瑪，就是之前在諾布店裡買了仙人掌的藏族姑娘。

貝瑪現在看來和先前憔悴的樣子大不相同，一雙炯炯有神的大眼睛，透射出自信的神采。她正在跟一對看似情侶的遊客，介紹店內的糖果。

「這是牧區傳統糖果，叫曲克安噠。純手工製作，主要原料是海拔四千米以上的高原犛牛奶，兩斤只能做出十顆，非常珍貴。喏，吃吃看。」

貝瑪把頭髮梳成細辮披在身後，綴滿紅珊瑚、貝殼和銀飾，耳環中鑲嵌著藍色的青金石，隨著她說話的手勢輕輕晃動，發出清脆輕盈的樂音。

諾布則在一旁，熟練地主動上前，打開店裡的電視螢幕，馬上播出諾布和貝瑪一起製作曲克安噠的過程。

隨著影片流淌出藏族悠揚的樂聲，畫面出現高山、大湖，在一望無際的草原，諾布和貝瑪像一對藏族情侶，在湛藍的天空下一起趕牛吃草，撿拾氂牛糞。先曬乾當燃料，接著擠氂牛奶，兩個人合力用雙手握著打製酥油的木柄，將氂牛奶在木桶中上下攪動千百次，油脂漸漸從牛奶中凝結上浮，就是藏人最愛的酥油。

分離出酥油的氂牛奶，還要再上土灶熬煮，慢慢凝結成奶渣，再由奶渣瀝出湯汁，再繼續熬煮、過濾。經過數十次的提取、發酵，曲克安噠才在香醇美味的湯汁中凝煉而出。

洛桑在門外百味雜陳地看著影片中諾布如何照顧貝瑪，從白天到黑夜，不斷熬煮的辛苦，輪流為彼此拭去汗水、淚水，互相打氣，失敗時互相撫慰。當看到一顆又一顆的曲克安噠終於凝結成功時，試吃糖果的情侶遊客忍不住噴出眼淚、鼓掌叫好。洛桑聽到掌聲，才從盯住兩個人互動而不斷湧現的酸楚難過、一次又一次陷入的更深沉思中，回過神來。

「嗯，吃起來酸酸甜甜的，真有風味。當初，我們就是看到店名『愛情轉角』才走進來的，沒想到，店裡的糖果真的像愛情的滋味，酸酸甜甜的。」

「這是藏族獨特的手藝，也是我們童年吃的糖果。這種家鄉味，是藏族的老人留給我們的，希望能一代一代傳承下去。」

貝瑪笑了。她的嘴唇帶著一抹淡淡的天然紅潤，五官輪廓分明，臉型小巧而俏麗，身材纖瘦而窈窕，皮膚經過風雪和陽光的洗滌，散發出健康的古銅色光澤，顯得美豔動人。

洛桑盯著貝瑪上下仔細瞧，注意到她身上的每一個細節，心裡酸酸澀澀的，湧現一種從來沒有過的分別與比較。她突然覺得自己不夠美，眼睛不夠大，身材不夠細緻。她再怎麼改變也無法成爲眞正的藏族；她再怎麼欺騙自己，也無法抹滅自己來自從地圖上消失的阿蘭若。或許眞正可以帶給諾布幸福的，是如母的大嫂，還有和諾布一樣可以守護藏族傳承的貝瑪。一種從來沒有過的失落與自卑，還有連自己也說不清楚的、對命運加諸她身上的一切的憤恨，瞬間襲上了她的心頭。

情侶遊客買了五包曲克安噠走了。諾布看了手錶，突然起身：「時間到了，我要趕緊送花到倉姑寺。」他從口袋拿出一顆蘋果送給貝瑪，貝瑪撲上前擁抱了諾布，說了一聲謝謝。諾布拍拍貝瑪的肩膀，背起竹簍子離開，走到門外時，才發現洛桑。

「洛桑，你怎麼在這裡？」諾布驚喜地展開笑顏，走過去，想拉住洛桑的手。

洛桑把手藏到身後，閃開了諾布。「我最近有點事，恐怕有一陣子無法再到花店了。」說著，她抿著嘴角，低著頭，轉身離開了諾布。

十、苦果

洛桑默默地流下淚水，一路走到大昭寺前方廣場，她覺得自己糟透了，心裡亂糟糟。她一直以爲是腦海中看到小沙彌變成黑巫師，莫名生出的劇烈痛苦，才讓她無法專心向蔣秋．森巴學習；實情卻是她愛上了諾布，害怕失去這份愛。即使蔣秋．森巴不斷教導她什麼是本心，她卻一直無法安住在本心，蜂湧而上的思緒，讓她在瞬間失去平靜，偏失了原本想走的軌道。

「不是痛苦和恐懼推開了我和蔣秋．森巴，而是愛欲和情執讓我忘了自己的誓願。」洛桑感到後悔，對自己失望。她想起以前活在黑色部落，內心很壓抑，卻專注收攝，知道自己想成爲什麼。現在來到彩色的世界，獲得全然的自由和釋放，卻往外追逐，在愛裡迷失了自己。

她愛上了色彩，沾染了情欲，雖然可以融入色彩，讀懂植物和石頭，甚至透過畫作解讀別人的心，卻無法明晰地照見自己。「活著爲什麼那麼艱難，處處是問題？」她痛苦地閉上眼睛，雙手合十，對自己修慈：

「願我無怨、無嗔、無憂，願我守住自己的幸福。」

她的頭開始疼痛，她無法無怨、無嗔、無憂，無法守住自己的幸福。她發現自己陷在痛苦的泥沼裡，根本無法像以往那樣爲自己、爲別人修慈，如今的紛亂更甚於剛到西藏的自己。她開始責怪自己，滿腔的怒火、奪眶而出的淚水，連呼吸的本能都遺忘了，她忽然可以理解墜入黑暗深淵的小沙彌當時的痛苦和迷惘。但越是這樣理解，洛桑的心頭就越糾結，頭痛就越劇烈。她的耳邊充滿了藏人在大昭寺廣場拜佛、唸佛低沉雄渾的梵唄聲，夕陽餘暉穿過厚重的雲層灑落在她的眉間，暖暖地注入她的眉心。她的腦海倏地跳出小沙彌墜落黑暗的深淵時，從上而下灑落的光線，那光中發出的聲音，似乎在提醒她什麼。「光音，觀音……。」洛桑想起蔣秋．森巴說過，如果墜落在妄心，即使呼吸數息也無法把自己帶回當下，可以跟藏人一起做大禮拜，唸「觀世音菩薩」。

蔣秋．森巴從耳入心的聲音，就像那道光線注入了她的心底。洛桑把拜墊鋪好，雙手合十，微閉著雙眼，眼觀鼻，鼻觀心，唸了一句「觀－世－音－菩－薩」，一字一字慢慢唸，耳朵清清楚楚聽見自己唸觀音的聲音。蔣秋．森巴說，觀世音菩薩聞聲救苦，度一切苦厄，如今她只能祈求觀世音菩薩來到她的面前，告訴她下一步該怎麼做。她的淚水潸潸而下，把兩手的拇指縮進掌心裡。接下來，把雙手放在額頭、嘴巴、胸口，各點一下，像周遭的藏人一樣，匍匐在地上五體投地，把所有不堪的情執和過錯狠狠地拋將出去，再毫不留戀地迅速起身。一個簡單的動作，洛桑卻覺得沉重無比，僅僅一個大禮拜，卻已經淚流滿面，無法自已。

如此反覆做了一〇八個大禮拜，汗水淚水濕透了她的臉龐和衣襟，整個人越拜越輕盈，清醒了不少。她專心在每一個拜佛的動作，每做一個大禮拜就唸一聲「觀－世－音－菩－薩」，一字一字慢慢唸，耳朵清清楚楚聽見自己唸佛的聲音，眼睛清清楚楚看見自己每一個動作，專心活在當下，把當下的每一個動作做好。「我看見自己在拜佛，我看見我和大昭寺廣場的藏人一起拜佛。我知道我很痛苦，我知道我很後悔，我和自己在一起。」

漸漸地，她的心慢慢平復下來，終於又可以坐下來深呼吸，深深地吸，緩緩地吐。吸氣時，背挺直，把手放在肚臍以下三指氣海穴的位置，把體內乾淨的內氣提上來帶到頭部；吐氣時，想像頭部被體內的淨氣充滿。她一遍又一遍地吸，一遍又一遍地吐，直到從頭到腳，全身上下的毛孔都被自己呼吸的氣流淨化療癒，全部更新。她慢慢地吸氣，慢慢地吐氣，越吸越慢，越吸越深，重新憶起在阿蘭若，自己陪著自己呼吸，那份安安靜靜的陪伴與存在，潛藏在深處的能量再度自然湧現，她終於又活了過來。

她輕輕地張開眼睛，發現拜墊旁邊放了一束向日葵，像一顆小太陽對著她燦爛微笑。一位藏族老奶奶穿著傳統的氆氌長袍，外罩深色的藏式毛氈披肩，頭上戴著羊毛編織帽，坐在她的身邊，布滿皺紋的臉龐掛著慈祥的笑容：「你是之前在諾布的花店裡，看見向日葵會發光的女孩嗎？」

洛桑愣了一下，忽而想起第一次到諾布的店裡，有個藏族老奶奶跟她一樣相信向日葵有光。

「你現在還相信向日葵會發光嗎?」老奶奶覷著眼，調皮地問，像個小孩子。

想起諾布，洛桑還是難過，一時之間，不知如何回答。

老奶奶故意打趣說：「噢，諾布店裡面的向日葵有光，離開了諾布，向日葵就沒光了!」

「不是的，」洛桑臉紅了，對老奶奶誠實說道，「以前在諾布的店裡，我看到的是豔麗會發光的黃色花瓣，而今我看到的向日葵，是黃花內裡黑色的深淵。」

「看到光明面，也看到黑暗面。你長大了。」老奶奶收斂起笑容，「我來自西藏的山區，每年走好遠的路來拉薩拜佛，每一年來到拉薩的感觸總是不同。很多時候，我像一個住在山洞裡的老太太，好像已經活了好幾百年，歷經各種滄桑；但有時候，我又發現自己單純得像一張白紙，像一個從來沒有從山洞走出來的小孩子，對這世間的危險渾然不知；更多時候，我覺得自己的身體裡住了一尊佛菩薩，常常叮嚀我，把握這一世，莫再蹉跎。」

老奶奶說著，閉著眼睛，向大昭寺佛陀的方向，唸了一串佛號。她手中握著一串長長的念珠，珠子已被多年的撫觸磨得光滑透亮。半晌，才睜開眼，把向日葵遞到洛桑的胸前。

「藏人崇拜太陽，是因爲佛經常把太陽比喻爲自性綻放的光芒。向日葵爲什麼會追著太陽的光線移動?因爲向日葵知道花會謝，但光不滅。相會變，性不變。

「藏人不怕死，是因爲藏人知道身體像花瓣一樣，總有一天會凋零，但靈性永遠都在。」老奶奶從後方背著的竹簍子，拿出一幅卷軸。

「每年我都會背著這幅唐卡來大昭寺拜佛。」老奶奶把唐卡攤開，裡面畫的是一尊美麗的菩薩。

「這是白度母。」老奶奶雙手合十，「在藏地，白度母是觀音的眼淚化現。」

洛桑的心頭一震。這是她第一次見到白度母，身色像西藏的雪山一樣純淨潔白，全身竟然有七隻眼睛，雙手雙腳各有一眼，雙眼之外，還有一眼在眉心中央。

「白度母爲什麼有七隻眼睛？」她忽然想到阿蘭若迦山的老藏人在她手心畫的圓點，就像白度母掌心的眼睛。

「白度母的七眼是爲了觀苦，就像母親愛著自己的孩子，不忍孩子受苦，因此用七眼照見一切眾生病苦，不辭勞苦地救度眾生，從痛苦煩惱中出離。」

洛桑凝視著白度母，想起尺尊公主證悟佛母後，創建阿蘭若的清淨誓願。她像阿蘭若的老奶奶一樣，不敢進入大昭寺拜見尺尊公主，卻在這裡意外見到白度母。她有一種和母親久別重逢、近人情怯的害羞和激動，好像她一直在等待這一刻，一直等，一直等，有時已經忘了自己在等，覺得全身上下都髒了、被染汙了，自慚形穢，不敢再繼續等。一個過得亂七八糟的異鄉遊子，就算對母親百般思念，也不敢再見母親一面；卻沒想到，家鄉的母親竟然出乎意料地來到面前，她又羞愧，又開心，又懊惱，像個孩子哭了起來。

「佛氏門中，不捨一人。憶佛、唸佛，佛就會來到我們面前。」藏族老奶奶撫觸著洛桑的臉頰，用額頭頂著她的額頭，唸了一串好長好長的咒語爲她祈福，直到洛桑擦乾了眼淚。

「白度母是白色的。白色，代表純淨、清淨，也代表我們的本心。白度母教導我們，最殊勝的修持就是安住在自己的心性當中，永不退轉。」

藏族老奶奶把向日葵送給了洛桑：「不要忘記自心的光芒，不只是向日葵有光，宇宙萬物都有光。敞開心，把光芒傳送出去，讓大地萬物，讓身邊的人，都重新回到自己的光，看到自身的寶藏。」

藏族老奶奶說完後，緩緩起身，雙手合十，指尖輕觸額頭、喉嚨與心口，然後雙膝跪地，雙手往前，全身趴在地上禮佛。她的動作定靜而虔誠，帶著古老的韻律與節奏。緩緩起身後，她的雙手再次合十，眉宇間透射出來的平靜與淡然，彷彿心佛合一，像一座靜靜佇立在雪山下的古老寺院，雖然斑駁老舊，卻早已超越歲月帶來的風霜與滄桑。

藏族老奶奶用粗糙的手掌輕輕撫拍洛桑的手背，向洛桑告別，然後緩緩走進大昭寺，朝拜釋迦牟尼佛。洛桑看著大昭寺廣場密密麻麻的藏人，一個又一個匍匐在地上，毫不保留地把自己交託出去。每一次的起身與伏地，臉上沾滿的塵土，額頭流下的汗水，一點一滴流進洛桑的眼底。她的心，她的身，全身上下漲滿了感動，再度想起自己曾經義無反顧的「我願意」，她怎麼能丟失自己的誓願？

她再一次看見向日葵黃色花瓣、黑褐色中心含藏著無數的種子，牢牢抓住了觸及她內心那神聖珍貴的一刻。

❀ ❀ ❀

洛桑再一次走到布達拉宮森林小徑的古牆。她換回一身黑服黑褲，原本以爲再度見到蔣秋．森巴會很尷尬、羞愧，但蔣秋．森巴卻自然得好像什麼事都沒發生，連她從彩色的藏服換回黑衣黑褲，也好似沒看見。更眞切地說，不管她變成什麼模樣，是好是壞，對他而言好像都無二無別。

不過，洛桑還是低低說了一聲對不起。對於修心的竅訣，她聽得懂，卻做不到，感到很懊惱。

「做不到，沒關係。人的妄念，本來就很多。沒有修心之前，你沒有覺察。開始修心之後，你靜下來，開始覺察，才會看見自己的習氣和雜念，遠遠比你想的還要多。」蔣秋．森巴指著天上的太陽：

「我們看見太陽的光線是如此明亮，但這道光線射入陰暗的屋子，你就會看見在光線下的灰塵竟然如此多。陰暗的屋子和灰塵就是我們的習氣和雜念，有光，你才能覺察。光，是我們的本體，你回歸本體，靜下來了，待在身體這間屋子，自然而然就會看見自己的陰暗面和雜念。」

「如何把那些雜念斷掉呢？」洛桑下定決心，不再被腦海中的幻影干擾。

「修心並不是要你斷念，而是轉念。」蔣秋．森巴笑了。

「如何轉念呢？轉不過去，就困在煩惱裡面很痛苦。」洛桑想，這應該是她重複犯錯的關鍵。

「先覺察，才會看見；看見了，才能轉化。」蔣秋．森巴的眼神閃動著清澈的亮光，「你已經看見了，才會感受自己有那麼多的雜念，這是修心的自然過程。先覺察煩惱，看見煩惱，才能伏住煩惱，轉化煩惱。第四個修心竅訣，就是轉化煩惱和痛苦。視惡如寶，把逆境痛苦當作寶藏來珍惜。」

洛桑嚇了一跳，她一心一意想丟棄的痛苦和煩惱，蔣秋．森巴竟要她當作寶藏來珍惜。

蔣秋．森巴進一步解釋：「沒有人能完全如意，生活裡難免有挫折。所謂藉事練心，就是把逆境的磨練，用來提升我們面對困境的能力。這份能力，就是成長的重要養分。想想，所謂的惡人惡語爲什麼有辦法傷害我們呢？有可能是因爲被別人傷害的裂縫，就是自己最在意、最脆弱、最無法面對的地方。那個脆弱、容易被撕裂的傷痕，正是我們最需要照顧的地方。如果，我們能把別人對我們的傷害，視爲了解自己、照顧自己的一部分，那麼逆境就能成爲我們生命中隱藏的寶藏。」

洛桑聽著，突然想到第一天來到西藏，在諾布的花店也聽到類似「受傷是自己賺到」的說法，當時她還無法理解，如今卻心有所感。生命好像一個圓，如今她換回一身黑服黑褲，好像又回到她當初來到西藏的原點。

諾布的身影再次浮現，洛桑的心又開始痛。她想起那天在大昭寺做大禮拜，專心聆聽自己唸佛的聲音，蔣秋．森巴的聲音突然像回音似的，由耳入心，注入她的心版上。打開耳根，專注在某一個點，不去管腦海中的雜念，在當時似乎讓她短暫地忘卻煩惱。

這個新發現，像一道閃光瞬間打到她的心底。於是，她深深吸了一口氣，把注意力重新收攝在耳根，像是調整收音的頻道，直接校準在蔣秋．森巴的音頻上。

「只有痛苦時，一個人才會轉心向內思索：我是一個什麼樣的人？我怎麼了？我怎麼會受到這種傷害？面對傷害，辨認傷害，需要經驗的累積。一次又一次的傷害，處理的方式會不同。你對傷口怎麼來的，會一次比一次清楚，而不是糊里糊塗，重新犯錯，重複被傷害。」

蔣秋．森巴說著，用樹枝在地上畫了一個螺旋。

「表面上，每一次經歷痛苦，你會以為自己在原點打轉，像一個圓不斷輪迴。事實上，如果你能從傷害裡汲取養分，即使回到同樣的地方，和同樣的人相處，你也已經不再是從前的你。那麼，你的生命運轉，就會從圓形，變成螺旋。每一次回到原點，已經不再是本來的原點，而是往上攀升了一點高度，像螺旋一樣不斷揚升，代表你的心靈不斷往上成長。」

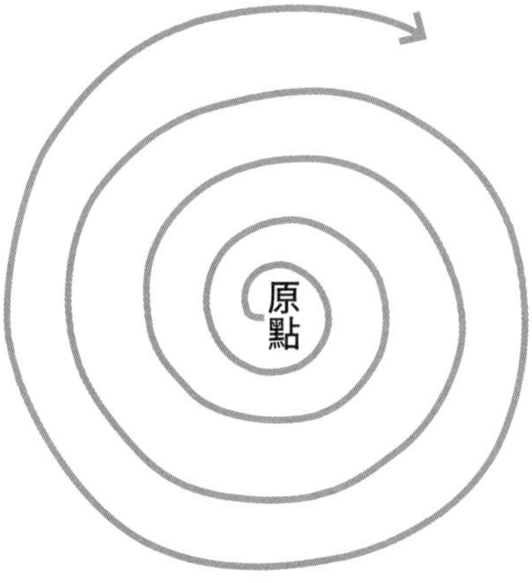

「的確，雖然我一樣穿著黑服黑褲，卻不再是當初來到西藏的那個我了。」洛桑在心裡思忖著，卻也忍不住提出她的困惑：「即使知道自己成長了，爲何還是有在圓裡面輪轉的錯覺？」

「那是因爲你該做的事還沒有做完，該學的還沒有學好。你會像圓一樣，環繞著這一生必須學習的課題，不斷返回問題的核心點。」蔣秋．森巴說著，用樹枝繼續在地上畫了一個圓，在中心點了一個小點。

洛桑的眼睛一亮，看著自己的手，想著當初那個在她的手心畫圓點的老藏人，還有白度母掌心的圓點，想到自己走過的旅程，眼睛突然有點濡濕。

「生命無法逃避。阿賴耶識的記憶庫，記錄了我們累生累世沒有完成的事。每一次來這個世上，我們都有最想完成的功課或任務。功課沒學會，任務沒完成，你會覺得這一生好像白走了一趟。你的靈識會不斷帶著你返回同樣的地方，遇見同樣的人，不斷經歷，甚至不斷受苦。最後你會發現，所有走過的路、流過的眼淚、愛與恨、相愛相殺，都只是爲了返回那一點而已。」

「那一點究竟是什麼？」洛桑心尖的綠松石突然一陣溫熱。

「你必須自己去尋找。就算我告訴你，你沒有領悟，還是找不到。」

蔣秋．森巴說著，故意提高了聲音。洛桑才警覺自己的心思不知不覺又從綠松石，跑到手上的藏紅色佛珠。她換上了黑服黑褲，唯獨沒有卸下的，是諾布送她的藏紅色佛珠和掛在脖子上的綠松石。

聽到蔣秋．森巴微微提高的聲音，洛桑本能地收回雜念，提醒自己專注在耳根。蔣秋．森巴的話語又從耳入心，繼續流進心底。

「在你還沒有學會修心的八個竅訣之前，不管做得到還是做不到，甚至過得一團糟都沒關係，只要謙虛地從痛苦和煩惱裡學習就行了。眞正謙虛的人，會柔順地反省，學不會繼續學就是了。傲慢的人比較剛強，反而容易折斷，自暴自棄，對自己失去耐心。這就是爲什麼修心的第二個竅訣，要你反覆觀修謙虛和傲慢的差別所在。謙虛地觀修自己，便能夠覺察自己的修持是否有進步。當你不如意，遇到挫折、受傷了，你選擇怎麼面對，你展現出來的樣子，就是你個人修行的功夫。

「想想，惡人爲什麼有辦法傷害你？一定是你受傷的地方比較脆弱。或者，你的內在有個破洞、裂縫，引誘敵人進入。那個洞，可能是貪心、情執、對愛懷疑，或對人傲慢。人不會無緣無故受傷，靜下來反省自己，自然就能找出問題的癥結點。

「釐清了痛苦的根源出於自己，而不在外境，你就會開始轉念，想辦法縫補破洞，讓自己變得更完整。反過來，你就會感謝那些傷害、痛苦，讓你有機會重新省視自己。」

「原來，之前的自我放棄，是自己不夠謙虛，沒有辦法接受自己做不到。」洛桑很慶幸自己還站在這裡。

「如其所是地接納自己，接納你現在的樣子，接納你的念頭。過去因，造成如是果。

不管你遇到誰都不是偶然，第五個修心竅訣，就是要你隨順眾生，知道善緣惡緣都只是因緣和合，不可執取。」

「善緣和惡緣，究竟是怎麼來的？」這一直是洛桑心底的痛。即使朵拉、諾布、蔣秋．森巴一直重複一切都來自阿賴耶記憶庫，而那些記憶的糾纏都是累生累世的自己所造，但她卻只能被迫接受，如實接受，而不知如何轉化。

「因緣果的原理，很簡單，就像一個數學公式：

「善因＋善緣＝善果。惡因＋惡緣＝惡果。如此而已。」

「就只有這樣？」洛桑很訝異，這麼簡單的道理，每個人都懂啊。

蔣秋．森巴微微一笑，又繼續說明：

「如果，惡因＋惡緣＝惡果，那麼，惡因＋善緣＝？」

洛桑的心頭一亮，恍然大悟：「種了惡因，若能多結善緣，惡果或許就會減輕了？」

她的心頭刹那間鬆開了不少。

洛桑沒想到，簡單一個轉念，就能帶來解決問題的能量。

蔣秋．森巴點點頭：「遇到惡緣，甚至受到惡意的攻擊，一定要先提醒自己：惡因＋惡緣＝惡果。既然已經種下惡因，就別再和對方結惡緣，變成惡果來折磨自己。」

「如果沒有智慧加入善緣，那該如何是好？」洛桑心想，當初阿蘭若黑派和白派的衝突，就是因爲雙方互不退讓，無法溝通所致。

「觀修菩提心。如果你能把慈悲心用在傷害你的眾生，才是眞正的修行。」

「慈悲心，不是觀修那些深陷在痛苦裡的眾生，給予祝福與關懷嗎？」洛桑從來沒有想過要把慈悲心用在傷害她的仇敵上。

「眞正有修行的人，不會被傷害。」蔣秋・森巴雲淡風輕地說：

「有修爲的人遇到惡緣，會先反省自己，如果自己眞的有錯，他會想怎麼改過，做一些彌補，反而感謝對方的提醒。如果自己沒有任何過錯，對方卻沒有理由地毀謗、嫉妒、攻擊，他會如此思維：今天別人傷害我，表示我過去一定傷害過他。累生累世那麼長，今生我沒犯錯，過去世一定有。想想我們日常生活犯的小錯，不一定能自我覺察，連兒時年少無知所犯的無心之過，也不一定會記得，更何況是累生累世所犯的過錯？所以他現在傷害我，我接受了，歡喜地接受，沒有怨恨。那麼，這個冤結到我這裡就結束了。」

「被人誤會，你難道不生氣嗎？」洛桑很難想像這樣的修行是怎麼做到的。

「如果我們不生氣，不隨之起舞，冷靜想想，說不定會覺得對方的指責也有幾分道理。人非完人，孰能無過？既然承認自己不是完人，凡是指正我們的缺失，都能幫助我們更精進地改善缺失，去掉我執和我慢。反過來，跟著別人動怒，一定是內在傲慢，以爲自己完美無瑕。了解箇中因果，有可能是錯在兩個人中間的聯繫管道，或其中不小心遺落的小細節造成彼此的誤會。眞正謙虛、專注於內在修行的人，並不會跟著對方生氣，而是反過來感謝對方摧毀了他內在的傲慢。眞正的敵人，不是毀謗我們的人，而是心中的傲慢。」

「如果對方眞的有錯呢？」洛桑硬著頭皮問。

在蔣秋．森巴的面前，她老是覺得自己的問題幼稚而任性。對她而言，錯就是錯，對就是對，之間似乎沒有模糊地帶。就如同她愛著母親，有時卻也覺得母親欠父親一句道歉，因爲母親先傷害父親，才有後來父親的報復。雖然她並不覺得父親的做法是對的，但的確是母親有過失在先。她忽然想代替母親跟父親說一聲對不起。

「想想，別人爲什麼會無知地犯錯呢？一定是他的心被蒙蔽了，沒有人教育他什麼是善惡對錯，才會犯下惡行惡業。再者，一個人犯的錯，根源不一定在今生，而是生生世世的習氣帶來的糾纏，如果再牽繫到人與人之間報恩報怨、討債還債的因緣果，這樣一想，犯錯一定不是對方故意的，就別跟他計較，也不必介入別人的因果，成爲別人對錯的仲裁者。」

「如果對方動不動就遷怒於你，難道你不會難過委屈？」洛桑的思緒又跳到負氣離開阿蘭若的那一天，就是因爲她再也受不了黑白兩派的爭執，動輒得咎。她想要找到眞正的眞相，不甘心永遠那樣暗無天日地活著。

「嗔恨，是怒火。想像對方被怒火燃燒的痛苦，是多麼可怕。同情一個因爲憤怒而被自己的怒火灼傷受苦的人，因而對他生起悲心，是觀修菩提心最好的機會。」

洛桑聽著，心情漸漸平復。原來惡因加善緣，是爲對方設想而不責怪對方，觀修菩提心所帶來的慈悲善解，似乎比和對方爭執或自己難過、委屈、耗損，更能幫助自己從痛苦中解脫。

或許不管是阿蘭若長老、族人或她的父母親，甚至是她自己，都是因爲內心的無明而犯錯。她再度想起十二因緣圓輪裡蒙著眼睛走路的瞎子、圓輪最中心那一點的貪嗔癡，以及僧人從內往外牽引眾生脫離輪迴的那條白線。她不知不覺又想起小沙彌，以前她總是出於恐懼痛苦而想要擺脫他，如今她突然生起不忍之心，想眞心爲他祈福。

耳邊再度傳來蔣秋．森巴的聲音，洛桑警覺自己的思緒像躁動的猴子又跳開了。她深深吸了一口氣，把自己帶回當下，打開耳朵，主動拉長天線找到蔣秋．森巴的音頻重新校準，專注聆聽蔣秋．森巴往下說了什麼。

有一個修行人出門旅行，背包被小偷偷走了。當弟子們四處幫他尋找背包，修行人卻返回背包被偷走的地方，為小偷祈福：「祈願拿走背包的人，不論是誰，現在背包裡的物品和錢財統統歸屬於他。我贈予他，祈願他沒有任何障礙受用這個背包裡的物品和錢財，來日有能力時，幫助更多的人。」

弟子不明白師父為何這麼做。師父說：「或許拿走背包的人正需要這筆錢，他順利拿走這個背包，可以避免他因為錢財的匱乏傷害其他人，繼續造惡業。我以餽贈和祈願的方式贈予他，可以減少他當小偷的罪業。」

這個故事感動了洛桑。她低下頭，祝福之前偷走她錢包的人。凡事自有因緣，當初就是因爲她丟了錢包，身上沒有足夠的錢，才會去諾布的花店打工，跟諾布有更多的相處。生命似乎一環扣著一環，身在其中時，以爲自己被命運推著走，驀然回首，卻發現每一個轉折點，哪怕是丟掉錢包，都有它的安排。

「生命沒有眞正的得與失。」蔣秋．森巴的聲音再度把洛桑拉回現實，「命中有時終須有，命中無時莫強求。如果那筆錢命中屬於你，該你的，自然會以另一種形式再度流向你；若是命中沒有，你硬要得，得到了還是禍害。因此，當災難發生，修行人會把這一切當作一個惡因，一定是過去結下某個因果才有這個惡業現前。如今以替對方祈福的形式餽贈於他，兩個人有了善緣，惡因加了善緣，也許未來就減少一個惡果。如此轉念思維，心裡就可以放下，沒有掛礙。」

蔣秋．森巴說完，拿起樹枝，在地上寫了一個漢字：命。洛桑跟著在地上比劃，看不懂這個字是什麼意思。

「這個命字，拆開就是『人一叩』，也就是謙虛。當你對命運謙卑，像藏人一樣磕長頭，五體投地，對來到你面前的命運臣服，全然交託，說不定僅僅只是謙卑，原本緊緊糾結你不放的攻擊、是非，反而都干擾不了你。」

「萬一，對生命憑空而降的災難無法釋懷，對於惡人厄運無法生起慈悲心，這該怎麼辦呢？」這個問題，洛桑是爲阿蘭若的族人問的。她用樹枝在地上反覆寫著「命」這個字，想著有一天回到阿蘭若要怎麼跟族人解釋，族人才能眞正明白。

「先安住自己，自己先幫助自己。事緩則圓，不隨著傷害你的人起舞。回到自己的本分，把分內的事情做好，先讓自己好好活下去，維持原本該有的品質——該吃飯還是要吃飯，該睡覺還是要睡覺，不要因爲生氣、嗔恨，失去做人做事的品質。有時，和傷害你的人保持距離，暫時不往來，阻止惡緣擴大，也是必要的決斷。」

蔣秋．森巴繼續說：「佛陀即將滅度時，阿難問佛陀，佛陀滅度後，對於不受規戒的惡人，要如何應對？這麼大的問題，佛陀也只是簡潔回答：默擯之。默默地不理他。保持沉默，不跟對方糾纏，也是一種生命智慧。自己能量還不足時，暫時放下，並不是放棄，而是給出空間，讓低頻的能量先找出口釋放。逆境或違緣，只是提醒你，順著事情不如意的因緣暫停，讓這個不太好的事件有空間重新去運轉。容許自己停下來，先去做其他開心、有自信的事，有時只是簡單地放鬆放空，給自己一段時間修復，新的能量、新的做法，總會在我們把自己照顧得很好時，悄悄地來臨，那時，解決問題的善緣自然就會跟著來。

「佛經常把阿賴耶靈魂的記憶比喻成大海的波浪。你越在乎，越跟對方糾纏，就像攪動大海的波浪，從小浪、中浪到大浪，越攪動風浪就越大，你的心緒就越紛亂。你不理他，不跟對方糾纏，時間久了，風浪自然會慢慢止息，回歸平靜，回歸你的清淨心。」

蔣秋．森巴話鋒一轉，又回到因緣果的公式：「惡因＋惡緣＝惡果。對於來到面前的惡因有所警覺，加入善緣之後，原本的惡果就會減輕。接下來，我們來看善的因緣果會怎麼變化。如果，善因＋善緣＝善果，那麼，善因＋惡緣＝？」

「誰會那麼笨，有了善因之後，還加了惡緣呢？」洛桑沒想到會有這樣的轉折，她天眞地以爲善因＋善緣＝善果，會永遠美好地持續。

「怎麼不可能呢？當你對愛不夠警醒、不夠珍惜，或把別人對你的好視爲理所當然，有誤會忘了釐清，不知如何溝通，甚至對愛產生了執著，原本種下的善因，不知不覺就會變質、加了惡緣，在愛裡變了模樣。即使兩個善良的人相聚，也需要在愛裡學習，互相體諒。佛經在與人爲善方面，有四攝法：布施、愛語、利行、同事。

「簡單來說，『布施』，是願意和人分享，讓愛互相流動；『愛語』，是關心對方，每一次說出口的話語，都檢視自己是否眞的以愛爲出發點，不只是一味地付出愛，還要觀察對方是否眞的感受到你的愛：『利行』，是雙方在一起時，知道怎麼做會讓彼此更好，朝著更好的方向前進；『同事』，是集結同頻的能量，匯聚融合成更大的力量，一起改變現況，或者當雙方不同頻時，能調整成和對方相似的頻道，去和對方溝通，讀懂對方的心。」

蔣秋．森巴說著，又拿樹枝在地上畫了一個圓：「生命就像圓的循環，你給出什麼，就會得到什麼。你給出愛，就會得到愛。如果你把得到的愛再給出去，那麼你所給出的愛就會繼續流動，像圓一樣輪轉。

「運用四攝法，布施、愛語、利行、同事，就是幫助你種善因、結善緣，最終生出善果，利己也利人。」

洛桑跟著蔣秋·森巴拿著樹枝，一起在地上畫圓。不管是畫螺旋，還是畫圓的輪轉，甚至在圓的中心輕輕點上一點，她的內心都是喜悅的。這種喜悅和跟諾布在一起的喜悅不大一樣。和蔣秋·森巴在一起的喜悅，是白色、透明的，沒有任何雜質，很單純、純粹的喜悅。和諾布在一起的喜悅則是粉紅色加上紫色，浪漫中帶一種甜，有時是淡淡的酸甜，有時是濃郁的甘甜，甜到整個身子彷彿要溢出汁來，這種飄飄然、想要飛起來的幸福感，就像……洛桑的眼光，不知不覺朝向古牆的情人之吻，夏卡爾飛起來親吻愛人的那幅畫。緊接著，她又看到最後一幅蒙起眼睛的謎樣之吻。洛桑倏地湧上一陣酸楚，放下手中的樹枝，心裡偷偷難過起來。

「當你對喜歡的東西有了執著，善緣不知不覺之中，就會漸漸轉成惡緣，產生痛苦。因此，就算種善因，注入善緣，最終得到善果，也不要占有。不斷地布施、分享，讓愛流動，愛才會像一個圓，不斷地流進來，滋養你。」蔣秋·森巴指著地上的圓：

「將自己喜歡的東西布施於人，可以對治自己的貪念、執著。布施，某方面來說，也是割捨、放下、清空自己。」

蔣秋·森巴的聲音由耳入心，再度流進洛桑的心底。

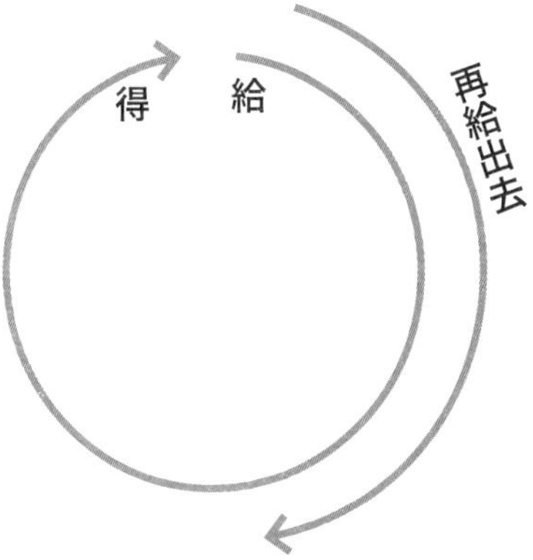

洛桑驚訝地發現，不管她的心處於什麼狀態，耳根都能辨識出蔣秋．森巴的音頻，因此能馬上跳出混亂的思緒，回到當下，不像之前因爲胡思亂想而偏離了原本的軌道。

「第五個修心竅訣告訴我們，因緣是生滅法，善緣惡緣都只是因緣和合，暫時的現象。對於種種的不如意、惡因帶來的傷害，來到你的面前，如實地去接納，用善緣去化解，就可以轉化原本的痛苦。對於好的、善的事物，學習去布施、給予、分享，不要去執著占有。因爲你知道，即使過去種下善因或惡因，仍然會隨著你注入的善緣惡緣，生出不同的結果。

「因緣會生滅、會變化，無論遇到多麼糟糕的事，都只是短暫的因緣和合，不會長久，痛苦終究會過去；同樣地，快樂也不會恆久停駐。因此，不管好的、壞的人事物來到你的面前，善緣惡緣都不要執著。用好的意念、用四攝法注入善緣善解，然後輕輕放手，一切隨緣，你的人生就豁達了。」

「第六個修心竅訣，就是要放下期望。」

「人生最難的，偏偏就是放下。」洛桑才在心底這樣偷偷地想，蔣秋．森巴就接著說：「當你對一個人好時，就有了期望；當他不符合你的期望，你就會失望。會有這樣的失落，是因爲你不知道，你對別人好是一件事，但有一天別人對你不好，又是另外一件事。」

洛桑還是不懂。她無法明白，為什麼一個人付出了愛，不能期待有所回報。

「這就好比，我們這一生來這個世上，都背著一個包袱。這個包袱有惡的種子，也有善的種子，都是你這一世來，必須償還的。不管是善因還是惡因，都是你的念頭烙下的痕跡。念頭潛伏在你的阿賴耶記憶庫，因緣成熟了，念頭就會顯化成為實相，吸引你的所愛所恨來到面前。

「種了惡因，時間點到了，種子就會發芽，經過惡緣催化，惡果一定會結果。雖然惡果會讓你感到痛苦，但在你受到折磨的同時也消了惡業。消了一個惡業，你原本包袱裡的惡因消掉了，包袱變輕了，身心自然輕鬆。世俗的人往往會說，當你感受到痛苦的折磨，就是在幫你消業障。事實上，業障並不是外來，而是自己的念頭變現出來的。

「惡因＋惡緣＝惡果。如果，你在惡因裡面加了善緣，雖然惡因的種子還是會結果，但痛苦就不會像之前那麼重。好比本來會大病一場，後來變成只是小感冒。重報輕受，也是消了一個惡果。同理，善因有了善緣，就會結善果，而當你消了一個善業，可以享用的福報自然就跟著減少。因此，世俗的人常把福德比喻為資糧。這一生來，隨緣消舊業，解開冤結，同時也要修福，累積福德資糧。

「懂得這些因緣果的道理，你就會知道人與人之間的關係，其實都只是因緣果報的流轉。當你和某個人相遇，而這個人正是你今生的功課，緣分開始發酵時，不管善緣惡緣都會產生極大的波動和振盪，讓你狂喜或嗔恨，但那都只是暫時的狀態。你學到了該學的功課，放下情執或冤結，那些人事物就不會再跟你糾纏，緣自然就消失了。等你又有需要學習的新課題，新的緣分自然又會來。」

洛桑聽著，突然浮上一層淡淡的哀傷。「你的意思是說，不管再深的緣，都可能只是因緣和合，短暫的相會嗎？」

「累生累世的因緣，何時緣起、何時緣滅，很難預測，也不需要預測。隨緣隨心而走，便能寬心自在。或許，我們可以這麼說，人與人之間，在累生累世中，多多少少都會在彼此的心上落下惡緣和善緣的種子。有時，善緣先成熟，你會覺得和他特別投緣。善果消掉了，如果沒有繼續注入善緣，之後惡緣成熟了，兩個人開始若即若離，漸漸沒像之前那麼好，或突然從天而降什麼誤會或疙瘩，兩個人的緣分自然就消散了。對別人好是一件事，有一天別人對你不好，又是另一件事。那只是善因和惡因的種子，在不同的時間點成熟結果罷了。明白因緣的變化，你就會放下對一個人的期望，不再期待對別人好就一定會有好的結果，或因為你的付出，別人就一定會變得如何，哪怕對最親近的家人也是如此。」

「緣分如此幻化無常，我們要怎麼給出愛呢？」洛桑開始害怕，會不會愛到最後，竟發現，只是一場空。

蔣秋，森巴沒有回答洛桑，卻說了兩個故事。

「第一個故事，是關於西藏高僧朗日塘巴。傑瑞西．旺秋傳授給我的八個修心竅訣，正是朗日塘巴一生修行的體悟。」

有一年，朗日塘巴在寺院講經說法，突然有個女人抱著一個嬰兒，對著朗日塘巴大喊「這是你的孩子」之後，便把孩子放在朗日塘巴的懷中，頭也不回地離去。當時朗日塘巴在西藏是名聞遐邇、首屈一指的格西，在那麼多人及親近的弟子面前，受到這麼大的侮辱與毀謗，卻淡定從容，好像真的是自己的孩子似的，靜靜接過這個嬰兒，請人託付給奶媽，還支付了所有養育的費用。

幾年過後，孩子長大了。那個女人又來寺院，要求朗日塘巴把孩子還給她。朗日塘巴依然什麼也沒說，就默默地把孩子交給那個女人。

後來，大家才知道，原來那個女人之前生的孩子都夭折，無法存活，有個算命先生跟她說：「假如你的孩子能做高僧大德的孩子，就能平安長大。」當時，那個女人想到的高僧大德就只有朗日塘巴。幸好孩子在朗日塘巴的照顧之下，終於平安長大，朗日塘巴受到的侮辱和毀謗才得以平息。

「對一個修行人而言，善緣或惡緣來到他的面前，他都無動於心。因爲他知道，善惡都只是因緣生滅，短暫的假相。因此，他不修善業，也不修惡業，而是修淨業。修行人不跟阿賴耶的因緣果糾纏，他給出的慈愛來自純淨的本心，沒有期待，也不需要回報，因此乾乾淨淨，平靜安穩。」

蔣秋，森巴又說了第二個故事。

釋迦牟尼佛還沒有成佛之前，修忍辱波羅蜜，大家稱他作忍辱仙人。當時在位的歌利王惡逆無道，有一日，率宮人出遊，遇忍辱仙人在樹下坐禪，隨侍女見忍辱仙人法相莊嚴，便捨歌利王而至樹下聽忍辱仙人說法。歌利王心裡嫉妒，生出嗔恨心，心想，既然忍辱仙人修忍辱，便下令割截忍辱仙人的肢體，看他能忍辱到何種程度，最後竟把忍辱仙人凌遲處死。

忍辱仙人到死之前，都沒有生出一絲絲的怨恨心，甚至在死前最後一刻，還告訴歌利王：「我若將來成佛，第一個一定先度你。」

後來忍辱仙人真的成佛了，就是釋迦牟尼佛，憍陳如尊者是釋迦牟尼佛第一個得度的大弟子，而憍陳如就是當時的歌利王。不只如此，娑婆世界賢劫有千佛出世，釋迦牟尼佛原本是第五尊佛，彌勒佛是第四尊佛，因為忍辱仙人能忍，圓滿忍辱波羅蜜的修行，反而提升，提早成佛。因此，釋迦牟尼佛變成娑婆世界第四尊佛，彌勒佛是第五尊佛，也就是未來佛。

「這個示現告訴我們，忍辱仙人爲什麼能忍，是因爲他知道，肉體不是他，身體也是因緣生滅的假相，內在的靈性才是他的本體。他能忍，不被外在殘暴的惡因惡緣所恫嚇，是因爲他對眾生、對一個俗世的惡人所生出的慈愛之心，以及在忍辱的過程中生出的願力，產生無比強大的力量。」

蔣秋・森巴說完後，望著洛桑，語重心長地說：「如果你能觀修菩提心，對於所謂的惡人都能生出慈愛之心，那麼沒有什麼是你不能愛、不能忍的。」

洛桑聽了，莫名地流下眼淚。剛開始，只是一滴又一滴的淚珠，而後竟然淚流滿面。蔣秋・森巴要洛桑把內在的眼淚，全然地釋放出來。

他說，放縱自己，盡情地哭，是對自己慈悲最好的練習。

十一、水晶球

那天回家，洛桑的心境產生了變化。晚上，她做了一個夢，夢中的她聽到一串很熟悉的誦經聲，由耳入心，傳到她的耳朵。「是蔣秋．森巴！」她循著聲音，走入一間古老的寺院。忽然之間，天旋地轉，像電視畫面切換了頻道，她突然看到腦海中的小沙彌，在這一間古老的寺院長大。

他的師父穿著藏紅色的僧袍，餵他吃糌粑，教他識字，講解佛經的義理，師兄們對他疼愛有加。小沙彌一天一天長大，有天他的眉心突然浮出了黑色的印記，頭部開始莫名疼痛。每一次他生氣或起了貪念，對什麼事憤恨難平，甚至只是對師父說了一個小小的謊言，他的頭部就開始疼痛難耐。終於有一天他再也無法忍受，抱著頭嚎啕大哭。他丟掉身上的佛珠，褪去僧袍，覺得自己沒有資格留在寺院，害怕自己的存在會染汙了寺院。

慈愛的師父集結寺院的僧人，圍成一個圓圈，盤腿靜坐，然後把小沙彌放在圓圈的中心點，接著由師父親自帶領僧人唱誦佛號。那一聲一聲空明寂靜的梵音，平息了小沙彌的痛苦。有一個師兄開始訴說小沙彌成長過程中發生的趣事，現場響起僧侶爽朗的笑聲；另一個師兄接著訴說，小沙彌成長過程中為寺院做了哪些好事。接下來，師兄們一個又一個講述了他們對小沙彌的觀察、他身上的優點，以及未來成爲一代宗師、爲眾生講經說法的種種潛能。

最後，寺院的大師兄走上前，把佛珠重新套在小沙彌的手上，爲他重新穿上僧袍，坐在小沙彌的身旁，接著竟然開始懺悔，訴說他出家前曾經做過什麼壞事，出家後仍有什麼惡習無法改進，請大家寬恕他的罪過。然後，另一個師兄走到小沙彌和大師兄的身旁，雙腿盤坐，接下去繼續袒露他未曾向別人提及的痛苦，以及如何透過佛法經典暫時伏住這個煩惱。緊接著，一個又一個師兄依序上前，一個一個裸露了自身的煩惱與過去的罪業，如何變現爲身心折磨的苦毒，以及如何透過拜佛唸佛，甚至透過十萬個大禮拜、十萬個百字明咒、十萬個六字眞言等等，懺悔累生累世的罪障。小沙彌坐在圓的中心點，看到每個師兄懺悔的淚眼，以及讚頌佛經功德、心悅誠服的恭敬臉龐。沒有人不犯錯，也沒有人不懺悔，原本在圓圈外圍的師兄，一個又一個，都因爲有罪有錯，陪著小沙彌坐到圓圈的中心，由內而外又坐成一個圓。師兄們各個盤腿靜坐，一聲又一聲的佛音梵唱，以小沙彌爲圓心，像圓一樣，由內而外擴散出去……。

洛桑哭著醒來。夢中的她是身歷其境的小沙彌，也是跳出於外的觀看者。在夢裡，深深被觸動的悲心，似乎把世俗的對與錯、愛與恨，甚至人與人之間的邊界，全部都消融了。

她跳下床走到鏡子前，看看眉心是否眞的有一道黑色印記，還好什麼也沒有。她拭去眼角的淚水，試著回想夢中師父和大師兄的長相，卻怎麼也想不起來，倒是眼睛的餘光，瞥見了放在鏡子旁邊的愚人卡。她沿著O的符號畫了一個圓，再度看見旅人肩上用一根長長的棍子，掛著紅色的小包袱。「或許，眞的如蔣秋．森巴所說，我們都是帶著包袱來到這個世上。包袱裡究竟藏了多少善或惡的種子？什麼時候會發芽？會經歷什麼事？又有多少人能知曉呢？」

洛桑生出警醒，看著床邊陪伴她的火鶴，紅色的苞心一直盛開著，連葉子的心形葉面都依然蓊蓊鬱鬱。她深深吸了一口氣，吸氣時把心深深敞開，吐氣時，她想像自己走到小沙彌面前，把所有美好的能量都傳送給他。她跟小沙彌認錯，以前是出於恐懼，想要逃離和他之間過去記憶的糾纏，才急於以了結彼此的罪障來爲他祝禱，如今她是出於內在的慈心觀照，以懺悔感恩之心來爲他祝福。如果她曾經是個罪不可恕的黑巫師，又曾經那樣深深被愛過、被無私地原諒，現在的她爲何不能原諒阿蘭若的長老，原諒曾經有意無意傷害她、嘲笑她的人？她又怎麼能忘懷寺院給她的恩情，辜負她曾經許下的誓願？

在那場夢裡，她深深感受到，生生世世的業果，無有窮盡，也不可探知，唯一能做的，就是發自眞心對所有痛苦，無條件地接納。「我並不知道這些痛苦和傷害是怎麼來到我的面前，但既然來到，我的心也眞的痛了、受傷了，我就無條件地接受，接納自己的傷。」那種接納，是整個僧團帶給她的震撼，僧人接納了自己的傷，也接納別人的罪。那種接納，甚至慈悲到極處而不問來處，很像蔣秋．森巴教授給她的修心竅訣，知道眾生和我有同一個自性，同一個生命共同體。那種打從心底的懺悔，眞切地感同身受別人的身心受到業障苦毒時的煎熬痛苦所生出的慈悲心，淨化了自己，也淨化了別人。

在夢裡，沒有人是孤獨的，那種無邊無際的愛，不是單獨一人生出來，而是一種集體的愛。她驀然明白，白度母用身上七隻眼睛觀眾生之苦的慈悲心，以及創建阿蘭若召喚生命勇士，幫助眾生卸下心中憂苦、回復清淨心地的誓願。而她居然走了這麼遠的路，流了那麼多眼淚，才眞正讀懂這份眞心切願。

洛桑突然好想回家，思念父親的鄉愁像一陣又一陣的海浪撞擊著她的心田。沒有人不犯錯，而父親的過錯是出於多大的痛苦才迸發出來，又有誰能眞正理解他內在的苦楚？她爲自己曾經怪罪父親而感到深深的懺悔。來到西藏之後，她成長了，知道愛的無奈，就算深愛一個人也未必能長相廝守。即使無法擁有愛情，她卻漸漸知道，自己能爲阿蘭若的山林做點什麼。剩下最後兩個修心竅訣，如果她認眞修持，找到回去阿蘭若的路徑，或許就能如願返回。

對於諾布，或許最好的方式，就是把這份愛默默藏在心底，留在西藏，留在兩個人初識相愛的所在，讓愛回歸它本來的地方。

她累了，就像疲憊的旅人最終要回到家鄉，才能眞正得到休息與修復。她想歸還這張愚人卡，作爲從阿蘭若到西藏旅程結束的儀式，或許可以請八廓街寶石店老闆娘的妹妹歸還給那位吉普賽神祕女子。

清晨的拉薩，陽光才剛剛露臉，整條八廓街就已經湧入朝聖的人潮：身披藏袍的老人、手持念珠的婦人、年輕的僧侶，甚至來自遙遠牧區的朝聖者。他們順時針圍繞著大昭寺，沿著八廓街繞圓轉經，有的人手持轉經輪緩步慢行、持咒唸佛，有的人手掌合十，雙膝著地，向前撲倒，額頭輕觸地面，然後站起，再次匍匐在地上，將身心全然交託，虔誠叩拜，直至大昭寺門前。洛桑喜歡這樣的清晨，不管是走路、唸佛，還是煨桑、轉經輪，磕長頭做大禮拜，藏人圍著他們心中的佛轉，不管生命歷經千迴百轉、成功或失敗、落魄或得意，都不會迷失在途中。

洛桑的目光隨著流動的人群游移，搜尋寶石店的位置，空氣中瀰漫著淡淡的藏香與晨間藏人煨桑的桑煙，夾雜著茶館裡剛剛煮好的酥油茶香。忽然間，她的鼻尖捕捉到一股清新而強烈的迷迭香氣息，這股香氣混合著青草與松果的味道，帶著些許木質的薰香，在清晨的微風裡若有似無地飄蕩著。

洛桑被這股香氣吸引，不自覺跟隨著香氣，一步步地穿越人群，來到一處僻靜的轉角。在巷子深處，一棟老舊的藏式平房靜靜佇立，斑駁的泥牆上懸掛著幾串風乾的藥草，一道古老的藏式木門半掩著，門前種著幾株蒼翠的迷迭香，尖細如針的葉片在晨風中輕顫，空氣中瀰漫著濃郁的草本香氣。

門內有一位像吉普賽人的老婦，一頭濃密而鬈曲的長髮隨意披散在肩上，靠近臉頰的髮間編織著幾條紅藍絲線的小辮子，粗糙的雙手戴滿了銀戒與珠串，身上則披著一襲黑色長袍，袖口鑲著金色不規則的圖紋，隨著燭光的反射閃爍著神祕的光影。

她正低聲吟唱著某種古老的小曲，瞳孔宛如綠松石的雙眼瞇成一條直線，一邊將乾燥的迷迭香和藥草放入銅製的香爐。輕輕點燃後，青藍色的煙霧緩緩升起，一隻手用木棍輕輕翻動著燃燒的迷迭香，另一隻手則在空中隨著煙霧畫出神祕的符號，彷彿在召喚某種力量。

洛桑認得這位老婦人，正是在瑪吉阿米餐酒館相遇的神祕女人。這個神祕的女人，爲何變得如此蒼老？當初她剛從黑色的部落來到西藏，並沒有注意到眼前的女人身上的配飾和顏色。她這才意識到，在黑色部落長成的她，最初來到西藏只看到人的表情動作，阿蘭若完全不在意打扮裝飾，那些色彩對他們完全沒有意義。

來到西藏之後，她對人的觀察和感情改變了，開始在意自己的美醜與打扮。當她知道一個人的穿著裝飾實則彰顯其身分地位時，她開始感到自卑，對外在產生得失心，唯獨對蔣秋·森巴，她完全沒注意也不在意他的穿著打扮，而他對她亦是如此。蔣秋·森巴就是一個完整具足的人，他不需要任何色彩和打扮——更眞切地，應該是說，任何色彩和裝飾都無法割裂或影響他。有色彩抑或無色彩，有無、增減、善惡，二元對立似乎都沒有在他身上或心上留下任何痕跡。蔣秋·森巴究竟是怎麼做到的？他是誰？來自何方？爲何每次看見他之前，明明很想開口詢問，眞正見到他時，放在心裡的疑問卻又莫名悄然消逝？

她輕輕敲敲門。老婦人嘴角微微上揚，露出一抹微笑，彷彿早已知道她的到來，低沉地發出聲音：「你來了……。」

洛桑小心翼翼走進門內，牆上掛滿了藏傳的掛毯、經幡與唐卡，四周的架子上擺放著形形色色的藏族法器，有銅製的碗、瑪尼石、雕刻著經文的羊骨與乾燥的藏紅花。木桌上擺放著一顆晶瑩剔透的水晶球，它的鏡面彷彿是一片深邃的海洋，光線在其中折射、流動，映照出微妙的光影，隱隱約約好像在傳達什麼信息。

她拿出背包裡的愚人卡，遞到老婦人的面前：「這是你遺落在瑪吉阿米餐酒館的愚人卡。」

老婦人凝視著牌卡上面的 O 號，上上下下打量著洛桑，觀察她這些日子的改變：

「O 是開始，也是結束。愚人是塔羅大牌的第一張，是本心，也是依歸。你已經尋得你的本心，找到你的靈魂印記和靈魂伴侶了嗎？」

洛桑的心被撞了一下，卻不知該如何回答。她想，尋得本心，應該是指蔣秋．森巴。至於靈魂伴侶，指的是諾布嗎？她的臉紅了起來。

「你先跟我說說，這張像命運一樣黏在我身上的愚人卡，究竟和塔羅有什麼關係呢？」她總覺得，這張牌卡中的旅人，好像有什麼話要跟她說。

「塔羅的大牌有二十二張，以 O 號愚人卡爲開端，其他二十一張牌代表愚人的旅程。

一～七代表物質面，向外的追尋。八～十四代表潛意識，向內的追尋。十五～二十一代表靈性面，象徵與宇宙的本源連結，靈性的覺醒。

「愚人，如同我們的靈魂降生於世，從O開始，必須親身經歷命運之輪的高低起落，人生的課題不斷循環往復，甚至墜落陰暗的深淵，直視自己的心魔，學會什麼是寬恕，消融人與人、人與物的邊界，才能達到第二十一號世界牌，與萬物合一的圓滿。」

「你的意思是說，從O號牌的愚人，到二十一號牌的世界，是一個人生的循環和完成？」洛桑覺得很不可思議，似乎對應到她由外往內，回歸靈性的追尋。

「不是每個人都能完成，並完整自己。況且，二十一號世界牌並不是終點，而是另一個循環的開始。從O開始，最終又回到O的狀態。O是開始，也是結束。結束了之後，又開啓另一個新的契機，像圓一樣輪轉。」

回想來到西藏之後，自己內在與外在的變與不變。洛桑回過頭來，發現自己，仍然是那個在瑪吉阿米餐酒館一身黑服黑褲的女孩，仍然習慣用黑色隱藏自己，黑色和紅色仍然是她最喜歡的顏色，諾布的身影又跳上她的心尖。

老婦人拿起桌上的愚人牌，指著旅人肩上用長長的棍子掛著的紅色小包袱，意味深長地看著洛桑：「你說，這像不像你的旅程？從紅色出發，從人體的海底輪，連結你的本能和行動力，扎根於地球，展開靈魂追尋的旅程。」

「紅色？你是指，當初你送我的那顆紅蘋果和迷迭香嗎？」洛桑想起當時老婦人說過，這兩樣東西可以幫她找到靈魂的印記。

老婦人笑了：「你知道怎麼使用這兩個綠魔法了嗎？」

洛桑搖搖頭。

「喏，你看迷迭香，不是把你找來我這裡了嗎？」老婦人的表情很微妙，很像在開玩笑，卻又煞有介事，似假還眞。

「蘋果呢？蘋果並沒有拉近什麼愛的距離。」比起迷迭香，洛桑更在意諾布把蘋果送給了別的女孩。

「沒有拉近愛的距離？這怎麼可能？」老婦人停下來，想了一下，倏地挑起眉頭一笑，「噢——原來，你談戀愛了。當時我可是有叮嚀你，要把紅蘋果捧在手心，用內在的情感搓熱這顆蘋果，注入你的愛之後，你喜歡的人吃了這顆蘋果，才會產生愛的魔法。」

洛桑發現自己不小心洩漏了心中的祕密，瞬間臉頰一陣潮紅。

「迷迭香呢？爲什麼你要用綠魔法把我召喚到這裡來？」洛桑紅著臉轉移話題，一方面也覺得，冥冥之中，好像有某種引力把她帶到這裡。

「我想問你，是如何幫助在阿蘭若迦山迷路的老藏人走出迷途的？」

「你爲什麼對這件事這麼好奇？」洛桑想起當初在瑪吉阿米，一聽到阿蘭若迦山，老婦人的眼睛馬上閃動著火光。

「是這樣子的，我來西藏這幾十年，只要有阿蘭若族人前來，想透過水晶球解惑，我的水晶球所顯示的畫面，都是一片空無，什麼都沒有，什麼都捕捉不到。」老婦人說著，凝視著桌上的水晶球：

「水晶球的波光流轉，會隨著人們的意念，變幻出各種壓抑在潛意識底層、心靈深處的圖像，甚至可以突破空間維次，傳遞靈界的訊息。你所遺忘的、失落的、不敢回望的，甚至是未來渴望的、期待發生的，都可以在水晶球裡一覽無遺。就算未來無法預知，需要時間耐心等待才能得到的相關訊息，水晶球也會出現微細的光影或朦朧的霧氣，不可能完全靜止不動。」

「阿蘭若族人問的是什麼問題呢？」回想從阿蘭若到西藏的旅程，洛桑完全能明白那種揮之不去的謎團和困惑。

老婦人看了洛桑一眼，輕輕撫觸水晶球，然後閉上眼睛，彷彿代替另一個阿蘭若族人尋求生命的解答：「請各訴我，如何從西藏返回阿蘭若？如何找到回家的路？」

沒想到，原本還會隱隱約約映照出微微光影的水晶球，此時突然像凝固的球體，所有的波動都在瞬間靜止，所有的影像都消失了。

「我擔心，阿蘭若族人可能經歷一場騙局，最後空無所終。或者，如外界傳言，阿蘭若消失了，被黑暗的勢力呑滅。還有一種可能是，有一種超越於水晶球的神祕力量，保護或控制著阿蘭若。」

「什麼力量？」洛桑嚇了一跳，她從來沒有想過，阿蘭若被什麼力量掌控著。

老婦人小心翼翼環顧四周，用只有她和洛桑聽得見的耳語，低低地說：「佛的力量是保護，魔的力量是控制。只有這兩種力量，才能讓水晶球無法讀取任何訊息。」

洛桑後退三步，再度想起小沙彌墮入黑巫師的記憶。她生起警覺，不能再像個愚人傻傻地掉進另一個深淵。她答應蔣秋．森巴在還沒有學會修心八個竅訣以前，不要洩漏任何和阿蘭若有關的信息。還有蓮花生大師的三個口訣：「沒有、不知道、不清楚。」

耳邊的老婦人繼續尋找她想要的答案：「阿蘭若在地圖上消失了，幾乎與外界斷絕往來。聽說，阿蘭若迦山是當初尺尊公主在阿蘭若修行的地方，但後來尺尊公主消失了，在西藏的史料幾乎找不到尺尊公主相關記載，只傳說尺尊公主後來證悟爲白度母。因此，我很好奇，你是如何進入在地圖上消失的阿蘭若？又如何幫助一位藏人從阿蘭若迦山的迷途走出來？」

「那只是我聽了阿蘭若的傳說，日有所思，夜有所夢，晚上做的一場夢而已。」洛桑想，也許這是最好的回答。

在桌邊，一隻黑色的藏獒靜靜地蜷縮著，時不時睜開琥珀色的眼睛，默默地注視著洛桑，彷彿像水晶球一樣可以洞悉一切，拆穿她心底的祕密。洛桑不敢直視藏獒的眼睛，馬上起身：「我有事必須先走了。」

「你若不說，我也不會勉強你。」老婦人再度用火點燃了一束乾燥的迷迭香，「迷迭香是記憶之草，可以淨化能量，喚醒靈魂。迷迭香的花語，是回憶與懷念。因爲它的味道清新濃郁，縈繞不散，因此它的香氣常用來作爲時間的橋梁，連結過去與未來，追憶逝去的人，也可以連結兩個人的愛情，不論身在何方，都不會忘記彼此。」

老婦人望向遠方，彷彿沉浸在某個記憶裡：「如果你愛上了一個人，既不能跟他在一起，卻又忘不了他，又希望他能永遠記得你，那麼你可以送他一束迷迭香。迷迭香代表所有的回憶與思念——在我年少時，家鄉有個男孩送我一束迷迭香，曾經這麼告訴我。」老婦人打開門，讓屋子裡的迷迭香隨著裊裊升起的煙霧，乘著風，去尋找她所思念的人。

「當時我還不懂什麼是愛，一心只想遠離家鄉。來到西藏之後，我嫁給了一位富商，富商給我錢，給我身分，給我地位，我以爲那就是愛情和幸福。可是到我越來越老，甚至像現在這麼老時，我卻發現，我一直沒有忘記年少那份純淨眞摯的愛。我不知道是我錯了，還是迷迭香的綠魔法起了什麼作用。我希望你，永遠不要像我有這樣的困惑，並帶著這個困惑度過此生。」

老婦人說著，從竹簍子裡拿出一束乾燥的迷迭香，送給了洛桑，並把愚人卡重新放在洛桑的手上：

「只有質樸的靈魂，天眞的愚人，才能懷抱著初發心，承受旅程中所有的傷害、困惑與危險。願你歷經滄桑仍不失赤子之心。」

洛桑走出門外，心裡一陣難過。她突然好想擁抱老婦人，給她蒼老的身軀一絲溫暖，但她沒有勇氣。她把頭埋進迷迭香，讓眼淚滋潤了乾燥的迷迭香，然後抬起頭，轉過身跟老婦人說：「當男孩把迷迭香送給你時，他就已經做了決定。」
「什麼決定？」老婦人的眼睛閃動著亮光。
「他想永遠記住你，也知道你會永遠記得他。」

❀ ❀ ❀

告別了老婦人，洛桑在巷口，看到一個白色的煨桑爐。她把乾燥的迷迭香放進煨桑爐，為老婦人祈福，修慈觀：「**願老婦人與她所愛的人，內心沒有嗔恨，願他們心裡沒有痛苦，願他們身體沒有病痛，平安快樂。**」

她想像老婦人和她所愛的人，兩個人的痛苦在煨桑爐燃燒後，得到淨化轉化，迷迭香的香味隨著裊裊升起的桑煙，乘著屋頂上四處飛揚的五色旗，傳送祝福到遠方，傾訴彼此靈魂的思念。

洛桑的心裡還想著諾布。對她而言，諾布並不在遠方，而是在她的心底，甚至一直在她的身邊。她只是還不知道用什麼方式，好好地向諾布告別。

洛桑順路彎入沖賽康市場，在這個傳統市集，可以買到各種藏族的日用品和食物：酥油、奶渣、風乾牛肉、青稞穀物、乳酪、藏紅花、牛肉包子……。市場內人聲雜沓，人潮川流不息，來自藏族各大區的商賈買賣，都在這裡集結。藏人一邊忙著叫賣，一邊仍把握短暫的空檔唸佛，商販的吆喝聲與經筒轉動的低吟聲、唸佛聲交織在一起，藏人生活的本身就是修行。洛桑特別喜歡來這裡買酥油，酥油在低溫的拉薩仍然保持著堅實的凝固狀態，像一塊一塊的方形大磚頭，整齊堆放在木桌上，散發著濃郁的奶香。這種乳白或淡黃色的奶味，像極了母親哺乳的味道，而她就是那頭嗷嗷待哺的小牛。

每次只要洛桑買酥油回旅店，老闆娘朵拉都會切一點酥油和磚茶、鹽混合熬煮攪拌，打成酥油茶；或用青稞粉混合奶渣，再加一點酥油茶搓成糌粑果腹。有時會挖一點酥油裝在盒子裡，到寺院供佛點酥油燈，或在宗教慶典奉獻酥油給僧侶，製作成朵瑪和酥油花。正因為酥油是西藏日常生活不可或缺的存在，洛桑深深愛上這種存在感。就像母親的乳房之於嬰兒，嬰兒需要乳汁，而母親的乳汁也需要被吸吮出來，這種需要與被需要，是一種踏踏實實的存在，沒有一絲絲的懷疑。

洛桑買了幾顆蘋果，又選了一塊酥油，請商販從大塊酥油切下她所需要的分量，放在秤上稱重，用牛皮紙包裹好。付款之後，正好聽到隔壁有位藏族菜販，正熱情地向顧客介紹籃子裡的蔬菜：

「這是雪域的野菜蕁麻。過去修行人密勒日巴在深山的洞窟裡修行，他發誓，如果沒有證悟，就永遠住在深山，即使沒了食物也不下山乞討。過了幾年，他身邊的糧食都吃完了，眼看就快要餓死，忽然在山洞不遠處見到一片蕁麻，從此便以蕁麻為食。因為長期食用蕁麻，導致他後來從頭到腳，全身都變成綠色了。

「有人嘲笑密勒日巴身上一無所有，勸他去乞食維生，密勒日巴卻回答：『我不知自己何時會死，若去乞食，浪費修行的時間，是毫無意義的。讓自己在不斷的修行中死去，才是我的願望。』」

菜販說到這裡，原本在空中比劃的手指，突然雙手合十，宛如密勒日巴就在眼前。圍觀的藏人們跟著合十唸了一串佛號，彷彿這不只是一種蔬菜，而是藏人祖師在藏地修行，刻骨銘心所留下來的印記。

洛桑在一旁，聽到密勒日巴這個名字，驀然想起母親曾經跟她提過，當初會與父親相戀，是因爲有次母親在山林遇到猛獸襲擊，就在生命危難之際，父親及時出現救了她一命。母親說，父親當時就像勇士般，不知用什麼方法空手馴服了猛獸，還對母親說了一個密勒日巴「獵人與狗」的故事。父親愛上了母親的純眞和浪漫，而母親愛上了父親的定靜與篤實，兩人因此相識相戀而步入婚姻。母親說她一直無法理解，父親當時是如何像密勒日巴一樣，用自身修行的定功，馴服了兇猛的野獸；卻也因爲父親太過安靜、超脫世俗，讓母親覺得和父親在一起少了婚姻裡面的情趣，而導致彼此漸行漸遠。

「沒有母親和父親的相戀，就沒有現在的我。看來我的出生，還要感謝這位密勒日巴尊者呢！」

洛桑對密勒日巴以蕁麻度日、艱苦修行，感到很好奇，於是走近那位藏族菜販的攤位，伸手想要瞧瞧蕁麻是怎麼樣的蔬菜。

「小心，蕁麻有刺！」一隻厚實的手，緊緊抓住洛桑的小手。洛桑回眸一看，竟然是諾布。

「蕁麻的莖葉上，有細細的刺毛，被刺到的話，會又腫又痛。」諾布緊抓著洛桑的手，依然沒放開。從說話的喘息聲聽起來，似乎是瞬間衝上前，阻止了洛桑。

洛桑看著菜籃裡一簇簇綠油油的蕁麻，莖葉上真的帶著細密的絨毛和隱約可見的小刺。洛桑紅著臉蛋跟諾布說了謝謝。她的心怦怦跳著，似乎受到一點小驚嚇，但更多的是再次見到諾布的驚喜，以及來不及掩飾的情意。諾布深深地凝視著洛桑的眼睛，眼底和洛桑一樣流轉著千言萬語和難以言說的情愫。洛桑別過眼，想把手抽回，諾布卻不肯放手。他緊緊牽著洛桑的手，默默走出沖賽康市場，然後又一路走回布達拉宮湖邊的花店。他什麼話也沒說，就只是靜靜地牽著洛桑的手，靜靜地帶著洛桑看著他們在花店照顧的每一株花，盛開、含苞待放、剛剛冒出小芽……。

諾布手心的溫度，從手到心，靜靜地流淌到洛桑的心底。洛桑掛在胸前的綠松石微微發熱，帶動了心輪的轉動，過往和諾布之間的回憶，隨著心輪的流轉，悄悄滲入洛桑緊緊鎖住的心扉。她手心上的圓點，開始跟諾布手心上的圓點交纏，一個圓點連著一個圓點，輕輕地牽引，柔柔地伸出情絲。藏不住的情感，隨著一個又一個微微張開的圓點流瀉而出，淹沒了彼此因爲思念而迸出的淚眼。諾布把洛桑緊緊擁入懷裡，他們身上的圓點再一次交融纏繞在一起，久久沒有分開。

十二、情到深處

洛桑在熾烈的愛裡醒來。她很訝異，自己的心思是如此善變。大腦想的是一件事，實際上情感的衝動，又是另一件事。

因緣的流轉、變化，是如此難以預料。她眞的沒想到，會在那樣的時刻再遇見諾布。她問諾布爲何會這麼剛好去沖賽康市場，又能在擁擠的人群中看見她？

「這些日子，我一直想著你，想著你究竟怎麼了，爲何一直逃避我，不來花店。於是我就到大昭寺禮佛，請佛給我答案。我在大昭寺再次看到尺尊公主，想到阿蘭若老奶奶，又想到你和阿蘭若老奶奶如老鷹般的眼眸，好像有什麼話想告訴我。

「從大昭寺回來後，晚上我做了一個奇妙的夢。夢中的我，不是這一世的我，但依然是個康巴漢子。當我背著母親去寺院祈福，寺院的屋頂總是佇立著一隻老鷹，老鷹的眼神總是注視著我，甚至跟著我一起飛回家。牠說牠是我心裡的雪山雄鷹，可以載我到佛陀的道場靈鷲山聽經聞法。

「第一次去靈鷲山，我只看到靈鷲山的山形像靈鷲的身形一樣。第二次去，我看到整座靈鷲山，外形像靈鷲，內在卻是一部部經書堆疊而成的靈山。第三次去，我看見無量無邊星系的眾生示現成靈鷲的身形，到靈鷲山聆聽佛陀教誨。第四次去，我看見無量無邊的菩薩，如同鷹鷲聚集般，飛到靈鷲山護持佛陀的道場。第五次去，靈鷲山消失了，只剩下我和老鷹靜靜地佇立在虛空之中，又好像什麼都不存在，只等著我和老鷹做出決定……。」

諾布再一次深深凝視洛桑的眼睛：「遇見你之後，我已經不只一次夢過這隻老鷹，也許是你的眼神和老鷹的眼神太像了。早上起床後，我一直想著那個夢，耳邊突然聽到你喊了一聲諾布。於是，我就循著聲音順著直覺找到了你。」諾布說完，親了洛桑耳朵的小圓點，問道：「你是不是也一直想著我，像老鷹一樣飛到我的夢中？」

「我——」洛桑的耳根紅了，甜甜的紅唇像小圓點微微漾開。哽在喉嚨的話語，不知如何說出口。她想要對愛誠實，也許應該要直接問諾布究竟有沒有愛上貝瑪，或是不是還對大嫂念念不忘，但她卻問了另一件事。

「我在瑪吉阿米的留言本，看到了小黑點和小種子的故事。一個旅客從花店聽來的……。」

「噢，那是我開格桑花店的緣起。有一件事我一直想著什麼時候跟你說會比較好……。」諾布說著，突然欲言又止，陷入了沉默。

「是你和貝瑪之間的事吧？」洛桑繞回原點，想想還是直接解開心結。

「貝瑪？」諾布愣了一下，隨即恍然大悟，「你是因爲，那天在門外看到我在貝瑪的店裡，才對我產生誤會，開始逃避我？我只是把貝瑪當妹妹看待。我認識貝瑪，是因爲有一次在八廓街，看到一個藏族小女孩環繞大昭寺，趴在地上做大禮拜，起身之後竟向周圍拍照的旅客乞討要錢。目睹藏族的小孩以做大禮拜當表演乞討維生，我的心裡難過極了，於是，我收養了幾個像貝瑪這樣的藏族小孩，幫助他們創業，自力更生。」

諾布指著花店剛開出小白花的仙人掌：「我和貝瑪之間的感情，就像白色的小花，純淨、透明。貝瑪剛到拉薩乞討維生時，是個充滿尖刺的小孩，會說藏語，卻不會寫藏文，不曾進學校讀書。如今，看到她開出自己的花，有一技之長，我幫她拍影片，讓更多人了解西藏文化，也是我能力所及可以做的。貝瑪承諾我，將來會用自身的經歷，幫助更多藏族小孩找回自己。」

諾布一邊說，一邊在小火爐上起了一個熱鍋加水。水滾後，從冰箱取出一包蕁麻，熟練地避開絨毛尖刺、清洗乾淨後，裹了一些青稞粉放入熱鍋，打了一顆蛋花，加了點調味。然後舀了一碗，遞給洛桑。「嘗嘗看，這是我們西藏在地的蔬菜，密勒日巴尊者的修行資糧。用來煮湯、炒蛋，做成糌粑、菜團都很好吃。」

洛桑啜了一口，新鮮的蕁麻帶一點草木的清香，喝起來滑嫩順口。在地的食物，含藏在地的風霜雨露和陽光的味道，就是獨一無二的家鄉味。喝著蕁麻湯，她突然想念起阿蘭若當地的野菜，想念父親的鄉愁，又一點一滴浮上心頭。

「你和貝瑪是兄妹之情，那麼，你和大嫂呢？」

洛桑回想第一次到諾布的店裡，諾布就跟他的朋友次仁說，有時從第三者轉述而來的話語，反而更應該要小心求證。她不願意帶著和諾布之間的誤會離開西藏，也不願帶著一個謎永遠留在西藏。諾布穿著傳統的黑色藏袍，頭頂髮辮間依舊盤纏著紅色絲穗，像一朵又一朵火鶴紅色的花苞所透射出來的情感，依舊那麼熾熱、鮮活。她喜歡諾布，也知道諾布喜歡她，但激烈的纏綿和恆久的感情承諾並無法畫上等號。她長大了，不再那麼任性地單一思考；她無法完全理性，卻也不再只是沉溺在愛情裡的小女孩。

「大嫂？」複雜的感觸，像一把利刃穿過諾布的心尖，他沒想到洛桑會問起大嫂。他的眉宇之間明顯發生變化，先是垂下眼睛，抹上一層陰霾，隨之而來的哀傷，卻又迅速隱沒於眉間，透出清明的光采。諾布一下子又回復陽光般的臉龐，故意覷著眼睛，對著洛桑說：

「我和大嫂之間的故事很長，你可要拿出同等分量的祕密來跟我交換才行。」

洛桑笑了，點點頭。她想起蔣秋．森巴的教導，即使不知道和諾布未來的緣分會怎麼跑，但在每一次相會，她都珍惜這份情緣，加入一點善的流動。即使最終還是無法相守，但兩個人之間清清楚楚，明明白白，互相坦誠，沒有任何欺瞞。或許，這就是最好的告別。

「大嫂十六歲嫁進來康區，當時我才六歲。康區有兄弟不分家共有一個老婆的習俗，大哥在大嫂三十歲那年，在一場車禍中意外過世，按照習俗，大嫂應該要成為我的老婆。

「但大嫂跟我說，如果我真的愛她，就要還給她自由。康區的習俗對女人來說並不公平，她想像一般的女孩，自由地愛、大膽地做夢，按照自己的想望，去奔跑、去闖盪。我說，我願意等她。我愛她，不是因爲她是我們兄弟共有的，也不是因爲她照顧我長大，而是我眞心愛著她。

「之後，大嫂離開了讓她傷心的西藏，去了漢地的北京。沒想到，她到繁華的城市之後，卻墜落了。她墜入黑暗，縱情於歌舞酒色，周旋在很多男人之間，忘了自己是誰。我說，我仍然愛她，不在乎她的黑暗面，也不在乎她經歷了什麼，只要她願意回來西藏，我願意和她一起重新開始。沒想到回到西藏，她卻說她累了。西藏是觀世音菩薩的道場，她發現，寺院才是她眞正的歸屬。

「這就是我和大嫂之間的故事。我等她，我愛她，情到深處，我給了她自由，包容她的黑暗，最後成全她的修行。」

洛桑的眼睛一片濡濕。儘管這份愛，是來自於她所愛的男人和另一個女人的故事，但她能懂，懂得在靈魂的黑夜想要找尋自己的渴望，也能懂遇到佛母時那種全身汙泥被洗淨、被包容的救贖與歸屬。

「你還愛著她嗎？我想聽眞話。」洛桑對自己誠實，也希望諾布能對自己的心誠實。

「我對大嫂的感情，早就成爲過去。我愛的是你，一個看得到向日葵光芒，有一雙獨特的眼眸，充滿生命力的你。一個和我靈犀相通，會和我一起照顧花園，讀懂植物和色彩，會像老鷹和我一起飛翔的你。大嫂或許是夢中那個我一直背負在身上、給我情感重擔的母親……。」諾布說著，輕輕吻了洛桑的鼻尖，繼續說道：

「剛開始，我的確無法從愛的折磨中走出來。有很長的時間，我在家鄉用酒麻痺自己，直到有一天不小心打破酒瓶，玻璃碎片刺傷了我最愛的沙漠玫瑰。那時，我才猛然警醒，原來我一直在傷害自己。

「我不忍奄奄一息的花朵就這樣死去，不放棄地照顧，後來竟冒出新芽。一年後，那株曾經快要枯萎的沙漠玫瑰，重新開出豔麗的紅色花朵。我甚至覺得，它盛開的樣子，比最初還沒受傷之前還美麗。

「我記得，當時並沒有特別施肥，只是陪伴。再怎麼樣的傷痕，都是會癒合的，只要你給它愛，給它時間。」

「這就是你來到拉薩開花店的原因嗎？」洛桑想起諾布曾說，黑色加紅色，是他揀選自己穿越靈魂的黑夜，成爲生命勇士的顏色。

「紅色的花，喚醒我體內的血液，熱騰騰的愛與眞心。紅色，也是康巴漢子頭上的印記。但是，在生命最低潮的那一年，我卻厭憎自己出生在康定，甚至討厭自己是個藏人。我和大嫂的感情被鄉鄰之間各種耳語謠傳，當時，我什麼都不想做，也無法做，不再和過去的家人朋友聯繫。走出家門，只能往深山裡面漫無目的地行走。

「走著，走著，無意間在隱蔽的叢林，發現一個小池塘，盛開著美麗的蓮花。我懷疑，除了我之外，有誰會深入隱密的山林，看見蓮花的美麗？盛開的蓮花，全心全意開出自己的美麗，撫慰了當時低潮的我。從此，每天去看這一朵蓮花，變成我走出門的動力。剛開始，我總想著，蓮花究竟爲誰而綻放？它總是靜靜綻放著，似乎在等待著什麼；有時，又好像不爲了什麼，只想這樣靜靜綻放著，給予這塊土地，一種活著的幸福。

「這種靜謐的幸福，幸福的照見，似乎只存在我和蓮花之間。我懂蓮花的純淨，而蓮花也懂我懂它。在杳無人煙的深山，有時，我陪著蓮花；有時，蓮花陪著我。我們互相陪伴，就像認識好久的朋友一樣。

「漸漸地，不知從什麼時候開始，我去看蓮花時，不知不覺便唸起佛號，嗡嘛呢唄咪吽，每走一步，就唸一句。這句藏傳六字大明咒，意思正是讓自己的心靈轉化爲像蓮花一樣純淨，而純淨的心，正是我們內在的寶藏。

「我的心靈開始出現微妙的變化，痛苦的淤泥漸漸隨著佛號沉澱，變成內在的養分。而每一次去看蓮花，走一步，唸一句佛號，嗡嘛呢唄咪吽，變成我和蓮花照見彼此的儀式。

「走著、唸著，我心中的佛，好像被我唸回來了。每一次唸佛走向蓮花池，好像佛菩薩就在蓮花池等我，教導我、引導我。那種感覺，很像老師守護著學生，又好像母親等待著孩子，很難說清楚。彷彿冥冥中有一股力量、一種感情，繼續牽引著我走向蓮花池。直到有一天，我走到山裡的池塘，卻發現池塘裡的蓮花不見了。不管怎麼尋找，都已經看不到當初盛開的蓮花……。」

「或許是蓮花知道，你已經長大了，可以從有形的蓮花，回歸無形的蓮花。」洛桑說著，牽起諾布的手，在他的手心畫一個圓，輕輕點上一點。她想起，白度母觀眾生之苦幻化而出的眼睛。繞了一圈，諾布最終還是回到佛前，蛻變成現在的他。

「沒錯。」諾布笑了，輕輕握住洛桑點在圓心的指頭，擁她入懷。

「每次想起陪我走過低潮的蓮花，我就會生出一種勇敢，想幫助更多的藏人找回心中的佛。雖然我出生在藏地，但藏人的傳統，隨著現代化已經逐漸消失。你在拉薩八廓街看到虔誠做大禮拜的藏人，多數是還持守著傳統信仰的藏族老人，他們心中的法輪常隨著佛轉，不會迷失，但我們這一代的年輕人，如我一般在愛的迷惘中失去自己，忘了心中的佛。在漢地出生的藏人，有的已經不會說藏語，或像貝瑪這樣的女孩，從西藏偏遠的山區來到拉薩，會說藏語，卻不會寫藏文，不曾去過學校念書。有的到了漢地，想再回到藏地，最簡單的飲食如吃糌粑，甚至還會拉肚子，已經無法適應高原上的生活。這些年來，我在拉薩開格桑花店，就是希望讓更多的藏人回到拉薩有一個家的歸屬，也跟漢人、外國人交流，讓他們了解眞正的藏族文化。」

「這段愛的尋覓、諒解與釋懷，就是與佛再次相見的旅程。」洛桑已經能懂，諾布心中的佛，就是回到自己的眞心覺性。諾布的蓮花池，就像她心裡的布達拉宮小徑。沒有蔣秋·森巴，她無法觸及這樣的眞心，也無法讀懂諾布穿越靈魂黑夜的心路歷程。她竟然感謝阿蘭若帶給她的苦難，讓她迷惘的靈魂勇敢地出走，才能遇到諾布和蔣秋·森巴。

「穿越內在的陰影，並不容易。就如同在黑夜，你不知道暗處會有什麼猛獸跑出來狠狠啃咬你一口。我們累生累世儲存了太多記憶，究竟被什麼所傷？爲什麼會被傷害？受傷了要如何讓傷口癒合？當時我內在的困惑很多，便常常用店裡栽種的花草自己提問，自己創作花葉曼陀羅，自我療癒，自我解答。」

洛桑想起第一天到西藏，就是被諾布花店門口那個充滿問號「？」的花葉曼陀羅招牌所吸引。她摸摸眉心，發現自己好像很久沒有頭痛了，那隻躲在她心底深處的猛獸，竟在不知不覺之間消失了。

「你要不要也做一個花葉曼陀羅看看？當初阿蘭若老奶奶，就曾經來花店做過花葉曼陀羅，想解開她心裡的困惑。」

諾布的雙手鬆開洛桑。他在洛桑耳邊的聲音，像蔣秋．森巴一樣，從耳入心，流入洛桑的心底。聲音似乎是一種無形的波動，一旦入心，就可以無遠弗屆地傳遞。回想那一晚夢見小沙彌在寺院的一切，似乎是從聽到蔣秋．森巴的聲音開始，而諾布說他耳朵聽見她的呼喚，是否也是她的心靈在不知不覺中發出的聲波？

諾布拿出黑色的圓形紙板和幾顆彩色石頭：「在花店，選一株和你相應的花，放在胸前，閉上眼睛，問一個問題。依照對這株花的感情和直覺，在黑色的圓裡，將採下來的花葉果實加上幾顆彩色石頭，排列成可以為你帶來力量的圖騰。」

洛桑深深吸了一口氣，重新收攝心緒，回到當下。她選了紅色的刺梅，因為刺梅像火鶴一樣，有心形的紅色花瓣。她把刺梅放在胸前，閉上眼睛，讓內在的聲音跳上心尖：「命運讓我來到西藏，究竟是為了什麼呢？」

她爲刺梅送上祝福，並感謝它獻出花瓣。接著，輕輕撥下刺梅的花瓣，在黑色的圓裡順著感覺，用藍色的小石頭排列出蔣秋．森巴教她寫的「命」字，然後在命裡張開了一隻紅色的手。

洛桑揚起嘴角：「我就用這個圖騰和你交換剛才你所說的祕密。」

「哇，好動人的意象。和你交換祕密以來，就只有這一個圖騰最足以匹配我跟你分享的祕密。」

諾布豎起拇指，爲那隻紅色的手點上一盞燈。整個畫面，瞬間生出一股力量。

洛桑的眼神閃閃發光：「藍色是藍圖和溝通，紅色是回到眞心和熱忱。在命運的藍圖面前，伸出手，張開手掌，無條件地接納，也對自己誠實，坦誠地溝通，這些都是我來西藏學到的。」

「說得很好，我第一眼看到的是那隻手。手，是能量的傳遞，由手到心接收，由心到手傳遞。」諾布揮舞著雙手，舉起右手，撫摸自己的心。

「手心向內，是降伏自己，療癒自己的心。」接著，又將手心朝外，「向外是發願、宣示。發願利益眾生，成爲更好的人。

「願所有來到格桑花店，和我相遇的每個人，都能感到幸福開心。」諾布說，當他決定重新出發，從康定來到拉薩開了這間花店，這便是他發的第一個小願望。

洛桑好驚訝，「願所有和我相遇的人，都感到幸福開心」，這也是她從阿蘭若到拉薩之後，蔣秋·森巴教她修慈觀發的第一個小願望。

「手，也是示好，表達善意，敞開心，謙虛地和別人交流。這都是刺梅帶給你的禮物和提醒。」諾布說完，再一次瞧了黑色圓盤上，由刺梅的心形花片串起來的那隻手，忽然間靈光一閃：

「把自己的手，放在自己心上，是安撫自己，給自己力量。把別人的手，放在自己心上，可以爲別人祈福，把能量傳送給對方。這或許也是這個圖騰的意義。想起你所思念的人，你可以想像自己握住他的手，放在自己的心上。即使那個人已經不在你身邊，依舊可以把祝福傳送給他。」

洛桑一聽，忽然想起母親病逝前，她把母親的手握在自己心上的那一幕。她發現當時的自己，除了哀傷憤怒之外，什麼都不懂，也什麼都沒做。她不知如何幫助母親放下仇恨，安慰她在愛裡釋懷，甚至還忘了為臨終的母親祝福。她的眼淚不禁潸潸而下。

諾布不明白洛桑為何流淚，他默默牽起她的手，放在他的心上，低頭默唸了一串祈禱文。

洛桑在心裡為母親祝禱，想像她所發出的祝福，像無形的聲波，穿越時空，傳遞給母親。這一次她比以前更真切地感覺，母親在另一個世界能確確實實收到她的祝福，內在的相信似乎同步增長心裡的癒合力。她把父親和母親的情感糾結，從相識相戀到外遇，從愛到不愛的過程，告訴了諾布。諾布對洛桑的父親倒是有不同的看法：

「不知為何，我總覺得你的父親才是真正的勇者、愛你母親最深的人，這其間或許有什麼誤會，就像是阿蘭若老奶奶誤會了尺尊公主的誓願……。」

「阿蘭若老奶奶為什麼會誤會尺尊公主？當初老奶奶來這裡做了一個花葉曼陀羅，有解開她心裡的困惑嗎？」洛桑的心頭一驚，也許諾布已經發現了阿蘭若什麼祕密。

「這樣，你要再拿出一個同等分量的祕密來跟我交換才行。」諾布對洛桑眨眨眼，促狹地說。

洛桑點點頭，揚起笑臉，和諾布解開誤會後，心裡如釋重負。她再一次把心思專注在解開阿蘭若的謎底，這似乎是她的最後一哩路。

諾布找出當初阿蘭若老奶奶做的花葉曼陀羅照片。

洛桑一看，發出驚嘆：「那幾朵繡球花的花瓣，在圓輪上跳舞，真是美麗。阿蘭若老奶奶做完這個花葉曼陀羅，有找到心裡的答案嗎？」

「老奶奶做完這個曼陀羅後，淚流滿面，覺得自己再也回不去阿蘭若了。」

「爲什麼？」洛桑嚇了一跳。她看到老奶奶的花葉曼陀羅和諾布花店門口招牌的圖騰一樣，都有一個「？」問號，老奶奶當時一定充滿各種疑惑。

「一開始，阿蘭若老奶奶跟我說，她因爲愛上西藏的色彩，在西藏已經有了自己所愛的人，不想再回去阿蘭若。她走出大昭寺懺罪殿後，在八廓街巷弄一間古老寺院，看到僧人正在繪製曼陀羅沙壇城。」

「什麼是曼陀羅沙壇城？」洛桑很好奇。

「曼陀羅沙壇城，是僧人以彩色沙子作畫，用數百萬的沙粒堆疊出諸佛菩薩的淨

土。曼陀羅，是圓輪，代表我們內在的佛性圓滿具足。壇城，在宗教上常以唐卡形式，作爲修行人觀修之憑藉，意指諸佛菩薩的淨土宮殿，整個宇宙世界的縮影。

「繪製壇城前，僧人會先祈請諸佛菩薩誦經持咒，先在臺座畫好垂直線、對角線、圓形、方形等幾何圖案，打好底圖定位後，再將天然礦物原料磨成的彩沙，倒入一根外粗內細的空心鋼管筆，或輕或重地敲打，將彩沙緩緩灑在底圖上。

「僧人用彩沙細膩地勾勒塑繪，無論是中心莊嚴的本尊佛，還是圍繞佛周圍各個樣貌獨特的生靈、栩栩如生的動物，細密繁複的壇城、宮殿、法器，乃至花草、雲朵、圖紋，由內而外，每一個層次的圓輪方城顏色都不同，每一個步驟，都謹遵佛陀所傳密續如實呈現。製作沙壇城的僧人必須經過嚴謹的訓練，牢記每一個細節，不能擅改，依沙畫尺寸，有時須全神貫注繪製數日或數月，才能完美呈現結構嚴謹、色彩絢麗的沙壇城。」

「爲什麼要以沙來繪製？用細沙灑繪的意義何在？」洛桑想像著曼陀羅沙壇城的畫面。

「沙是構成這個世界的基本元素，沙壇城由沙子堆疊，很脆弱，業風一來，就馬上被摧毀，象徵我們活在一個表面美麗絢爛、內在卻脆弱無常的世界。因此，沙壇城在僧人費盡心血完成後，會做一個掃空的儀式。僧人會將自己繪製的美麗壇城，毫不眷戀地摧毀，體現色即是空，空即是色，虛幻無常的空性本質。

「阿蘭若老奶奶在古老寺院，看到此次壇城上的本尊佛，剛好是白度母。她看到僧人好不容易用細沙堆疊，完成美麗精緻莊嚴的曼陀羅沙壇城之後，竟然毫不留情地全部摧毀，最後空無一物，什麼都沒有留下。她震撼不已，卻也難過落淚。

「她認爲自己離開阿蘭若，是因爲無法忍受阿蘭若被黑派掌控，不能擁有色彩。倘若白派推翻黑派，但白派信仰的若是尺尊公主證悟白度母所創造的阿蘭若，就會變成她看到的曼陀羅沙壇城，所有的顏色都捨去丟棄，化爲一片空無。她一方面內疚自己無法完達生命勇士的責任，一方面又擔心幾十年沒有回去，阿蘭若會不會早已被黑色吞蝕，或變成什麼都沒有的部落。」

洛桑的心被重重撞了一下。她想起吉普賽老婦人提及，阿蘭若族人無法從水晶球看到任何家鄉的影像，對照兩人話語裡同樣的擔憂，難道阿蘭若老奶奶曾經找過吉普賽老婦人？她倏地閃過一個問號，一個可以從水晶球看到任何影像的神祕女人，爲何無法從水晶球看見自己的家鄉和所愛的人？難道吉普賽老婦人也是阿蘭若族人？她是因爲回不去年少的愛，尋不回所愛的人，找不到回家的路，才在刹那間變得如此蒼老嗎？

洛桑心裡湧上一陣酸楚：「諾布，你怎麼想？那些顏色，還有你以前教過我的，顏色所帶來的情感，眞的如曼陀羅沙壇城所顯現的，最後都會化爲空無嗎？」

洛桑想到回故鄉之後，可能要面對種種的變化和不可預知的變數，以及不久後就要和諾布分開，不禁難過起來。

「曼陀羅沙壇城所顯現的空性，是要我們不要執著。僧侶在塑繪曼陀羅沙壇城時，對任何色彩皆不起心、不動念、不分別、不執著。看紅色只是單純的紅色，對紅色的正面和負面並沒有任何想像。看綠色是綠色，看藍色是藍色，看到的只是事物本然的狀態，塑繪曼陀羅沙壇城，對僧侶本身就是專注於禪定的修練。

「我們凡夫，無法像僧人心無旁騖、心無雜念，就難免需要經歷每一個色彩帶來的情感和功課，透過色身的疼痛和情欲的修練來學習放下。比如，你執著這個身體，就會困在這個色身，當色身毀壞老去，你繼續執取不放，就會感到痛苦；如果你知道色身也是因緣和合，緣至則聚，緣盡則散，你就會隨身體的緣，順應身體生老病死的自然變化。

「如同你一開始學色彩，從紅色的正面和負面了解自己的情緒和習性，你執著紅色，就會困在紅色；等你接納了紅色，學習到紅色帶給你的課題，你放下紅色，就看見別的顏色，學習其他顏色的正負面，並看見另一個自己。你學到一個顏色，身上就多了一個顏色；學到那個顏色之後，再放掉那個顏色。你學到紅橙黃綠藍靛紫黑白銀灰，身上擁有紅橙黃綠藍靛紫黑白銀灰，再放下紅橙黃綠藍靛紫黑白銀灰，最後你剩下什麼？」

「清淨心。」洛桑脫口而出。她好像有點明白了。

「清淨心，就是空性。」諾布笑了，「當你回到清淨心，你可以自由地變成任何顏色，也沒有任何顏色可以困住你。你是一，也是一切。一即一切，一切是一。這就是：色即是空，空即是色。空性可以生萬有，萬有又歸於空性。空有不二。所以我才說，阿蘭若老奶奶誤會了尺尊公主的誓願。尺尊公主的誓願，應該是恢復阿蘭若族人清淨的心地，那時阿蘭若族人可以自由地享受色彩，卻不執著於色彩，成為自己想成為的樣子。」

諾布指著照片中的繡球花花瓣：「洛桑，還記得繡球花的花語嗎？」

「記得。繡球花有許多種顏色，開花的過程中，會因根部吸取到不同的成分，而改變花瓣的顏色。因此，繡球花從含苞待放到眞正完全綻放，都不會是同一種顏色。」洛桑捧起花店的繡球花，愛憐地撫摸起花瓣：

「繡球花是由一朵又一朵小花聚集而成，象徵家人彼此相親，想永遠團聚在一起的渴望。繡球花的花語是轉化、蛻變、相愛，和團圓。」

洛桑知道，這是阿蘭若老奶奶選擇繡球花創作花葉曼陀羅時，內心的渴望。想到自己也面臨同樣的煎熬，思念父親、掛念族人，卻又捨不得和諾布分開，去留之間的矛盾，再度在心裡糾結，洛桑忍不住紅了眼眶。

「繡球花會變色，本身就帶有脫胎換骨的能量。」諾布指著老奶奶創作的花葉曼陀羅照片，圓輪裡面從黑色到黃色、橙色、藍色，由內往外，一圈又一圈的色圈。

「繡球花在開花的過程會變色，代表生命會蛻變，也就是意識會轉換。黑色到黃色、橙色、藍色，一圈又一圈的色圈，代表意識層次的轉換。修行就是轉換生命層次、轉識成智的過程。你看，繡球花有飛跳起來的躍動感，象徵俗世人間的情感浮動，猶如躍動的繁花，繁華落盡見眞純！

「繁華是外在流動的色彩，眞純是本自具足的眞心。眞心，是活的，不是死的；眞心很純淨，卻不是空空的，什麼都沒有。藏人活在色彩裡面，但不追逐色彩；藏人喜歡色彩，但對色彩不執著。」

諾布在洛桑的手心，輕輕畫了一個圓：「畫圓的同時，你就知道有一個圓心。雖然知道有一個圓心，但你看不到，這就是空。

「圓裡面的圓心，就是真心。」諾布輕輕用手指，在洛桑手心的圓裡，點了一個小點。他還想再說一些什麼，洛桑卻用手緊緊抓住他點在圓心的指頭。「我想留在這裡，我們最初相遇的這一點。但再過不久，我就要回家鄉了。」說著，哽咽地哭了起來。

諾布把洛桑摟進懷裡。「沒事的。互相惦記的靈魂，會彼此許諾，在旅程中留下記號。靈魂的思念會發出訊號，辨識出當初相愛的兩人所留下來的印記，找到對方，重新聚首。我知道，我只要跟著老鷹飛行的路線，就可以找到你了。」接著，故意調皮地說：「阿蘭若老奶奶的故事，我說完了，現在換你用一個同等分量的祕密來跟我交換吧！」

洛桑拭去淚水，從袋子裡拿出一顆紅蘋果，用手心用力地把蘋果搓熱之後，才送給諾布。她含笑的眼眸，還閃動著淚光：「這顆蘋果有魔法，你吃了就知道裡面藏了什麼祕密。」

諾布好奇地把蘋果切成兩半，圓圓的蘋果變成兩顆愛心，中間的蘋果核看起來就像一個小圓點。

看著那個小圓點，諾布會心一笑。「圓點，是我們的靈魂留下來的印記，這個印記帶來魔法，讓我們像一個圓，不斷地相遇……。」說著，突然想起什麼，停了下來。

諾布收起笑容，好像有什麼難解的心事，明朗的臉龐湧現各種複雜的心緒。他微微張開嘴巴，話到嘴邊卻欲言又止，吞了進去。半晌，才低低地說：「洛桑，有一件事，我一直想著什麼時候跟你說會比較好。今天遇到你時，我就猶豫著，要不要早點跟你說……。」

洛桑這才想起，跟諾布重逢時，他的確有話猶豫著要不要說。

「你一開始猶豫要不要跟我說的話，不是你和貝瑪或大嫂的事嗎？」

「不是的。她們對我而言不是祕密，沒有什麼不能說的。」

洛桑很好奇，一向明朗的諾布，心裡會藏著什麼祕密？可是她反過來思索，自己何嘗不也是有一個祕密，遲遲沒有告訴諾布。

「諾布，其實我也有一個祕密。有件事我一直想著，什麼時候跟你說會比較好。」洛桑決定等學完最後兩個修心竅訣，鼓起勇氣向諾布坦白。

諾布原本帶著心事的臉龐，突然燦然一笑：「藏人在面臨重要抉擇時，都會到佛前大禮拜，祈求答案。我在佛前發願完成十萬個大禮拜之後，就會做一個重要的決定。再過不久，我就能完成十萬個大禮拜，那時我會把我的祕密、我的決定告訴你。你可要拿出一個同等分量的祕密來跟我交換才行。」

洛桑揚起嘴角，點點頭。想到最終必須坦白的那一刻，她還是難過，但離別的哀傷，好像被紅蘋果帶來的魔法沖淡了。雖然她不知道諾布面臨什麼重要抉擇，也不知道，當諾布曉得她和阿蘭若老奶奶一樣，來自從地圖上消失的阿蘭若，會有什麼反應。她想，或許那個時候，蔣秋・森巴在古牆所畫的情人之吻，以及ཞེན་པའི་འཆིང་བ་ཐམས་གྲོལ་ཤོག།這段古老的圖紋，會告訴她，當愛走到了盡頭，當她不得不歸去，消失在地圖上……，情到深處，何處才是這份愛真正的歸屬。

十三、鏡像世界

再一次來到布達拉宮的古牆小徑，洛桑的心情比以往平穩很多，或許是來到西藏之後，她對自己有更多的認識。以前在阿蘭若，她的個性很壓抑，壓抑的結果，就是朝向兩個極端拉扯，不是「對」，就是「錯」，她總是急於在對與錯之間求一個答案。

可是來到西藏之後，卻發現自己腦子想的、嘴巴說的、情感所渴望的，未必能一致，就連耳朵聽的、眼睛看的，都未必是眞實。如果我們生生世世所思所想都儲存在阿賴耶記憶庫，那麼光是自己想錯的、做錯的、錯愛的、誤解的，要串起多少愛的折磨和誤解？以此類推人與人之間各種起心動念的糾結和執著，這些錯綜的念想所牽起的因緣果，已無法單純只用善惡、是非、愛恨、對錯二元對立來解讀，若再去質問命運怎麼會如此安排、災難怎麼來的，似乎已於事無補。

「不管什麼事物來到我面前，哪怕是厄運惡緣，謙虛地接受就是了。」不再追問業力的來處，不再捲入複雜的因緣牽扯，單純地活在當下，把當下可以做好的事先做好，反而讓事情變得更簡單。老是縈繞在洛桑腦海裡的種種思緒，漸漸止息了。她慢慢地吸氣，慢慢地吐氣，透過吸氣吐氣，把能量帶到身體的每個角落，想像體內被飽滿的能量充滿，慢慢把心敞開、鬆開，創造一個內在空間，讓當下的自己安住在裡面。暫時不去設定她和諾布的愛最後的結果，也不去想像阿蘭若目前眞實的處境，而只專注在修心竅訣的修持，因爲這是她在這個當下唯一能把握的。

當她專注於當下，內在的覺知力反而變得更靈敏。蔣秋．森巴遠遠走過來的腳步聲，風吹動樹葉的沙沙聲，周遭樹林鳥兒振翅的聲音，藏人誦經的低吟聲，由耳入心，聽得清清楚楚，彷彿自己變成了收音的雷達，可以同步接收各種頻道，頻道與頻道之間彼此獨立卻又相容，互不干擾。

「第七個修心竅訣，是自他交換。把對方的苦，當作自己的苦去理解對方，才能把愛的能量傳給對方。」蔣秋．森巴緩緩走過來，定靜地盤腿坐在樹下。

「當你看到所愛的人在痛苦中飽受折磨，而自己能做的都做了，卻仍然愛莫能助，這時你可以練習自他交換。自他交換的前提，是自他平等，也就是把自己當作對方，用平等心，感同身受地去體會他所承受的痛苦。藏傳佛法的修行，是觀想自己，從左鼻孔把對方的痛苦吸進來，然後從右鼻孔把愛與祝福獻給對方。」

「把對方的痛苦吸進來，讓自己去取代對方的痛苦。對方的痛苦被我吸進來之後，會自動消失嗎？」洛桑想起當初面對病重的母親，常常有想取代母親承受病痛折磨的衝動，甚至想把自己的壽命給母親，只願換來母親的安樂。

蔣秋．森巴沒有正面回覆洛桑的問題，只淡淡地說：「佛法把痛苦解讀爲業力，這個業力，如同之前教授的修心竅訣，是每個人累生累世儲存在阿賴耶記憶庫的因緣成熟後變現出來的。對承受痛苦的人而言，那是他個人的別業；而看著痛苦的人痛苦，自己也感到痛苦，尤其是對同一個家族的成員而言，這是共業。業力，是一種波動現象，波動造成各種高低起伏的波幅，會發出不同的頻率和振盪。

「把對方的痛苦吸進來，是把痛苦吸進來放在自己的心上去理解，**我的心和他的心在一起**，先調幅、調頻，試著去理解對方的痛苦，調整自己的心和對方的痛苦達到同一個頻率。當你和對方在同一個頻道上，對方感受到你眞的能讀懂他、了解他，兩個人同頻之後自然就能共振，這時你就能把愛與能量傳到對方的心底。」

洛桑聽著，想起小沙彌的夢境，恍然明白，當時僧人們所用的，就是自他交換的修持。那種無邊無際的愛與寬恕，迄今仍讓她感動莫名。

「我們可以把自他交換，歸納爲三個階段來理解：傾聽－接納－解決問題。從傾聽開始，把解決問題擺在後面。我們常因爲太愛對方，不忍他繼續受苦，不自覺便過於急切地想幫對方解決問題。但解決問題的頻道，對於一個正在受苦失去理性的人而言，並無法接通、接收。

「如果你眞的想幫助一個人，只能先傾聽。一邊傾聽對方陳述痛苦，一邊蒐集相關訊息，轉換自己的頻道到對方的頻道，去理解對方的處境。耐心聽完後，有時會發現對方並不是想要解決問題，而只是需要找個人傾訴，發洩情緒。想想我們自己也是如此，理性上知道如何解決問題，情緒上卻過不去。這時，只要有人聆聽，幫助我們把情緒的垃圾清空倒掉，往往只是因爲內在的痛苦被別人理解，心裡的痛苦就減輕了一大半。漸漸平復心情之後，內在的聲音自然會提醒自己該怎麼做。」

「某些時候，當自己接納了痛苦，或自己的痛苦被別人理解之後，解決問題的能量反而就自動跳上來了。」經歷這些時日的轉折，洛桑突然有這樣的領悟。

「是的。」蔣秋．森巴提醒洛桑具體的做法：「爲了確定你沒有誤解對方的意思，當你聽完別人的痛苦，不妨用你的話把對方的困擾重述一遍，並以感同身受的態度回溯自己面對痛苦的歷程，告訴對方你也有過同樣的矛盾掙扎。這樣做不僅可以讓對方知道你了解他、接納他，也可以舒緩他的情緒，覺得自己並不孤單，發生這樣的事不會很丟臉，而對你產生信賴感。」

洛桑回想在小沙彌的夢境裡，最大的療癒能量，其實是每個僧人上前陳述自己和小沙彌一樣，都有無奈的錯，甚至犯過不可饒恕的罪。那種理解和包容、彼此互爲一體的信任，讓小沙彌感覺自己被接納，也學會如何接納自己。

「最好的愛，不是急著幫他解決問題，而是溫柔地陪伴與理解。看著所愛的人飽受折磨，心裡難受是難免的，但實情是，不管你多麼愛一個人，都無法取代他的痛苦和業力。你能做的，也許只是溫柔地陪伴、傾聽與理解。

「自他交換，簡而言之，就是把自己變爲對方。你是他，他是你，你懂他，也願意陪著他好好走下去。用眞心和對方的心相連，你的心連著他的心，讓對方敞開心，接納你溫暖的心流，或許這樣的愛，帶來的力量反而更加強大！」

洛桑的心裡溢滿了感動和感謝，她想問蔣秋．森巴是不是進入她的夢裡，顯化了小沙彌的夢境，卻說不出口。很奇妙，每一次她想問蔣秋．森巴關於她和小沙彌，或蔣秋．森巴來自何處，總是話到嘴邊卻說不出口。

「對藏人而言，天地萬物每一個眾生，都曾經當過我們的母親。因此，藏人的自他交換並不限於家人和親友，而是把天地萬物的所有眾生都視爲母親，去理解他們身上的痛苦，並把愛與祝福傳送給他們。這種慈悲心的觀修，是一種深祕的觀修，不可張揚，只能在心底祕密地進行。」

洛桑回想夢裡的情景，夢中明明清楚顯現所有的僧人圍繞著小沙彌，但醒來後，卻完全無法憶起每個人的樣子，留下的只是無邊無際的愛。

「剛才你說的自他交換，修持的步驟與做法明明很清楚、很明朗，怎麼突然又變成一種深祕，只能放在心裡呢？」洛桑不是很明白。

「八個修心竅訣是互通的，如果你回到第一個修心竅訣，就更能理解，宇宙萬物爲什麼都可能成爲我們的母親。母親，意謂著母體，也就是我們活在一個不可分割的生命共同體。這個本體，是什麼呢？」

「靈性、佛性、自性、自心、本心、眞心，指的都是同一個本體。」洛桑馬上就能回答，蔣秋．森巴的教導已經深入她的心底。

「何謂自性？何謂眞心？」蔣秋．森巴繼續問。

「放下妄想、分別、執著，就是回歸自性。」洛桑指著自己的心。

「沒錯。自他交換的修持，就是放下妄想、分別、執著。當你對他人的慈愛不帶任何條件，沒有任何分別、執著，你知道你和你所觀修的眾生，活在一個生命共同體裡面，這就是無緣大慈，同體大悲，慈悲心眞正的修持。」蔣秋．森巴往空中畫了一個圓：

「回歸自性，放下妄想、分別、執著，就是把自己歸零。歸零，回歸清淨心，你給出的愛，才是眞正的慈愛。因此觀修自他交換時，你是融入清淨心去觀修。你內在的念頭止息了，止於自己的本心，安住在眞心裡面，這就是深祕。」

「如果沒有起心動念，沒有分別、執著，要如何把愛傳遞出去呢？對方又如何接收到你的愛？」洛桑還是無法完全明白。

「事照做，但心不動。表面上，傾聽對方，接納對方的痛苦，關心對方，給出你的愛，做你能做，也做你該做的；實際上，對你而言，你一直安住於本心的清淨，沒有任何執著，即使做自他交換的觀修，也是默默地在心底修持，不需要讓對方知道你正在爲他做自他交換的觀修，這也是去我執的練習。

「自他交換最深祕的修持，就是和佛自他交換。佛是你，你是佛。佛，不是外在的佛像，而是你內在的覺性。安住在你內在的覺性，守住空明寂靜的本心，是心是佛，是心作佛，心佛不二。這就是第八個修心竅訣：空性的智慧。」

聽到空性，洛桑再次想起曼陀羅沙壇城，最後僧人掃空的儀式。蔣秋．森巴說過，愛的眞相、阿蘭若最後的解謎，就在最後這個修心竅訣裡。終於走到這神聖關鍵的一刻，她深深吸了一口氣，打開耳朵，凝神專注地聆聽。

蔣秋．森巴回到第一次和洛桑見面提到的天降日，繼續往下說了一個故事。

佛陀到忉利天為母說法，足足說了三個月。人間的弟子們非常思念佛陀。

三個月過去，佛陀重新回到人間，弟子們都爭先恐後出去迎接。此刻，佛陀的弟子、空性第一的須菩提尊者正在靈鷲山縫衣，他知道佛陀下降回到人間，馬上放下手中的衣服，想要趕緊去迎接佛陀。可是動念的當下，他又思索：

「我現在迎接佛陀，迎接的是什麼呢？佛陀的法身，不是眼耳鼻舌身意上可見，地水火風四大的和合，而是覺悟的空性。佛陀的教導是無我，諸法如幻，如果我現在起身去迎接，等同把佛陀的法身，視為眼耳鼻舌身意上可見的肉身，被外在的事相所迷惑。

「如果想見佛陀，一定要先了解色受想行識，五蘊皆空，明白森羅萬象的本質是空明寂靜。佛陀的法身無處不在，法性遍一切處，有這樣的認識，證悟法的本性，和法的實相相應，才能和佛陀的心意相通，真正見到佛陀。」

須菩提想清楚之後，便坐下來繼續縫衣服，而沒有起身去迎接佛陀。

佛陀回到人間，比丘尼中神通第一的蓮花色比丘尼，以為自己是第一個搶先迎接佛陀的弟子。

沒想到，佛陀竟微笑回答：「蓮花色！第一個迎接我的，並不是你。真正的看見是見到法性的本質。須菩提尊者觀諸法空性，才是真正迎接、見到我的人。」

洛桑發出讚嘆：「佛陀如何覺察須菩提的起心動念？是因爲佛陀有大神通嗎？」

蔣秋．森巴說：「佛法不講神通，講本能。這種本能，是眾生本具。」

「你的意思是說，每個人都有這樣的本能。我也有，你也有，任何人都有。」洛桑爲了確定自己沒聽錯，又重複說了一次。

「是的。每個人都有這樣的本能。」蔣秋．森巴說，「近代科學發現宇宙有一個統一的能場，這個能場就像一張看不見的無量之網，把一切連結在一起。」

「統一的能場，指的就是我們的本體嗎？我們活在一個生命共同體裡面。」洛桑順著蔣秋．森巴的話，接下去問：「一切，指的是什麼呢？」明明好像懂，卻又似懂非懂。

「一切，指的是，宇宙過去、現在、未來統統連在一起，無法分割。」

洛桑突然想到腦海中的小沙彌、寺院的僧人、師父、黑巫師、阿蘭若的聖山和父母親，還有諾布夢裡的老鷹和佛陀的靈鷲山，以及格桑花店的每一朵花、寶石店老闆娘的石頭、吉普賽老婦人所看到的水晶球世界、朵拉的青年旅館，以及眼前的蔣秋．森巴……，還有她不知道的、忘卻的、不敢面對的、還沒有發生的……，這些都和她，和過去、現在、未來緊密相連，織就成一張生命的無量之網。洛桑突然對生命生起敬重敬畏之心。

「生命與生命會互相聯繫，不只如此，科學家還發現一種全息現象。」蔣秋．森巴繼續說，「生命與生命會互通信息。比如人類的意念會影響植物，水的結晶會隨著人類的喜怒哀樂產生變化；一顆蛋裡面的蛋白和蛋黃，會跟蛋殼傳遞信息；一個物體被砸得粉碎，每一粒微塵粉末還是可以互相接通；一張照片被撕成好幾張碎片，在特殊的雷射照射之下，可以在每一張碎片看見完整照片的圖像，完全沒有被切割。一粒微塵，便含藏整個宇宙的信息。一即一切，一切是一。你也可以這樣理解自他交換，你是一切，一切是你。」

「我是一切，一切是我。你的意思是說，所有生命的訊息，都已經具足在我身上？」

這個眞相實在太讓洛桑意外，她經歷那麼多的痛苦、轉折，最後的答案居然就在自己身上。她記得諾布也這樣說過，一即一切，一切是一。

「宇宙是活的，沒有一樣東西是死的。我們所處的宇宙就像是一個有生命、有心智的有機體，會不斷發射信息、接收訊號，並互相傳導。你的念頭微微一動，立刻就周遍整個虛空法界，整個宇宙馬上就會跟你同步連動，做出回應。沒有人是孤單的。就算你孤單一人住在山洞裡，你的念想，你所發出的波動，依舊無遠弗屆地傳到整個宇宙。」

洛桑終於恍然明白，為何她能讀懂色彩，以及讀取寶石店裡石頭的訊息，甚至看得懂圖畫背後隱藏的情感，原來這就是蔣秋．森巴講的本能，還有活在一體裡面帶來的連動。

「既然如此，爲何我們無法像佛陀那樣，用本能接通所有的訊息？有時甚至還會錯誤地接收訊息而不自知。」

「這就說到重點所在。」蔣秋．森巴微微一笑，「不管你有沒有覺知，其實我們時時刻刻都在發射、接收訊息。只是我們的起心動念、分別、執著，把自性的本能遮蔽了。我們接收不到，或只是接收到片面的訊息，因而以偏概全。」

蔣秋．森巴拿出三種顏色的玻璃紙。紅色代表執著，藍色代表分別，黃色代表妄想。

「我們的自性原本空寂純淨，一片光明，我們稱之爲常寂光、大光明藏。自性，是我們的本體。自性裡面沒有物質，也沒有精神，眼睛看不到，耳朵聽不到，鼻子聞不到，舌頭嘗不到，身體觸摸不到，連想也想不到，因爲眼耳鼻舌身意，六根都緣不到自性。所以，我們稱自性爲空性。

「雖然自性的本體是空性，但自性不是死的，它是有機體，遇到緣，自性就會現相。它有兩種能量，兩種作用。第一，它不變，也永恆不滅；第二，它隨緣，能現一切相。它像電視螢幕不動，你出現什麼念頭，按那個頻道，它就隨緣現出相；現相之後，畫面出現影像，螢幕就隱藏在影像裡面。螢幕並沒有不見，螢幕永遠不生不滅，只是被外在的相隱藏了而已。自性，像電視的螢幕，有隱現；阿賴耶，像電視的影像，有生滅。螢幕是眞的，影像是假的。」

蔣秋．森巴說著，把一張代表妄想的黃色玻璃紙，放在洛桑的眼前，遮蔽了她的視線。

洛桑的眼前出現一片薄薄的黃光，視線模糊了。

「原本，你的自性一片光明，空明寂靜，一旦動了念頭，你馬上就被遮蔽了。」

接下來，蔣秋．森巴把代表分別的藍色玻璃紙，和代表妄想的黃色玻璃紙，兩張相疊，放在洛桑的眼前。她的視線就更模糊了。

最後，蔣秋．森巴再把代表執著的紅色玻璃紙，和代表分別的藍色玻璃紙、代表妄想的黃色玻璃紙，三張疊在一起，放在洛桑的眼前。洛桑的視線一片黑，完全看不清楚前方。

「妄想、分別、執著，障礙了我們的自性，讓我們看不清楚眞正的自己，也阻礙了生命與生命之間的聯繫。原本在一片光明的常寂光裡，根本沒有時間和空間，沒有內外，沒有前後，沒有大小，沒有自他，沒有善惡，沒有任何二元對立。在本體裡面，是活的，有見聞覺知，你什麼都知道，來去自如，完全沒有障礙，這就是我們的本能。當你恢復這樣的本能，你具足天眼通、天耳通、他心通、宿命通、神足通、漏盡通。這就是全息宇宙的本體，有這樣的本體，生命的信息才能互相連動接通。

「換言之，因爲妄想、分別、執著的障礙和遮蔽，才有時間和空間的區隔，才有善惡對立，才有前世今生和六道輪迴。修行，不是爲了追求神通，而是學習放下。放下妄想、分別、執著，你就回歸自性，恢復你的本能，一片光明。不需要向外求，學會放下，反而什麼都得到。」

蔣秋．森巴把原本三張疊在一起的玻璃紙，先拿掉代表執著的紅色玻璃紙，洛桑的視線馬上就清晰很多。再放下代表分別的藍色玻璃紙，洛桑的視線又看得更清晰了。最後把代表妄想的黃色玻璃紙放下來時，洛桑突然感到視線一片光明。她驀然體會到放下後的明心，看得清清楚楚的了然於心，是如此地輕鬆自在。

「爲什麼諸佛菩薩能夠隨緣應化，來去自如？因爲祂們放下妄想、分別、執著，回歸空明純淨的自性，完全沒有掛礙。我們困在這個肉身，是因爲我們困在前世今生，困在阿賴耶妄想、分別、執著的記憶，因此會在故事和劇情裡產生糾結和痛苦，不得自由。即使你在故事裡自我糾結、自我折磨，但你的本體並未消失，像螢幕只是被外在的相隱藏。你的本體永遠在，永遠具足一切本能，只是被自己的妄想、分別、執著遮蔽，不知你有一個本體和本自具足的本能而已。」

蔣秋・森巴最後再把三張代表妄想、分別、執著的玻璃紙，一起疊放在洛桑的眼前：「這就是你看到的世界。你的眼睛所見，其實是被遮蔽的假相。眞正的你，是常寂光，一片光明。眾生困在阿賴耶裡面，不知道妄想、分別、執著統統是假的，自性裡根本沒有這些東西。你眼睛所看到的世界，其實是假的世界。這個假的世界，是人類妄想、分別、執著累生累世的集體共業，所生出的妄相。」

「如果這是事實眞相，這就代表，不是只有阿蘭若族人活在不存在的世界，連地球的眾生也活在假的世界而不自知嗎？」這個結論讓洛桑大感驚訝，她如何能相信，眼前的蔣秋・森巴，還有她所經歷的一切，甚至眼前所見的世界，都只是一個假的世界？

「這就是尺尊公主爲什麼要創建阿蘭若。尺尊公主把釋迦牟尼佛八歲等身像送到西藏後，閱讀佛經，透過修行的過程，發現眾生其實活在一個假相的世界。爲了讓眾生了解宇宙人生的實相，她創建了阿蘭若。最初是個清淨僻靜之處，只要眾生願意，不分種族，不分性別，所有人都可以進入，回到心靈純淨的所在；只要你願意，不管你是不是阿蘭若族人，都可以成爲守護阿蘭若的生命勇士。守護阿蘭若，守護清淨心，就是守護自性。」

洛桑驀然想起，吉普賽老婦人提及阿蘭若迦山是當初尺尊公主在阿蘭若修行的地方。還有諾布提到，阿蘭若老奶奶擔心尺尊公主證悟白度母之後，阿蘭若會化爲空無，即使族人再回去阿蘭若也找不到任何足跡。

她問蔣秋．森巴：「尺尊公主創建的阿蘭若，和證悟白度母之後的佛國淨土，是一樣的嗎？尺尊公主和阿蘭若迦山有什麼關係呢？」洛桑把阿蘭若老奶奶的擔憂告訴蔣秋．森巴。

蔣秋．森巴微微一笑，雙手合十：「尺尊公主當初創建的阿蘭若，是人間淨土，和尺尊公主證悟白度母之後的佛國淨土，一個是人的世界，一個是佛的境界，當然有所不同。

「人的世界充滿妄想、分別、執著，因此原本的清淨僻靜之地會被人心染汙；但證悟後的佛國淨土，是諸佛菩薩回歸自性、回歸常寂光，用自身的願力所建。佛國淨土是諸上善人發願到淨土修行，一個純淨純善的所在，是不可能被染汙的。因此，尺尊公主創建的阿蘭若，和證悟白度母之後的佛國淨土，完全處在不同的維度空間。

「尺尊公主在阿蘭若迦山修行證悟，明心見性、恢復本能之後，具足天眼通、天耳通、他心通、宿命通、神足通、漏盡通，因此在阿蘭若迦山的巨牆上留下訊息，希望族人有一天能發現事實眞相。」

「原來，阿蘭若迦山巨牆顯現的聖境，是尺尊公主留下的。我聽一位吉普賽老婦人說，尺尊公主後來消失了，是因爲公主修行證悟、融入常寂光了嗎？」

「諸佛菩薩證悟後回歸自性，回歸本體，本體的法性遍一切處，法身無所不在，根本沒有離開過我們。我們也有自性，我們的本體一直都在，我們的自性和諸佛菩薩的自性無二無別，我們和諸佛菩薩是同一個本體，只是被自己的妄想、分別、執著遮蔽，無法跟諸佛菩薩感應道交，因此一直無法明白聖山阿蘭若迦山所傳遞的訊息。」

「阿蘭若迦山的巨牆，究竟藏著什麼祕密呢？」洛桑終於可以一步一步釐清事實眞相。

「如同傑瑞西．旺秋在阿蘭若迦山巨牆所看到的，巨牆上的線條和色塊，會隨著一個人的心念產生各種變化。經過多年的探尋，傑瑞西．旺秋發現，巨牆上顯現的色相，就是佛經上所說的：『一彈指有三十二億百千念，念念成形，形皆有識。』百千，指的是十萬，三十二億乘以十萬，也就是，我們在短短一彈指，就有三百二十兆個念頭。

「我們的自心原本一片光明，空明純淨的本體，遇緣就會現相。緣是波動，也就是念想。佛經告訴我們，我們的念想都只是粗念，這個粗念裡面還有細念，這些細念帶來的波動，一彈指就有三百二十兆個念頭。一秒鐘若彈七次，就等於一秒鐘有二二四〇兆個波動。

「每一個念頭，『念念成形』，也就是念頭會成形，變現成物質實相，而且以一秒鐘二二四〇兆個波動，這麼高的速率變現出物質，就像宇宙大爆炸一般，形成無量無邊的宇宙。

「因此，宇宙是怎麼來的？是念頭的波動帶來的。『念念成形』，每一個念頭會形成物質；『形皆有識』，識，是阿賴耶識，是精神現象。每一個物質都儲存著阿賴耶識的記憶。因此，再怎麼細微的微塵裡面都有受想行識，都有精神現象。就好比我們體內的細胞，也會儲存記憶和你的念頭帶來的訊息。你的念頭和心境改變了，相由心生，外在的容貌就會跟著改變。外在的物質不只能儲存記憶，還能跟內在的精神互相交感，因此經書曾經記載：貪心，引起水災；嗔心，引起火災；愚癡，引起風災；傲慢不平，引起地震。人類內在的貪嗔癡慢帶來外在的災害，但也可以透過集體的內在修行，改變外在的物質環境。我們的宇宙人生，其實就是人類集體的心現識變。

「唯心所現，唯識所變。你的心一動，馬上以一秒鐘二二四〇兆個波動，隨著阿賴耶儲存的妄想、分別、執著記憶，變現出各種故事和劇情。你的妄想、分別、執著越多，人生故事就越複雜糾結。

「覺性不動。覺醒就是讓自己回復到不動的狀態，不跟起心動念的波動現象繼續糾纏。」蔣秋．森巴耐心地解釋，「這就是修行爲什麼要先放掉執著。執著比較粗重，比較容易放掉。放掉執著之後，要放掉分別心，就相對容易一些。最難放的是念頭，念頭非常微細，因此我們常說，修行修到最後只是修念頭，修你的起心動念，尤其是臨終那一念。念頭越少，越平靜，就越清淨安穩。

「了解修行的次第，再回過來，讀懂『念念成形，形皆有識』，你便可以更深刻地體認，心念會生出物質，物質又儲存心念帶來的記憶，心物合一，精神和物質是分不開的。全息宇宙的理論，其實就是宇宙萬事萬物的本源都來自同一個本體，本體生出萬有，萬有裡面的物質和精神會互相接通，互相傳導。因此，回到你自己，讀懂你自己，一即一切，一切是一，你就能了解阿蘭若迦山的祕密，甚至全部宇宙人生的眞相。」

洛桑回想，當初在阿蘭若迦山看到的色牆，的確會隨著她的念頭產生各種線條和圖案。當時在阿蘭若迦山的一切，一幕接著一幕，在她的腦海裡鮮活起來。

「傑瑞西．旺秋說，生命的一切都是自己的念頭變現出來的。當他越靠近色牆，色牆的圖畫和線條就越清晰；當他動念遠離，圖畫和線條就漸漸模糊。」

沒錯！就是這樣。洛桑在心裡驚嘆著。她一直不明白阿蘭若迦山爲何顯現這些變化，如今謎底一一揭曉。

「巨牆所顯現的色塊，是想告訴阿蘭若迦山的族人，你越在意、越放不下的事情，它就越鮮明地和你糾纏；你越想越多，就越擾動阿賴耶識生生世世的記憶來干擾你。你不在意，不去理它，越走越遠，念頭漸漸止息了，色塊和圖畫就模糊了，不對你產生任何作用。」

洛桑回想當時的情景，的確如此。但她後來爲什麼回頭了，再度走向色牆？

「因爲捨不得。」蔣秋．森巴說著，彷彿身歷其境。

「傑瑞西．旺秋經過多年探詢阿蘭若族人，發現大家從阿蘭若穿越至西藏，最大的共同點，都是捨不得、放不下。放不下在色牆所看到的圖畫，放不下心中的愛，放不下心中的影像，就只能通過色身和愛欲來修行。」

洛桑好驚訝，走到今天這一步，所有的經歷，居然是自己選擇的，甚至是自己的念想創造的。

「這就是佛陀在滅度之前，告訴阿難，遇到惡因惡緣，默擯之，不理它，不跟它互動，自然而然就會止息。你越在乎、越糾纏，就會牽扯出越來越多阿賴耶過去的因緣，沒完沒了。那是靈魂的自己糾纏於記憶放不下才會做的傻事。

「回歸靈性的本體，本來就乾乾淨淨，什麼都沒有。本來就沒有，你現在放不下的，其實就是你的念頭生出的影像和妄相而已。你的靈性，還是像電視螢幕一樣，乾乾淨淨，沒有半點染汙。」

洛桑愣在那裡，她有點懂卻又不想懂。這是怎麼一回事？她走進去了，不管是色牆的圖畫，還是神祕的能量圈裡，就算知道這一切都是假相，她卻已經捨不得、離不開。她突然覺得全身上下都好難過。

「這就是爲什麼，第六個修心竅訣，要我們放下期望。首先，你要知道，你現在走進的故事，不管是現實中的人事物，還是記憶裡的幻影，都是你的念頭變現出來的。念頭不是你，肉身不是你，靈魂的記憶不是你，靈性才是眞正的你。

「那些纏繞在你心裡放不下的影像，就是靈魂的印記，你今生必須學習的課題。因此，當你的念想微微一動，和你一體連動的宇宙，便會以一秒鐘二二四〇兆的速率，現出和你的念想相互對應的影像和人生境遇。」

「你的意思是說，我們的心念一動，就會有相對應的能量在某處成形？」

經過蔣秋·森巴的解析，洛桑回想，她當初的確因爲黑派和白派之間的誤會，想前往西藏去尋找圓點的祕密。當她抵達西藏，接著就看見諾布的花店，一進花店，就聽見諾布告訴次仁，怎麼解開彼此的誤會。難道這一切都是因爲自己的念想生出來的？

「你要釐清的，應該是自己爲什麼會生出那樣的念想？因爲你的阿賴耶識儲存了那樣的記憶，於是你便隨著你的念想，形成自己無邊無際的小宇宙，進入你的能量圈裡面，遇見你該遇見的人，還你該還的情債，直到學會你該學的，把內在的貪嗔癡慢全部放下，你腦海中的念想自然就會漸漸止息。」

蔣秋·森巴指著布達拉宮小徑古牆上的圖畫：

「阿蘭若迦山巨牆上的圖畫顯現的情人之吻，每一幅都是色身和愛欲的試煉，而眞正的祕密，其實是藏在最後一幅馬格利特的情人之吻。」

蔣秋·森巴說著，再次把代表執著的紅色玻璃紙，和代表分別的藍色玻璃紙、代表妄想的黃色玻璃紙，三張相疊，放在洛桑的眼前。洛桑的視線再度拉黑，看不清楚眼前的人

〈戀人 II〉© René Magritte / ADAGP, Paris - SACK, Seoul, 2025

事物。

洛桑終於明白馬格利特為何要用頭紗蒙住情人的臉。當她對所愛的人產生情執，眼睛就如同被蒙蔽了一般，看不清楚愛的真正面目。

「傑瑞西．旺秋把當初在巨牆上看到的情人之吻畫下來，編成一本畫冊，以此去尋找阿蘭若的族人，並依照阿蘭若迦山給族人的線索，找到畫家馬格利特的傳記。翻開傳記的第一句話，竟然是：『**夢，不是要讓你睡著……，而是要讓你醒來。**』傑瑞西．旺秋好奇地繼續翻看馬格利特的其他畫作，終於找到了阿蘭若迦山的真相。」

蔣秋．森巴從背包裡，拿出馬格利特的畫冊。

「〈人子〉，畫作中的臉被一顆蘋果

〈人子〉© René Magritte / ADAGP, Paris - SACK, Seoul, 2025

擋住。眼見，無法爲憑。眞正重要的東西，不是眼睛所看到的。

「〈虛假的鏡子〉這幅畫，則把眼睛所看到的事物，比喻爲一面鏡子。鏡子所照見的，都只是影像，並不是眞實。

「而在〈形象的叛逆〉中，馬格利特畫了一根眞實的菸斗，下方卻寫著：『這不是一根菸斗。』產生一種矛盾的反差。我們所依賴的圖像和文字，不等同於眞實的世界，這就是人類目前的迷失。人類一直不知道自以爲眼睛所看到的眞實世界，其實是虛構的，是由妄想、分別、執著生出來的假相。

「〈Decalcomania〉這一幅畫，則畫出肉身、靈魂和靈性。眞正的你，不是身體上的你，靈魂的記憶帶著身體來投胎，靈魂的記憶也不是你。眞正的你，是靈性的你。眞實的你，比你眼睛所看到的，還要大很多。」

蔣秋・森巴繼續講了釋迦牟尼佛成道的故事。

釋迦牟尼佛原本是個王子，有一天外出看到平民的人生百態。他發現，即使他擁有愛

〈虛假的鏡子〉© René Magritte / ADAGP, Paris - SACK, Seoul, 2025

情、權勢、財富，也無法避免生、老、病、死、苦。他對生命開始產生困惑，便請求父親讓他出去修行，尋找答案。

他十九歲離家求道，當時印度宗教、哲學可以說是世界之冠，尤其重視禪定，從四禪八定中看到六道輪迴，上面能看到二十八層天，下面能看到阿鼻地獄，一目了然。可是為什麼會有六道？六道以外還有沒有其他的世界？如何斷輪迴？卻沒有人能夠解答。

釋迦牟尼佛在印度學了十二年，學過外道，修過苦行，可以學的全部都學完了，仍然無法解決他對生命的困惑。於是，他把十二年所學的東西放下，在菩提樹下入定，進入更深的禪定，終於大澈大悟，明心見性。不但突破了六道，同時也突破了十法界的空間維次，見性成佛，看見宇宙

〈形象的叛逆〉© René Magritte / ADAGP, Paris - SACK, Seoul, 2025

人生的源起。

「釋迦牟尼佛放下妄想、分別、執著，進入甚深的禪定，證悟成道看到的世界，就是一個鏡像的世界。自性本空，本體空明寂靜，但遇到緣，自性就會變成鏡子，整個十法界、四聖法界加上六道輪迴，無量無邊的宇宙，都是自性這面鏡子裡的影像。影像是假的，是妄想、分別、執著的念想，以一秒鐘二二四〇兆個波動互相糾纏產生的妄相。眾生把影像當眞實，才產生六道輪迴。」

「這樣子聽來，釋迦牟尼佛居然能在短短一秒鐘，看見二二四〇兆個波動變化？佛陀究竟是怎麼辦到的？」洛桑很難想像，這麼高的速率，佛陀是如何看見的。

「釋迦牟尼佛用甚深的禪定，念念

〈Decalcomania〉© René Magritte / ADAGP, Paris - SACK, Seoul, 2025

分明，把一秒鐘二二四〇兆個波動看得清清楚楚。科學家用儀器分析物質波動的速率，還比不上佛陀，這就是證悟的功夫。佛法是信解行證，你證得了就看見了。如果你懷疑，就認眞修持，放下的功夫跟佛陀一樣時，自然就能親證。」

洛桑看著蔣秋．森巴定靜的臉龐，內不動心，外不著相，才恍然明白，原來禪定的功夫，可以把世間相看得那麼透澈明白。

「釋迦牟尼佛在菩提樹下開悟時曾說，一切眾生皆有如來智慧德相，只因妄想、分別、執著而不證得。他所看到的，不只是波動的鏡像世界，還照見我們有一個本體，如如不動的自性。如同第一個修心竅訣所說，靈性的你、靈魂的你和肉身的你，互相融合成爲一體，才有現在的你。

「波動的影像，是妄心，是我們的靈魂帶著阿賴耶的記憶體產生的業報身。如如不動的自性，是眞心，也是我們的靈性。眞心可以照見妄心、現出妄相，眞心和妄心是一體，就好比螢幕和影像。

「如果我們把眞心的本體，當作如如不動的螢幕，你一念善，現的是善的影像；一念惡，現的是惡的影像。對螢幕而言，關掉念頭之後，善與惡的影像都不會留下來。螢幕永遠是螢幕，不會跟影像糾纏，眞心的本體沒有善惡分別，不是正，也不是負，而是零，所以我們稱本體性空，生出來的影像是幻有。本體空明寂靜，是當體即空；相，是影像，是幻色，也是當相即空。色即是空，空即是色。本體和影像彼此相容，色不礙空，空不礙色，就是色空不二。」

蔣秋．森巴指著馬格利特那幅〈虛假的鏡子〉：「佛陀和凡夫的差別就在於，凡夫把影像當眞，而且不知道有一個本心。佛陀明心見性，知道鏡子現出的影像是假的，因此能在一秒鐘二二四〇兆念頭的波動中，看穿幻相，回歸本心，不受幻相的干擾，得大自在。

「科學家已經證實物質，甚至整個宇宙，是無中生有。他們拆解物質，從分子、原子、電子、中子、質子、光子，最後發現物質沒有了，只剩下一股波動能量。這股波動的能量，就是念頭。念頭以一秒鐘二二四〇兆個波動產生物質的幻相，因爲波動的速度太快了，讓我們誤以爲眞。聖山阿蘭若迦山的巨牆顯現的圖畫，就是要提醒我們，要學習佛陀用心眼入法界，而不是用肉眼看世界。」

「怎麼用心眼入法界呢？」洛桑揉揉眼睛。

「佛是覺，法是心。佛法，即是心的覺悟。佛法是內法，就是要你回到內心，往內看。法眼，就是心眼。學習佛陀用心眼進入法界。入法界，用的是眞心，眞心就是鏡子的本體，你的妄心一動，鏡子裡就會現相，從心往內看，照見的全部都是影像。

「如此一來，你在心裡回想過去，知道一切都只是影像。當下這一刻想的，在下一秒馬上又成爲過去，又變成影像。想像未來的畫面，也是影像。過去心不可得，現在心不可得，未來心不可得，都只是你自心顯現的影像罷了。

「知道一切都只是影像，你的念想就會漸漸止息。息心達本源，本源就是你的念想止息後，自然現出的清淨心，那時你就能體會把妄心歸零，內在不再吵吵嚷嚷，那種解開束縛後的輕鬆與自在。」

「如果一切都只是影像，我們要怎麼在假的世界裡繼續生活呢？」洛桑感受不到那種輕鬆自在，反而一陣感傷，到頭來，還是什麼都抓不住。

「如常地生活。就像看空中的雲，你看雲變出一座城堡，以爲是眞的，可是進入雲裡面，卻發現什麼也沒有。如果什麼都沒有，你硬要從雲裡面執取一座城堡，你就會痛苦。一旦知道雲是假的，裡面什麼都沒有，你一樣可以欣賞空中的雲朵，在千變萬化的雲裡面遨遊，享受樂趣。」

「噢，原來如此。」洛桑突然如釋重負，微微一笑。她差點和阿蘭若老奶奶一樣，以爲這個世界是假的，就什麼都拋棄，什麼都沒有了。

「知幻即離。知道了，有正確的見地，你就解脫了。既然是影像，知道是假的，從此你生活在這個滾滾紅塵的大染缸裡面，任何影像都干擾不了你。

「知道事實眞相，並不是要你離開生活。你活在欲界，你有肉身，一樣有食欲、色欲和情欲，你的眼睛一樣會看到這個色彩繽紛的世界，你的耳朵會聽到各種美妙的聲音，你的鼻子會聞到各種氣味，舌頭會嘗到各種人間美味，你的身體一樣會接觸各式各樣的人，你一樣有思想，會辨別是非善惡。有人中傷你，你一樣會難過；有人欣賞你，你一樣會感到快樂。修行不是要你斷念，從此沒有快樂和痛苦，而是讓你知道，這是一個妄想、分別、執著生出來的假相世界，要你不要執著，不要當眞，知而不隨。

「痛苦來時，你知道自己在痛苦，但不要糾結；快樂來時，你知道自己處於開心的狀態，但不要貪戀。快樂與痛苦都只是自心顯現的影像，影像與影像是平等的，當你能夠用平等心看差異相，知道一切都只是影像，毫無差別，你就能安住在本心，不爲所動。

「放下，不是放棄，而是不執著。把心放下、放鬆，知道一切都是影像，只會讓你活得更自在，而不是更失落。以前你看山河大地、花草樹木、森羅萬象、緣起緣滅，也許會感到失落、患得患失；現在你知道，即使是自心顯現的影像，沒有緣，不會出現在你面前。因此，緣來了，有緣來到你面前的人事物，你一樣謙虛地接納和珍惜。雖然接納和珍惜，但你不會執著，因爲你知道那只是因緣具足時，暫時顯現的影像而已。

「因緣與影像，都是生滅法。現在的你已經知道，我們有一個不生不滅的本體，才能顯現影像。沒有本體，就沒有辦法現出這些森羅萬象。沒有本體，就沒有你，沒有我，沒有色彩繽紛的世界。這就是爲什麼阿蘭若迦山的巨牆，最後會顯現一座湖，湖面有一個布達拉宮。」

「這個聖諭顯現的，不是要族人前往西藏嗎？」洛桑嚇了一跳，她一直以爲這個聖諭是最明確的。

蔣秋·森巴笑了：「看到水中影，就知道有座湖。沒有湖，怎麼會顯現影像？從相看到性。你活在森羅萬象裡面，知道森羅萬象都是影像，同時也要知道顯現影像的背後，有一個本體，這個本體就是我們的自性，一切都是自心顯現。這就是藉假修眞，隨流認得性。」

洛桑看著高聳的布達拉宮映照在古牆小徑湖邊的倒影，回想起當初在阿蘭若迦山巨牆所看到的畫面，不斷反覆思索：「所有影像的背後，都有一個本體。每一個幻相裡面，都有一個眞性，不生不滅的存在。」

她從心底跑出一個疑問：「既是如此，爲什麼湖面的影像，要特別顯現布達拉宮呢？」

「因爲白度母，是觀世音菩薩的眼淚化現的。諸佛菩薩證悟之後，放下妄想、分別、執著，沒有阿賴耶識記憶的糾纏，便可以恢復本能自由化現。尺尊公主在證悟白度母之後，在阿蘭若迦山的巨牆留下布達拉宮的倒影，一方面是提醒族人，我們所前往之處，都只是影像、幻影；另一方面是想引導族人，布達拉宮是觀世音菩薩的道場，從經典找到宇宙人生的眞相。

「觀世音菩薩的修持，就如同《心經》的開頭：『**觀自在菩薩。行深般若波羅蜜多時。照見五蘊皆空。度一切苦厄。**』『觀自在』，是觀照自己的自性在不在；『菩薩』，是覺有情，覺悟的有情眾生。眾生有情識，從情識裡面覺悟，放下阿賴耶識妄想、分別、執著的記憶，才能證得清淨心，成爲眞正的菩薩。當我們唸『觀自在菩薩』，就是觀照自己的自心，自性在，本體在。知道你有個本體，不生不滅的自性。自性體空，是空性，你才能從有情眾生的情識中覺悟。『般若』是智慧。『波羅蜜』，是此岸到彼岸。從生死輪迴的此岸，到超脫輪迴的彼岸。『五蘊』，是色受想行識。色，是物質；受想行識，是精神。『照見五蘊皆空』，是用你自性的這面鏡子，照見鏡子裡面的物質和精神現象，都是自心的念頭波動，妄想、分別、執著互相糾纏生出來的影像。知道物質和精神是假的，一切念頭波動形成的森羅萬象，都只是鏡像世界裡面的幻影，具足空性的智慧，了知痛苦的本體是空性，一切苦厄自然安然度過。

「尺尊公主藉著觀世音菩薩的道場、在阿蘭若迦山留下的印記，以及布達拉宮的倒影，就是想告訴我們，宇宙人生猶如湖中影，是一個鏡像世界。你把影像當眞，縈繞在心頭揮之不去，才有所謂的業力和痛苦。業力和痛苦是自己執以爲眞帶來的。看穿幻相，回歸本心，就是尺尊公主召喚生命勇士的本願。」

「所以，阿蘭若黑派和白派之爭，引起的痛苦和爭執，都是自己執以爲眞，被假相蒙蔽所帶來的苦厄嗎？」洛桑終於一步一步揭開謎團。

「是的，黑派和白派各執己見。黑派否定色彩，是斷滅空，斷滅相，著空；白派追求色彩，是著有。修行不是著空，也不是著有，而是空有不二。這就是六祖惠能開悟所說：『**何其自性，本自清淨，本不生滅，本自具足，本無動搖，能生萬法。**』自性『本自具足，能生萬法』，指的便是自心本體的相用。我們的自性，本自具足，自性遇到緣，本來就會現相，現相就會有各種作用。眼睛能看、耳朵能聽、鼻子能聞、頭腦會思考，這些都是自性本體生出來的相用。

「享受色彩，欣賞色彩，但不執著於色彩。修行不是要你斷滅空，斷滅相，眼睛從此不能看，腦子再也不能想，而是要你對自己的起心動念有所覺知。你本來就會思考，念頭來了，不是否定念頭，強迫自己斷念，而是知道念頭生出來的都是影像。不執著，也不排斥，不被念頭束縛，隨它來，也隨它去，這就是含容空有，色空不二。

「第八個修心竅訣，是空性的智慧。自性的本質，如六祖惠能所說：『本自清淨，本不生滅，本無動搖。』真心永遠純淨，不生不滅，而且時時刻刻都在，不會消失。自性永遠不動，不管你想什麼、經歷了什麼，我們的自性都不動。自性本無動搖，本來就不動，也一直不動，會動的是妄心。現在你知道妄心是假的，那麼世俗的八風——利、衰、毀、譽、稱、譏、苦、樂——都只是鏡像世界的影像，有緣才會現相，沒有緣不會來到你面前。緣起性空，隨緣現一切相的本體是空性，既然本體性空，空性所生出的現象，本質也都是空性，如鏡中的影像了不可得。有這樣的知見以後，你對世俗的名利毀譽苦樂，便懂得隨緣。隨它來，也隨它去，知道一切都只是影像，就干擾不了你。」

「雖然知道是假的，但這個肉身被箭射穿還是會疼痛的。」洛桑苦笑著。她明白了，卻不知自己是否眞的能做到。

「面對傷害，辨認傷害，需要經驗累積。一開始沒經驗，可能別人一箭射過來，還搞不清楚狀況，就被射中了。你可能受委屈無人傾訴，躲起來大哭一場，或抑鬱成結，生一場大病。甚至有可能吞不下那一口氣，憤而離去，辭去工作。一次又一次地面對，可能難免還是會被別人的冷箭所傷，還是會難過，但至少一箭射過來，已經知道要怎麼閃躲。也許敏感度還不夠高，還不夠警覺，即使沒有躲好，受到一點擦傷，至少不會因此鬱結生病。或許出去走走，跑一跑，發汗排毒，讓自己放空休息，就能調適。到了下一個階段，也許對方把弓拉起來，箭還沒射出去，你就已經知道要躲開了。」

洛桑聽了莞爾一笑。她總覺得蔣秋．森巴就像個入定的僧人，當他如此生動地比喻，發現他還是可以很入世。

「這是修行的最高境界嗎？」她故意說。

「修行的最高境界，有幾種：第一種，是對方一動念想傷害你，你馬上就知道了，有智慧地閃開，若無其事地化解一場災難；第二種，是對方一動念想傷害你，你知道其間的因果輪迴，還是讓這個傷害如其所是地發生。」

「誰會那麼笨呢？」洛桑很驚訝。

「表面上你好像吃虧受到傷害，實際上，你只是讓兩個人的業力因這個傷害，得到了平衡和補償。你只是消了業障，你還是你，完全沒有受影響。」

洛桑生出佩服之心，以爲這就是修行的最高境界了。沒想到，蔣秋．森巴又繼續說：「還有第三種，就是第八個修心竅訣，你知道這一切都只是影像。以無所受，受諸受。表面上你看起來好像在受苦，實際上無苦可受，你只是隨緣而應而已。」

洛桑心裡漲滿了感動，雖然不知道何時才能抵達這樣的境界，但這八個修心竅訣深深改變了她的心境和眼界。

「想想：昔日忍辱仙人爲什麼可以忍受歌利王割截他的肢體？那是因爲忍辱仙人知道這一切只是影像，他證得的是『無生法忍』，沒有什麼需要忍。如同你現在雖然知道世間如夢幻泡影，但你一樣在夢裡哭，在夢裡笑，與白天無別。差別只是你知道你在夢裡，知道痛苦與歡笑都只是夢中影像。清清楚楚地活在夢裡，在夢裡清醒地活著，這就是空性的智慧，空有不二。我們八個修心竅訣就到這裡結束了。」

「還沒結束。」洛桑脫口而出，阻止了蔣秋．森巴。「你還沒告訴我，愛到盡頭，情到深處，最後一句ཞེན་པའི་འཆིང་བ་ལས་གྲོལ་སྟེ，愛的答案，是什麼呢？」

蔣秋．森巴從背包拿出一份經文：「《華嚴經》是佛陀證悟後講的第一部經。這是《華嚴經》的一段經文，裡面有你想要的答案。經文裡，『百千億那由他阿僧祇』指的是很多的意思。其他的你多看幾次，應該都看得懂。多唸幾次，你想要的答案，自然就會浮現。」

「傑瑞西．旺秋呢？你可否帶我去見他？我想親自問他一些問題。謝謝你教導我修心的八個竅訣……。」洛桑突然一陣難過和捨不得，她很想問蔣秋．森巴來自何處，還有為什麼她沒有在巨牆上見到情人之吻，卻看到一個人形胚胎。她很想說自己來自阿蘭若，她真正想知道的，其實只是怎麼回去阿蘭若。她一時百感交集，不知從哪裡說起才好。

「凡事都有最適當的時間點。下一次你來這裡，如果你已經學好八個修心竅訣，自然能見到傑瑞西．旺秋。」

十四、真相

回到旅社，洛桑把《華嚴經》的經文拿出來讀。

佛子，菩薩成就如是忍法。假使有百千億那由他阿僧祇眾生，來至其所，一一眾生化作百千億那由他阿僧祇口，一一口出百千億那由他阿僧祇語。所謂不可喜語、非善法語、不悅意語、不可愛語、非仁賢語、非聖智語、非聖相應語、非聖親近語、深可厭惡語、不堪聽聞語，以是言辭毀辱菩薩。又此眾生，一一各有百千億那由他阿僧祇手，手各執百千億那由他阿僧祇器仗，逼害菩薩；如是經於阿僧祇劫，曾無休息。

菩薩遭此極大楚毒，身毛皆豎，命將欲斷，作是念言：

我因是苦，心若動亂，則自不調伏，自不守護，自不明了，自不修習，自不正定，自不寂靜，自不愛惜，自生執著，何能令他心得清淨？

菩薩爾時復作是念：

我從無始劫，住於生死，受諸苦惱。如是思惟，重自勸勵，令心清淨而得歡喜；善自調攝，自能安住於佛法中，亦令眾生同得此法。

更思惟：此身空寂，無我我所，無有真實，性空無二；若苦若樂，皆無所有。諸法空故，我當解了，廣為人說，令諸眾生滅除此見。

是故，我今雖遭苦毒，應當忍受，為慈念眾生故，饒益眾生故，安樂眾生故，憐愍眾生故，攝受眾生故，不捨眾生故；自得覺悟故，令他覺悟故，心不退轉故，趣向佛道故。

究竟是怎麼樣的慈愛之心，才有如此深的愛和願力？從經文的字句，洛桑回想自己一路走來的足跡，眼淚簌簌而下。她每唸一次，就忍不住淚流滿面，直到不知不覺昏沉沉地睡去。

❀ ❀ ❀

她進入夢中，再次看見小沙彌長大後變成黑巫師，在黑暗中沉淪，感受深深的絕望……。就在此時，黑暗的深淵中灑進一絲陽光，他聽到光裡面傳來一陣又一陣的音波，由耳入心，傳到他的耳朵：「不要辜負你對自己的承諾，不要辜負你對師父許下的誓願，你說過的，你說你願意，你願意……。」

「是蔣秋．森巴！」他循著聲音，從黑淵深處奮力往上爬，果然看見蔣秋．森巴。「師兄！」他大叫了一聲，眼淚奪眶而出。

就像電視瞬間切換了頻道，小沙彌和蔣秋．森巴走進一間古老的寺院，一起跪在一位老師父面前。

師父似乎將要離開人世，同時隨著他的離世，寺院會經歷一次大災難。他把蔣秋．森巴和小沙彌叫到跟前，最後一次講經。

師父說，釋迦牟尼佛在世，講經說法四十九年，他觀眾生根性，應得度者皆已經得度。此時，不見眾生請佛繼續住世，卻見魔王波旬前來，請佛趕快入涅槃。

釋迦牟尼佛知道，自己這一世與娑婆眾生的緣分已到，就答應了波旬的請求。魔王波旬說：「你入涅槃以後，佛法的法運，經歷正法、像法，到了末法時期，我的魔子魔孫便會滲入廟堂毀壞佛法。」佛陀聽了，便默默流下眼淚……。

說到此處，師父在蔣秋．森巴的手上畫了一個圓。「圓，是法輪。」

接著，又在圓上點了一點。「圓的中心，是佛。」

師父要蔣秋．森巴看看自己的手心：「手上有留下什麼嗎？」

蔣秋．森巴回答：「什麼都沒有，卻什麼都有。」

師父笑了：「這就對了。佛不是外在的相，而是內在的覺性，覺性體空，雖是空性，卻隨緣現一切相。既然是空性，又豈是魔子魔孫所能毀壞？」

他問蔣秋．森巴：「你願意嗎？傳承佛法，讓法輪常轉？」

「我願意。」蔣秋．森巴哭了。他向師父行了三個大禮拜，接下衣缽。

接著，師父對小沙彌說：「你的眉心有個黑色的印記。以前黑森林有個傳說：有個孩子將來不是成魔，就是成佛。有一天，我經過這處黑森林，遇見了你。我請求黑巫師讓我帶走你，養育你十年。如今，十年已到。

「黑色，是娑婆世界五濁惡世的印記，在這個充滿愛別離、怨憎會、所愛不得、五蘊熾熱、生老病死苦的地球，業力現前時，猶如火山爆發，猛火燃燒，是火無來處，盡藏於地底，應緣而生，也應緣而滅。

「穿越黑暗，是你的宿命，也是你的使命。如果有一天，命運要你墜落，在生命最痛苦的時候，要相信你的本心，看見生命眞正的力量。如果有一天，你墜落深淵，變成碎片，再大的痛苦，再大的羞辱，你都必須忍耐。一切法得成於忍。」

師父說著，在小沙彌的手心，畫了一個圓，點上一點。

「一即一切，一切是一。每一個碎片的內裡，都有完整的自己。每一個碎片的痛苦，都包含生命全部的信息，都通向證悟之道。」

師父問小沙彌：「你願意嗎？穿越黑暗，揀選自己成爲生命的勇士。勇敢、忍辱，不忘傳承。」

「我願意。」小沙彌的眼淚簌簌而下。他向師父行了三個大禮拜，師父的眼角也沁出眼淚，對著蔣秋．森巴和小沙彌做最後一次的叮嚀：

「你們來生和阿蘭若有緣。守護阿蘭若，守護寂靜之心。我會再來，在西藏等你們。」師父說完，靜靜閉上眼睛，雙腿盤坐，不久便坐化而去。

師父圓寂之後，寺院經歷一場災難。經書被燒毀，僧人被迫還俗，小沙彌經歷各種拷打、迫害和殘忍的折磨，最後被黑巫師帶回黑森林。

蔣秋．森巴則在黑牢，被關了二十年，受盡各種苦毒壓迫，出獄後想盡辦法，屢次進入黑森林尋找小沙彌。只是不管用什麼方式呼喚，他的聲音都無法進入小沙彌的心底。小沙彌接受巫術的訓練後成爲黑巫師，從此性情大變，並用邪術展開報復。直到有一天，師兄持誦觀世音六字大明咒，終於由耳入心，感化了小沙彌。

小沙彌因爲悔悟，在下一世轉生爲老鷹，成爲靈鷲山的護法，在往返師兄的寺院和寺院的上空，常常看見一個頭上綁著紅色英雄結的康巴漢子，背著老母親到寺院誦經。老鷹在空中盯著紅色的髮辮，圍繞著康巴漢子的身影飛翔，對世間的情愛，生出渴望和情執……。

洛桑來到布達拉宮小徑的古牆，反覆想著前一晚的夢境，回想和蔣秋．森巴第一次見面時，那種似曾相識的熟悉感，如父如兄般的信任，以及這段日子以來，他對她的教導和守護。蔣秋．森巴一定是爲了讓她專心學好修心竅訣，才一直刻意隱藏身分。

除了上輩子的師兄，蔣秋．森巴的眞實身分是什麼呢？

洛桑左顧右盼，一直都沒看到蔣秋．森巴，只看到一位老藏人盤腿坐在樹下。

洛桑走近一看，老藏人看著她，她看著老藏人，驀然恍然大悟：「你是蔣秋．森巴？」

蔣秋．森巴揚起笑顏。「我也是傑瑞西．旺秋。」

「這是怎麼一回事？」洛桑沒想到，她一直尋找的人，竟然是同一個人。

「蔣秋．森巴是我的本名，傑瑞西．旺秋是我畫出情人之吻的筆名，老藏人是我返回阿蘭若的化身。」

「原來，當初在我手上畫圓點，指引我來到西藏的是你。你早就知道我來自阿蘭若。」

洛桑又驚訝又感動。「夢中的師兄呢？」

「那是清醒的夢，清清楚楚活在夢裡的幻影。」蔣秋．森巴笑了。

「當初，你是怎麼從阿蘭若來到西藏的？你在西藏的布達拉宮湖畔，也遇見了你所愛的人嗎？」洛桑從頭開始，一步一步釐清，似乎每一次都需要重新返回原點。

「我和其他阿蘭若族人一樣，都是從阿蘭若迦山的巨牆穿越來到西藏。如我之前所說，我在布達拉宮湖畔，在西藏天降日那天，遇見卓嘎，她把天降日的由來告訴我。當時，她年紀還很小，才十幾歲，後來她離開西藏，隨著父母移居陝西，我們在關西草原意外重逢。

「她剛滿二十歲，在關西草原經營玫瑰花園。那時，我剛以筆名傑瑞西．旺秋畫出阿蘭若古牆上的情人之吻，常在各地旅行，藉以尋找阿蘭若的族人。卓嘎是個對色彩敏銳的藝術家，我對色彩好奇，充滿渴望。雖然阿蘭若禁止談論色彩，但從小在阿蘭若山林長大的我，總覺得不同種類、顏色的花，會帶來不同的生命訊息。因此，我便常到她的花店，買不同的玫瑰花送她，藉以探視每一朵花、每一種顏色，如何連結我們內在的感情和渴望。」

「每一種顏色的玫瑰花，爲你帶來什麼情感的連結呢？」

洛桑想起諾布，又想起夢中的師兄，以及在她心裡一直像個僧人、內外都不動於心的蔣秋．森巴，居然也有這樣的情感歷程，讓洛桑感覺很訝異，又有一種同爲阿蘭若族人，有同樣心路歷程的默契和會心一笑。

「粉紅色玫瑰的愛，是甜的，甜甜的愛會讓人像糖一樣，想黏在一起；紅玫瑰的愛很熱情，帶來愛的勇氣和行動力；白玫瑰的愛很純淨，可以淨化負面的磁場，讓人感到安心並受到保護；黃玫瑰的愛帶來心靈的穩定，可以釐清思緒，保持平衡，拿回自己的力量。

「當我每一次把不同顏色的玫瑰花送給卓嘎，有一種感情悄悄在我和她之間滋長，漸漸地，兩人產生了曖昧的情愫。那時，我才深深體會顏色和情欲之間的連結，和情感的奧妙。」

「既然如此，爲什麼你說傑瑞西．旺秋後來錯過了卓嘎的愛呢？」洛桑很難想像眼前像僧人一樣的蔣秋．森巴如何處理當時的感情。

「當時的我，對自己的愛產生迷惘。阿蘭若長期處在黑暗的黑色世界，我對自己的情欲並不了解，也不知如何處理因愛而來的情欲。我害怕傷害卓嘎，也不清楚自己是否眞愛她，或者只是對一個身上擁有色彩的女孩好奇？最關鍵的因素，是我對自己來自於不存在的維次空間，一個消失的地名，如何對卓嘎坦白愛情，產生自我懷疑。我無法帶一個謎去愛一個人，終生爲一個謎活著。」

洛桑心裡一陣難過，這是所有阿蘭若族人共同的情傷。

「愛到盡頭，情到深處，你做了什麼決定呢？」一切彷彿又重新回到洛桑和蔣秋．森巴相遇的原點。

「在我最痛苦的時候，我從陝西回到西藏，在寺院看到僧人辯經，突然產生一種熟悉感，就像迷途的孩子，回到了家。」

「當時，僧人在辯論什麼呢？」洛桑想起諾布做的問號花葉曼陀羅。

「僧人正在辯論：心在哪裡？心是心臟嗎？心非色質無形體，那麼誰能損壞？又從何處傷害？因爲我們的妄心執著身體是我，才會感受到各種痛苦和傷害。回到住處後，我開始思索痛苦和傷害的來源，什麼是眞的，什麼是假的。『？』看起來就像一個未完成、有缺憾的O。那個缺口，正是面對疑問時，對生命的探索。我們終其一生追尋，最後才會回歸問號下方的那一個小點。」

「從生命的困惑『?』，到回復生命的完整，回歸於O，似乎是阿蘭若族人共同的宿命。」洛桑的感觸很深。

「或許是因爲圓點，是前世師父留給我們的印記，我總忍不住，想從『?』這個有缺口的O去尋找答案。

「往後，我常去寺院聽僧人辯經，一邊思索，我突然領悟，問號『?』的上半部，很像一個螺旋轉彎，整個大宇宙成住壞空，世間的紛紛擾擾，都代表問號本身就是一種內在能量的運行，必須跨過一個坎，跳躍一個層次。可能墜入懸崖，躍過一條門溝，放下成見，有正確的知見，才能找到下方那一個小圓點的答案。每個人的過程都不一樣。有的人很快就頓悟，有的人則一直糾結，甚至終其一生都不一定跨得過，這就是阿蘭若的處境。」

沒想到，蔣秋．森巴的體會，竟然和塔羅牌愚人的旅程不謀而合，讓洛桑覺得很不可思議。

「藏人遇到困惑時，都會到佛前做大禮拜尋找答案。我從藏人的口中得知，在藏地修行，至少要先完成十萬個大禮拜、持誦十萬個百字明咒、十萬個供曼達、十萬個上師祈請頌。對當時充滿困惑的我而言，發願做十萬個大禮拜、持誦十萬個百字明除障咒、十萬個供曼達、十萬個上師祈請頌，也許可以透過修行找到答案，這給了當時的我莫大的希望，至少讓我那個喋喋不休、一直質問自己的腦子，終於可以卸下問號，專心在一個點上，心無旁騖地努力修持。」

「卓嘎怎麼辦？你如何圓滿這份情緣？」洛桑還沒有想好，如何跟諾布坦白。她還沒有把握能通過色身和情欲的考驗，在阿蘭若和西藏之間自由來去。

「我去找卓嘎，當時她的父親禁止她學藝術。母親過世後，她一直鬱鬱寡歡，她的內在和我一樣，對生命充滿問號。

「我跟她說，我和她都是帶著傷痕的靈魂，兩個受傷的靈魂在一起不會幸福。我想去療癒自己的傷痕，或許有一天我發現自己眞的可以帶給她幸福時，我會回來找她。我送了她一束紅玫瑰——第一次看見卓嘎，就覺得她像紅玫瑰——紅玫瑰花束裡有一隻手錶。」

「你沒跟卓嘎坦白，你來自阿蘭若？」

「沒有。當時我一心一意只想完成十萬個大禮拜、持誦十萬個百字明咒、十萬個供曼達、十萬個上師祈請頌。我想找到返回阿蘭若的路，再返回關西草原，把所有的眞相都告訴卓嘎。」

「後來，你眞的完成十萬個大禮拜、持誦十萬個百字明咒、十萬個供曼達、十萬個上師祈請頌嗎？」洛桑心想，這或許是蔣秋．森巴蛻變的開始。

「我完成十萬個大禮拜、持誦十萬個百字明咒、十萬個供曼達、十萬個上師祈請頌那天，正好遇到西藏薩嘎達瓦佛月。薩嘎達瓦是西藏佛陀誕生、成道、涅槃的紀念。我在薩嘎達瓦佛月，依照藏人習俗，在藏曆四月十五日那一天，用大禮拜環繞八廓街一圈之後，進入大昭寺朝拜釋迦牟尼佛。

「原本藏曆四月十五日那一天，進入大昭寺朝拜釋迦牟尼佛，遊客和藏人應該很多，擠得水洩不通。但當我走進大昭寺，卻寂靜無人，好像諸佛菩薩爲我開闢了一條與佛相見的通道，讓我穿越吵雜的人聲，越過擁擠的人群。我第一次深深感受宇宙的微次空間是交錯相容的，就像電視的頻道彼此相容但互不妨礙，這就是經典常說的：『理無礙、事無礙，理事無礙，事事無礙。』理，是本體；事，是業相。內在的理體和外在的業相，是相容並存的。我們在每一個當下，其實是活在多元宇宙無量微次空間的交會處，就像太陽的光線彼此交融，卻沒有和本體分開。

「當我走入大昭寺的正殿，幾個僧侶正在爲佛陀卸下金裝，撒上金粉。我站在佛前，做了三個大禮拜，起身默唸了幾段佛典經文，把十萬個大禮拜、十萬個百字明咒、十萬個供曼達、十萬個上師祈請頌，獻給佛陀，感謝佛陀的教誨。

「我靜靜看著釋迦牟尼佛，釋迦牟尼佛也靜靜看著我，好像融入永恆的寂靜。時間沒有了，空間也沒有了，只剩下無言的靜謐。有一道光溫暖地包覆我、撫慰我，那種光中帶來的慈愛，不是因爲我是誰，或我來自何處，而僅僅只是愛。那種愛是一種本然的愛，沒有原因，沒有條件，不需要問爲什麼，愛就只是愛，感動了當時充滿困惑的我，讓我一下子淚流滿面，久久無法自已。

「走出大昭寺，僧侶一件一件卸下佛陀金裝的畫面，就像電影裡的慢動作，一遍又一遍在我腦海重播。我總覺得，佛陀在那一刻卸下衣裳和我袒身相見，好像有什麼話要對我說。

「當時的我仰望西藏的天空，湛藍得連一朵雲也沒有。我驀然領悟，既然自性本空，眼耳鼻舌身意，都緣不到，那麼看得到、聞得到、想到的、意念所緣的，都不是自性。既然自性本定，本來就不動，那麼我們的念想波動所緣的、會動的、會生滅的，都不是眞我，只是自性生出的影像。雖然是影像，卻也沒有和自性分開，只要我們了知影像是假的，假的也是空性生出來的，不再執取影像不放，自然就回歸本體。

「就在那一刻，我才讀懂，經典說唸十萬遍百字明咒，除一切罪障的眞實含意。罪障也是波動，波動都是假的。唸了十萬遍百字明咒，直到在釋迦牟尼佛前，我才了知一切罪障本空。既然罪障是空，就無罪可障，你當眞才有罪障。痛苦的繩索，其實是自己繫上的，是自己緊緊抓住不放，才有業障和罪業。

「原來，佛陀在我面前卸下一層又一層的衣服，是在告訴我，卸下包袱，放下執著，一層一層放下，自然就能看見純淨通透的本心。赤裸裸的眞心，純淨的本心，才是我們的本體。眞正的愛，是從內在的本體發出的。回到本體透射出來的愛，永遠都不會消失。

「我終於明白，原來，問號『？』下方，回歸的那一點，就是歸零，回到純淨的心。回到純淨的心，一切的煩惱困惑，自然就會止息，就像雲在空中消失，回歸它的本然一樣。

「悟出這層道理之後，我一邊在八廓街煨桑、轉經，一邊到寺院點燈、獻哈達，爲阿蘭若族人祈福。我走進一間古老的寺院，看到一尊古佛，手屈臂上舉，手指向上，掌心朝外。我凝視著這尊古佛的手印，不知怎麼的，久久無法離開。直到後來有一位老師父緩緩走出來，告訴我這尊古佛的手勢就是無畏印。」

蔣秋．森巴說著，舉起無畏印的手勢。洛桑嚇了一跳，那不正是她在諾布的花店創作的花葉曼陀羅裡面的發願手勢嗎？

「老師父告訴我，無畏印是佛因爲悲心，爲了讓眾生安樂，除一切煩惱，無所恐懼，所施予的印相。接著老師父又說，勇者無畏，走在行願的路上，都是發心勇猛，對所有的磨難無所畏懼的生命勇士。『大風雖巨不離空，浪濤雖湧不離海。』再怎麼大的磨難，再怎麼恐怖的魔考，本體皆是空性，現出來的相，皆是影像。證悟空性的勇者，看穿幻相，回歸本心，知道當體即空，當相即空，因此無所懼怕，從初發心到如來地，皆能不退初心，恆持本願。

「老師父爲我開示的當下，明明近在我的眼前，聲音卻好像從好遠的時空，由耳入心傳到我的心底。我看著老師父慈愛的臉龐，就像見到自己的父親，感受到更甚於親人的親近，想要全然交託。一種悲喜交加的心緒，突然充滿我整個心靈，我一下子淚流滿面，莫名所以，只是一直哭、一直哭，此生從來沒有這樣哭到無法抑止。老師父牽起我的手，畫了一個圓，點了一點。他慈祥地問我，是否願意傳承佛法，讓法輪常轉？

「我終於辨識出師父，馬上趴在地上，行了三個大禮拜。師父教授我的第一堂課，就是《修心八頌》，也就是我傳授給你的八個修心竅訣。」

「我有機會見到師父嗎？」想起夢中師父的叮嚀，洛桑的眼眶和蔣秋・森巴一樣閃著淚光。

「一定可以的。」蔣秋・森巴點點頭，又補了一句：「等你完成自己的功課，自然會和師父重逢。」

「卓嘎呢？你是否有回到關西草原，重新和她相逢？」

「完成十萬個大禮拜、持誦十萬個百字明除障咒、十萬個供曼達、十萬個上師祈請頌，和師父重新相逢後，修持修心的竅訣，傳承師父的法教，如願返回阿蘭若，找到阿蘭若的祕密和眞相後，再回到西藏尋找阿蘭若的族人，竟然就這樣過了十二年。等我返回陝西關西草原，尋找卓嘎，她已經不在了，昔日的花園已經成爲廢墟。

「這便是爲什麼我會在布達拉宮後花園古牆、隱密的山間小道，畫了情人之吻。一方面尋找族人，一方面想著，如果有緣，和卓嘎一定可以再度相逢。或許是冥冥中的安排，在二〇二四年西藏天降日，我和卓嘎竟然在布達拉宮湖畔重逢了。我把一切的轉折告訴卓嘎，才發現，卓嘎改了名字，從陝西回到西藏。」

「過了那麼多年，你們還愛著對方嗎？」洛桑想起諾布，心裡湧上一陣淡淡的悲傷。如果蔣秋・森巴用了十二年才和卓嘎重逢，那麼她要用多少年的時間，才能在阿蘭若與西藏之間自由來去呢？

「當你的生命到了某個層次，就無所謂愛與不愛。你的心量擴大了，世間的情愛，在你心裡就沒有那麼重要，因爲你擁有的，不再只是愛情，而是無量無邊的愛。」

蔣秋．森巴見洛桑靜默無語，又接著說：「我們累生累世以來，會在阿賴耶儲存過往的記憶。靈魂降世後，便會依循烙印在心上的靈魂印記，尋找靈魂的伴侶。」

「靈魂伴侶最終會在一起嗎？」洛桑想起夢中的老鷹。

「他們不一定會結婚，但會爲利益眾生一起努力，而在靈性上繼續連結。情愛的欲望，對發過大願的靈魂而言是小事，甚至微不足道。不過，這也要看他們今生會做出什麼選擇。今生，當下，永遠有新的選擇和決定。」

「那麼，你和卓嘎有做出選擇嗎？」洛桑想起，初到西藏時，在瑪吉阿米餐酒館那位神祕女子對她說過的話。圓點、老鷹、花苞……，那些我們愛過、恨過的人，那些我們流過的眼淚，傷口所殘留的疤痕，再怎麼挫敗也不願放棄的夢想，都是生命藍圖上設下的路標和印記，爲的就是和我們所愛、所惦記的人，有機會再相逢。

「靈魂是記憶，記憶會產生情執。一個人的修行，一旦從靈魂的情愛輪迴超脫，回歸靈性的修持，自然會從靈魂伴侶曾經許諾的印記，升華爲靈性伴侶。你執著，就有前世今生。歸零，回到本體，你知道所有來到面前的緣分，都是自心顯現的影像。你完全放下，回到清淨心，沒有妄想、分別、執著，時間和空間沒有了，前世今生和來生的波動也就跟著歸零，今生只有活在當下，來生就只有清淨的利他之願。

「你不再被前世的記憶綑綁，反而可以給出更寬廣的愛，甚至是無條件的愛。你和你所愛的人，不再有前世的彌補和欠缺。這個時候，你每一刻給出的愛，都是圓滿富足的。

「這就是我和卓嘎對彼此的承諾，我們願意一起找回阿蘭若族人，爲守護阿蘭若、守護自性，爲眾生的利益而共同努力。我們因爲這樣的誓願互相守護，成爲靈性伴侶。」

洛桑聽了蔣秋．森巴的心路歷程，驀然讀懂，從靈魂伴侶升華爲靈性伴侶，就是覺有情，從情識裡面覺醒。洛桑想起父親和母親因愛結合，卻又因恨分開，如果早一點學會修心竅訣，或許世間的情愛就能減少一點遺憾。

「在你返回阿蘭若之後，有聽聞我父親尼瑪的消息嗎？」洛桑的心裡，再度溢滿了對父親的思念。

「這正是我要告訴你的。在我返回阿蘭若時，曾經聽到兩個男子的對話，其中一個談到你的父親。」

「我父親怎麼了？」洛桑感到懊悔，自從母親過世後，她幾乎不曾和父親說過一句話。

「整段對話，大概是這樣子的。」蔣秋．森巴閉上眼睛，似乎在回想當時的情景。他緩緩地說：

「洛桑的父親，把洛桑母親的情人，狠狠地揍了一拳，因爲他竟然去告密，傷害了洛桑的母親。洛桑母親的情人只是貪愛她的美貌和肉體的愛欲，當他知道洛桑的母親在森林有一個密室，害怕將來自己會被牽連，所以偷偷去告密，從此遠離了洛桑的母親。

「這世間，怎麼會有這麼傻的人呢？洛桑的父親即便被洛桑的母親傷害，也一直默默守護她。即使洛桑的父親因爲毆打了洛桑母親的情人，而被族人、甚至被洛桑和洛桑的母親誤會，也不願說出眞相。

「洛桑的父親婚前其實就擁有阿蘭若勇士的資格，卻因照顧出生後大病一場、體質虛弱的洛桑，而放棄了代表阿蘭若最高榮譽的勇士印記。如今，洛桑的母親病逝，洛桑離開阿蘭若，不知所終，留下洛桑的父親孤單一人和黑派奮戰。阿蘭若的族人越來越少，白派的族人大多已出走，留下來的多是黑派。這陣子族人才漸漸知曉，主導黑色部落的長老原來和黑巫師爲伍，族人一直被蒙蔽，完全不知情。洛桑的父親當初是因爲閉黑觀而成爲黑派，迄今仍不願與黑巫師同流合汙，境遇岌岌可危，不知阿蘭若以後會變成什麼樣子。」

「原來，當初告密的，不是父親，而是母親所愛的情人。這就是父親一直沉默的原因嗎？」洛桑聽完，眼淚奪眶而出，原來她一直錯怪父親而不自知。悔恨、自責、懊悔的心緒，排山倒海衝向了她的眼簾。

「這就是我上一次返回阿蘭若聽到的消息。師父擔心你這輩子因爲仇恨再度墮入黑暗的深淵，於是要我把修心的八個竅訣教授給你，希望你透過自身的修持，通過今生的磨難和黑暗的考驗。」

「爲什麼我在阿蘭若迦山的巨牆，沒有看到情人之吻，而是看到一棵樹上的果實裡面有新生的人形胚胎呢？」

「阿蘭若迦山的色牆會不斷儲存記憶，儲存每個出走的族人內心愛的渴望。就像地球儲存太多錯誤的訊息，需要重新更新，於是，我回到阿蘭若，更改了色牆情人之吻的記憶。而你，正好讀取了我所更新的記憶。」

「果實裡的人形胚胎，意味著什麼？」洛桑湧上一陣感觸，即使她沒有讀取到情人之吻的記憶，來到欲界，依舊受到色身和情欲的考驗。

「果實裡的人形胚胎，意味著從人道中修行證果，以及在修行證果的旅程中重生。等你有一天證悟了清淨心，有了自由來去的能力，也可以在色牆更新記憶給族人。等到族人的心地越來越清淨，自由來去的族人越來越多，整個阿蘭若的記憶就會全部更新，回復最初的純淨。」

說到這裡，蔣秋・森巴停了下來，凝視洛桑的眼睛。「當你讀取到樹上果實的人形胚胎，其實就意味著，你被聖境揀選爲守護阿蘭若的生命勇士。」

洛桑完全沒想到，她一直夢寐以求的阿蘭若生命勇士印記，早在她來到西藏之前，就已經擁有。她被聖境揀選，同時也自己揀選自己。可是，爲什麼經歷了這段旅程，她沒有如願以償的歡喜，反而生出了困惑和矛盾。

洛桑猶豫著，要不要告訴蔣秋・森巴實情。

「作爲勇士的第一個考驗，就是對自己誠實。」蔣秋・森巴鼓勵洛桑勇敢說出來。

「其實我，在西藏喜歡了一個人。我無法把他視爲鏡面的影像或只是夢幻泡影，我想要眞眞實實抓住這份感情，想要恆久和他在一起。或許在很久很久以後的將來，我的修持定功足以讓我不再生出情欲和情執，但現在的我還無法做到。即便如此，在我的心底，卻早已有明晰的決定，我清楚知道，比起這份愛情，現在的我其實更想回去阿蘭若，我無法拋下父親，無法容許阿蘭若沉淪……。爲什麼我心裡明明都知道，卻害怕自己做不到？我好像失去了當初純眞無畏的勇氣。」洛桑漲紅著臉，把這些矛盾坦白說出來。

「那是因爲你成熟了，你想做的事、惦記的人，比以前更多。你落實，也落地了，不再只是空想，才知道走在行願的路上，有多麼艱難。這就是我要給你看《華嚴經》那段經文的原因。當你無法勇敢，無法忍辱，無法堅持走下去時，可以反覆讀誦，平穩自己的心。

「所謂的勇士，並不是永遠不再脆弱，而是在每一次脆弱時，重新生出力量繼續往前。在這個過程中，有矛盾、有困惑，內在有很多質疑，一下子生出勇氣，一下子被打落深淵，在妄心裡面反反覆覆，其實都是正常的，那代表你正走在行願的路上。

「發了願，會不斷經歷各種考驗。如同蔣秋．森巴和傑瑞西．旺秋是同一個人自問自答，修行是面對自己的問號，跟各個不同的自己對話。不斷地整合整理、學習放下，最後合一，和眞正的自己合一，和純淨的靈性合一，從此不再困惑，而能安住在自己的本心。

「這是一個漫長的旅程。有時，正因爲我們還需要學習，才會生出困惑和念想，進入一秒鐘二二四〇兆波動的宇宙。我們走進的，其實是自己的心靈祕室，自己的渴望生出的幻影，就算知道是假的，也想要那樣的人生，那是因為你想經歷，想重新做出選擇。靈魂走進阿賴耶的鏡像世界，一次又一次走入自己的幻影，如同我們需要一次又一次走進色牆裡的圖畫世界，不斷學習，更新記憶，都是必經的過程。否則，我不會歷經十二年摸索，才找到回阿蘭若的路，並生出勇氣尋回卓嘎，和她重逢。」

蔣秋．森巴的話寬慰了洛桑的心。她一向對自己誠實，正因如此，她無法欺騙自己對諾布的感情，也無法帶著謎團，假裝什麼也沒發生地留在西藏。她知道，如果無法對自己誠實，就無法擁有眞正的幸福，也無法給諾布眞正的愛。

「我們常稱釋迦牟尼佛為本師，佛陀不是神，不是仙，而是我們的人生導師。佛陀證悟之後，並沒有要我們絕情棄義，做一個無情的人；相反地，佛陀要我們發願勇敢地去愛。那種愛，是慈愛、仁愛、清淨、慈悲的愛。就是這樣的愛，釋迦牟尼佛來世間示現八千次，因為他愛眾生，不捨眾生。」蔣秋．森巴說著，在洛桑的手心畫了一個圓，點了一點。

「釋迦牟尼這個名號，是梵語。釋迦翻作能仁，牟尼翻作寂靜。牟尼是清淨心，回復到自己的本體；能仁，是對他人的慈愛之心，是本體的相用。愛到極處，你會回歸自己的純淨，只有自己的心放下妄想、分別、執著，眞的清淨了，才能對他人生出眞正的慈愛。」

洛桑現在才知道，原來當初蔣秋．森巴化為老藏人，在她的手心畫上的圓點，圓點的祕密，竟然和釋迦牟尼佛有關。

「輪迴的根源，在於著有，執著一切相為眞實，執持不放，帶來痛苦。但釋迦牟尼佛證悟清淨心之後，他並沒有執著於空。不著空，也不著有，空有不二，就是寂靜，能仁。

「如同之前提過，修行證悟的次第，是這樣的：放下執著，你證得阿羅漢；放下分別，你證得菩薩；放下念頭，你就圓滿成佛，就回歸常寂光，跟自性清淨圓明體融合成一體。就算你迷惑顛倒，其實你還是跟自性清淨心融合在一起，只是自己不知道。直到你徹底放下，才完全明白，自性本自清淨，也永遠清淨，它從來沒有離開。所以釋迦牟尼佛說：『圓滿菩提，歸無所得。』證得圓滿佛果之後，你得到什麼呢？其實什麼也沒得到。自性清淨心本來就在你身上，你本來就有。

「因此，不要擔心。釋迦牟尼的名號就是要告訴你，寂靜清淨的本心，早就在你身上，你本來就有，也永遠不會失去。就算你對一個人生出情執，受到傷害，愛到盡頭，愛到不能愛了，清淨的本質依然沒有離開你，具足愛的一切能力也完全沒有喪失。當你在愛裡受傷或在愛裡產生執念而痛苦，你需要的，只有給自己空間休息修復，在修復的過程中學習放下，自然就能回復本有的清淨心，恢復愛的本能。爲什麼自然能回復？因爲你本來就有，本來就在你身上。

「知道自己本自清淨，不要因爲安住『寂靜』而著空，反而要『能仁』，要發願利益一切眾生，在愛裡行願，勇敢無畏，因爲你本自具足，所有愛的本能圓滿具足在你身上。雖然能仁，愛一切眾生，但不要著有。寂靜而後能仁，能仁又回到寂靜，不著空，不著有，空有不二，你便能從一切執著的繫縛解脫。這就是修心竅訣最後一句ཞེན་པའི་འཆིང་བ་ལས་གྲོལ་ཤོག，愛到極處，情到深處的展現。」

洛桑終於完全明白了，她的眼睛因爲感動而閃爍著淚光。她把自己的領悟告訴蔣秋．森巴：「從我祈願，到我願意，再把我執化掉。回到一開始的修慈觀：**願我內心沒有嗔恨，願我心裡沒有痛苦，願我身體沒有病痛，平安快樂**。原來眞正的自己，本來就沒有嗔恨痛苦。眞正的自己是常寂光，一片光明，一直都在，也永遠都在，我本來如是。守護阿蘭若，守護寂靜的心。原來，我守護的，是我本來就有的東西。」

蔣秋．森巴露出讚賞的眼神：「從有形的我，到無形的我，願所有和我相遇的人，都感到幸福開心。那個我，是眞我。知道眞我，卻不壞假名，從有形的修練，到無形的修練，就是空有不二。」

蔣秋．森巴說著，再度在空中畫了一個圓，做了個總結：「自性是一個圓，圓滿具足。自性本自清淨，本體是空性，不是空無，而是空明。空明生智慧，遇緣能生萬法。明心見性，恢復本能之後，具足天眼通、天耳通、他心通、宿命通、神足通、漏盡通，無所不得，無所不有，卻也不是眞有眞得。諸佛菩薩隨緣化現，有緣就現，無緣就隱。爲什麼祂們能隱現自在？因爲祂們的心清淨，知道一切都只是影像，『圓滿菩提，歸無所得』。沒有一念『我』得，而能安住本心，自在自得。

「空，不是眞的空；有，不是眞的有。就好比我們畫圓的同時，就知道圓裡面有一個圓心，圓心看不到，就是空；看不到，它卻有。這就是無實無虛，空有不二。」

聽著蔣秋．森巴的解說，洛桑想起諾布也曾經這樣比喻，只是當時她陷溺在情執，沒有完全聽懂。

「諸佛菩薩證悟清淨心，如果連起心動念都沒有，怎麼和眾生交感呢？」這應該是洛桑最後一個問題了。

「諸佛菩薩和眾生交感，就好比你打鐘鼓，鐘鼓不動，是你動了，鐘鼓才發出聲響回應你，大叩大鳴，小叩小鳴。其實鐘鼓完全不動呢！」

「原來如此。這也是寂靜，能仁。空有不二。」洛桑會心一笑。

「明白八個修心竅訣，了解空有不二的眞諦，你自然知道如何返回阿蘭若。」蔣秋．森巴接著說：「既然不覺本無，妄心本來就沒有，因此，你何時可以斷煩惱？其實你當下可斷。既然本覺本有，本來就清淨，也永遠都清淨，因此，何時可以證悟？其實你當下就可以證悟。證悟清淨心，其實你需要的，只是一個正確的知見和對生命全然的信任。如果你證悟這樣的清淨心，當下馬上就可以返回阿蘭若，在西藏與阿蘭若之間自由來去，完全沒有障礙。這是返回阿蘭若的第一個方法。」

蔣秋．森巴露出笑容，繼續說：「經過十幾年的探尋，最近我發現返回阿蘭若的第二種方法。既然萬事萬物的本體都是空性，就能呈現千變萬化，包容森羅萬象。每個人需要什麼，當下一念，與他相對應的能場就會來到他的面前。當你修持八個修心竅訣，對愛與眞心有更深的體會，你可以用第二種方法回到阿蘭若。」

洛桑沒想到，除了證悟清淨心自由來去，還有第二種方法。她拉長耳朵，充滿期待。

「如果你仰賴制式的地圖座標，依賴肉眼可見的事物，你尋不回眞正的阿蘭若。相信你的心靈，用你心靈的眼睛往內看。你一直在尋找的答案，可能從來都不在外面，而早就隱藏在你的心靈深處。想想：你的念頭一動，馬上就周遍整個宇宙，和你的念頭相對應的能量，馬上就會成形。因此，怎麼回去阿蘭若呢？當你想到你所愛的人時，你所愛的人，面容自然就浮現；當你想到家鄉的山林，通往家鄉的小路，自然就來到你面前。你想什麼，就現什麼。一即一切，一切是一。回家的心靈地圖，其實早就顯現在你的心底。過去阿蘭若族人找不到回家的路，是因爲恐懼、害怕，眼睛被地圖蒙蔽。現在你知道，眼睛所見的，不一定是事實。

「一個地方的磁場、能量圈，是集體意識所形成的。集體的恐懼、偏見、想法，形成一個共有的能場，這就是阿蘭若，也是地球目前的共業。因此，能否回去阿蘭若，眞正的關鍵不在回家的路徑和地圖的座標，而是帶著愛，帶著諒解、包容，帶著事實眞相回去，才能眞正改變阿蘭若。如果你仍然憤恨、不解，這樣的回去並沒有意義。就像生命的輪迴，每一世來，我們都帶著愛，來解開冤結，而不是越來越糾結。」

「原來，這就是回家的路。」洛桑聽得熱淚盈眶，對蔣秋．森巴行了三個大禮拜。如果沒有蔣秋．森巴一路以來的教導，就算她一開始就知道回家的祕徑，沒有後來對生命的領悟，她也無法眞正回家，無法讀懂阿蘭若勇士的眞實含意。

「勇敢、忍辱，不忘傳承，這就是你回去阿蘭若眞正的任務。一即一切，一切是一。那些曾經讓你難過、受創的碎片，每一個碎片，都含藏完整的生命訊息，都會指引你通向證悟之道。」蔣秋・森巴意味深長地對洛桑做了最後的叮嚀。

十五、抉擇

洛桑決定敞開心，對諾布坦白，也決定了返回阿蘭若的日期。不管阿蘭若現在變成什麼模樣，她都想回去。不管回去之後，能不能再回到西藏，她都必須走一趟回家的路，她必須試一試才會知道。

雖然做了決定，但心底還是難過。她把諾布送給她的藏紅色佛珠放在心上，唸了一〇八遍觀世音六字大明咒，爲諾布祈福，眼淚潸潸而下。

她和諾布約在布達拉宮湖畔，諾布早就在那裡等著她。諾布和她一樣，穿著初識時的一身黑服黑褲，圍著黑布圍腰；髮辮間纏著紅色絲穗，依然像火鶴的紅色花苞，透射著熾烈的火光。想起那一晚的夢境，從前世到今生，爲何他一直都沒變，還是以前的那個他。無論她用心眼照見，還是用老鷹之眼遇見，他一直都是那個明朗、帶著眞心，活出至性至情的康巴漢子。

她走近諾布，看著清澈的湖面清晰地映照出布達拉宮的倒影，正想著如何開頭。諾布反而一步向前，在洛桑的脖子上，套上一條白色的哈達。

「洛桑，完成十萬個大禮拜之後，我又完成一〇八個花葉曼陀羅。植物的色彩和圖騰深深觸動了我，於是我寫了一首詩，當作我對你的送別之禮。」

諾布把詩寫在藏式的書頁卷軸，還畫上他所創作的花葉曼陀羅。洛桑打開一看：

我在 人的世界 流浪
在 不同的光譜中 旅行

有時變成紅色
熱情活潑

有時變成藍色
冷靜沉著

有時不小心把自己弄髒了
什麼顏色也不是

究竟我是個什麼樣的人吶？
為何我靜了想動，動了想靜

有時我叱吒風雲，無比地巨大
有時我又渺小得微不足道
有時我正義凜然，為世間的不平求一個公道真理
有時我卻只想忍氣吞聲，求一時的安穩

究竟哪一個才是真正的我啊？

或許，我們來人間旅行
只是為了釋放所有的我，接納所有的我

那些人事的滄桑與無奈
緣生、緣滅，緣起、緣盡
因緣的波動，讓我們哭，也讓我們笑

走過千山萬水，愛恨別離
我終於學會

跳出來
定定地
看著所有的歡笑與悲傷

原來，真正的我
並不在那些因緣的波動裡

真正的我
像一面通透的明鏡

我可以照見紅色，卻不是紅色
我可以照見藍色，卻不是藍色

真正的我
從來不在那些糾纏裡

我是如如不動的觀照者

我可以覺察歡笑，但我不是歡笑
我可以覺察悲傷，但我不是悲傷
我不執著於歡笑也不沉淪於悲傷

真正的我
只是觀照與覺察

安安靜靜地
陪伴著來這一世旅行的我
回歸生命真正的純淨

如果你還沒有找到這樣的自己
讓我靜靜地陪伴你

「哇，寫得好動人。這剛好也是我這陣子的體會呢。」洛桑淚眼矇矓，強忍著難過，牽起嘴角微微一笑。她想，諾布是個通透的人，一定能了解她想回去阿蘭若的情感和決定。

「還有，我找到圓點眞正的祕密了。」諾布輕輕拭去洛桑眼角的淚水，故作輕鬆，帶著神祕的語氣說。

「這麼巧，我在西藏，正好遇到當初在我的手心畫上圓點的老藏人，他也把圓點的祕密告訴我了。」洛桑把眼淚吸進去心裡面，她很好奇，諾布有什麼新的發現。

「以前，煉金術以圓點代表黃金。佛經也常把自性當作寶藏，比喻爲黃金。以金爲器，器器皆金。我的名字叫諾布，藏文的意思，剛好就是寶藏。」

諾布牽起洛桑的手，畫了一個圓，點了一點。「其實，你早就把諾布握在手上了。」說著，把洛桑摟進懷裡，久久沒有放手。

洛桑的心裡湧上一陣酸楚，把頭埋進諾布的懷裡。她感覺得出，諾布有難言之隱，而她也是。其實她和諾布各懷心事，都只是在強顏歡笑罷了。

「你說吧，你之前說過，做完十萬個大禮拜之後，會做一個重要的決定，你做出的抉擇是什麼呢？」

諾布的手依然緊緊地環抱洛桑，不願鬆手。洛桑聽著諾布急促的心跳，知道他一定做了一個很艱難的決定。

「上一次見面，跟你提過，阿蘭若老奶奶覺得阿蘭若消失了，空無所有。她不相信我說的話，覺得我只是在安慰她。沒想到她臨終時，竟然託付我幫她把阿蘭若勇士的印記、老鷹的頭套和羽毛，送回阿蘭若。她跟她的孩子說，如果諾布說的是對的，那麼諾布一定能找到回去阿蘭若的路。

「阿蘭若老奶奶一生最大的遺憾，就是無法歸還阿蘭若勇士的印記，她覺得她辜負了家鄉的託付，因此在臨終時，坦白告訴她的孩子，她其實來自在地圖上消失的阿蘭若。她的孩子無比震驚，透過阿蘭若老奶奶的遺書找到了我。其實，這才是我和阿蘭若老奶奶之間眞正的祕密。

「我很抱歉，一直沒有對你坦白，那是因爲，當我發現我愛上了你，對你生出情執，想永遠留在西藏，我害怕去了阿蘭若，從此再也無法回到西藏。當我懷疑自己的同時，其實也等同在懷疑自己的信仰。因爲每一個藏人都有一尊本尊佛，而我的本尊佛是白度母；每一個康巴漢子都有一隻雪山雄鷹，而我的雪山雄鷹就是你。我陷入了兩難，一直猶豫著要不要履行對阿蘭若老奶奶的承諾。

「做完十萬個大禮拜，我的決定是，我既要相信本尊佛的安排，也要相信我們兩個人靈魂的印記，一定會讓我們再度找到彼此。就像老鷹，循著愛的波動找到所愛的人。不管你在西藏，在你的故鄉喜馬拉雅山的小部落，在佛陀講道的靈鷲山……，不管你在何處，請你相信我對你的愛，我不會忘記我的誓言，我一定會找到你。你是否願意等待我、相信我？」

諾布把洛桑緊緊地摟在懷裡，一口氣講完，心臟急促地跳動著。洛桑不敢抬起頭，她不敢相信這竟是故事的結局，她在諾布的懷裡哭了。

半晌，她才抬起頭，破涕爲笑說：「我相信你，我願意跟你一起去阿蘭若。我知道怎麼找到在地圖上消失的阿蘭若。」

諾布驚訝地張大眼睛，隨即露出釋懷的笑容，調皮地說：

「太好了。早知道，我就不要把心事藏那麼久。現在換你，拿一個同等分量的祕密，來跟我交換吧？」

「我知道，愛到盡頭、情到深處的祕密。」洛桑在諾布的手上畫了一個圓，點上一點，然後輕輕地說：「寂靜。能仁。」

「什麼？就只有這樣？我說了那麼多，你就只說了四個字？」諾布抓住洛桑點在他手心的指頭，故意像以前一樣，露出難以置信的表情。

洛桑的臉龐泛起了紅暈，紅得像一顆蘋果。她從後方背著的竹簍子，拿出一束迷迭香。

「我想替一位老婦人，送一把迷迭香到阿蘭若給她年少時的情人。在我們一起去阿蘭若的路上，我一點一滴說給你聽吧。最初的圓點，來自一個古老的寺院，有一位小沙彌，眉心有個黑色的印記……。」

本書出現的三個人名：

- 蔣秋・森巴（བྱང་ཆུབ་སེམས་དཔའ），藏文「具有菩提心的菩薩」之意。
- 傑瑞西・旺秋（སྤྱན་རས་གཟིགས་དབང་ཕྱུག ），藏文「觀世音菩薩」之意。
- 卓嘎（སྒྲོལ་དཀར ），藏文「白度母」之意。

附錄

《修心八頌》藏文

༄༅།། བློ་སྦྱོང་ཚིག་བརྒྱད་མ་བཞུགས་སོ།།

བཀའ་གདམས་པའི་དགེ་བཤེས་གླང་རི་ཐང་པ་རྡོ་རྗེ་སེང་གེས་མཛད།

一

བདག་ནི་སེམས་ཅན་ཐམས་ཅད་ལ།།　ཡིད་བཞིན་ནོར་བུ་ལས་ལྷག་པའི།།

དོན་མཆོག་སྒྲུབ་པའི་བསམ་པ་ཡིས།།　རྟག་ཏུ་གཅེས་པར་འཛིན་པར་ཤོག །

二

གང་དུ་སུ་དང་འགྲོགས་པའི་ཚེ།།　བདག་ཉིད་ཀུན་ལས་དམན་ལྟ་ཞིང་།།

གཞན་ལ་བསམ་པ་ཐག་པ་ཡིས།།　མཆོག་ཏུ་གཅེས་པར་འཛིན་པར་ཤོག།

三

སྤྱོད་ལམ་ཀུན་ཏུ་རང་རྒྱུད་ལ།། རྟོག་ཅིང་ཉོན་མོངས་སྐྱེས་མ་ཐག།

བདག་གཞན་མ་རུངས་བྱེད་པའི་ན།། བཙན་ཐབས་གདོང་ནས་བཟློག་པར་ཤོག།

四

རང་བཞིན་ངན་པའི་སེམས་ཅན་དང་།། སྡིག་སྡུག་དྲག་པོས་གནོན་མཐོང་ཚེ།།

རིན་ཆེན་གཏེར་དང་འཕྲད་པ་བཞིན།། རྙེད་པར་དཀའ་བས་གཅེས་འཛིན་ཤོག།

五

བདག་ལ་གཞན་གྱིས་ཕྲག་དོག་གིས།། གཤེ་སྐུར་ལ་སོགས་མི་རིགས་པའི།།

གྱོང་ཁ་རང་གིས་ལེན་པ་དང་།། རྒྱལ་ཁ་གཞན་ལ་འབུལ་བར་ཤོག།

六

གང་ལ་བདག་གིས་ཕན་བཏགས་པའི།། རེ་བ་ཆེ་བ་གང་ཞིག་གིས། །

ཤིན་ཏུ་མི་རིགས་གནོད་བྱེད་ནའང་།། བཤེས་གཉེན་དམ་པར་བལྟ་བར་ཤོག །

七

མདོར་ན་དངོས་སམ་བརྒྱུད་པ་ཡིས།། ཕན་བདེ་མ་རྣམས་ཀུན་ལ་འབུལ།།

མ་ཡི་གནོད་དང་སྡུག་བསྔལ་ཀུན།། གསང་བས་བདག་ལ་ལེན་པར་ཤོག །

八

དེ་དག་ཀུན་ཀྱང་ཆོས་བརྒྱད་ཀྱི།། རྟོག་པའི་དྲི་མས་མ་སྦགས་པར།།

ཆོས་ཀུན་སྒྱུ་མར་ཤེས་པ་ཡིས།། ཞེན་པའི་འཆིང་བ་ལས་གྲོལ་ཤོག །

致謝辭

二〇二三年十月四日，一個殊勝的因緣，見了宗薩欽哲仁波切一面。我問仁波切，佛法講空性，但我這個文字作者卻一直造作寫文，會不會和佛法的教導背道而馳？

仁波切笑著說：「不要擔心。佛法不也說『色即是空』嗎？」

「色即是空」這句話，幾乎所有的人都琅琅上口，但當仁波切慈祥地看著我，說出「色即是空」時，我一整個突然豁然開朗，好像文殊菩薩用手上的利劍，快刀斬斷我所有的陰霾和疑慮，讓我一下子心領神會，充滿繼續往下寫的力量。

這是我第一次見到宗薩欽哲仁波切，沒有上師的威嚴，卻有長者的慈悲，就像看到家鄉的父母一樣親切。

感謝宗薩欽哲仁波切，色空不二的開示，鼓勵我勇敢地行願。感謝當時製片人賴梵耘為我翻譯。

另外，也感謝姚仁喜老師，贈予由他翻譯、宗薩欽哲仁波切講述的《維摩詰所說經》一書。《維摩詰所說經》的不二法門，開啓了我書寫這本小說的構思。感謝姚仁喜老師解開我在知見上的困惑，對當時的我幫助很大。

✿ ✿ ✿

感謝淨空老師父在講經頻道，用紅色、藍色、黃色三張投影片比喻放下妄想、分別、執著，以及用電視螢幕和影像比喻眞心和妄心。這些生動的比喻，讓我深受啓發，融會佛經經文之後，把這些意象融入小說之中。感謝淨空老師父的教導，祈願他乘願再來。

✿ ✿ ✿

感謝以下高僧大德的著作，提供淑文書寫小說的重要參考：

達賴喇嘛、第十七世大寶法王、堪布索達吉，《修心八頌》相關註解論述。

宗薩欽哲仁波切，《朝聖》、《維摩詰所說經》，姚仁喜譯。

堪布竹清嘉措仁波切，《愛上佛子行》，蕭人瑄、馬爾巴佛學會編譯小組譯。

《聽噶千仁波切講密勒日巴道歌》，噶千仁波切開示，張昆晟譯。

詠給明就仁波切，《自心伏藏：明就仁波切365個觀心口訣》。

淨空老法師，《妄盡還源觀》、《無量壽經》、《金剛經講義節要》講記。
千佛山白雲老禪師，《大方廣佛華嚴經淺釋》。
聖嚴法師，《智慧之劍：永嘉證道歌講錄》，聖嚴法師開示，莊國彬譯。
星雲大師，《觀世音菩薩普門品》講話、《成就的祕訣：金剛經》。
證嚴法師，《無量義經》講記。
南懷瑾，《金剛經說甚麼》講述。
體佛法師，《妄盡還源觀》、《金剛經》講述。
夢參老和尚，《應無所住：金剛經十四堂課》。
明法比丘，《慈經注》翻譯，《藏語360》雜誌第七期。

感謝我的藏文老師丹增南卓仁波切，在我初學藏文時，做大禮拜、給我的指導和相關解惑。感謝丹增南卓仁波切分享了青稞粉和奶渣給我，當時每天早上自己做糌粑吃，幾乎是一邊含淚，一邊讀藏文，滿滿對西藏的思念。

感謝千佛山本願寺住持若崴師父，在二〇二三年十月母親過世，親自致電安慰我走出母喪，並在我輔導監獄受刑人，以及日常生活，成爲我的人生導師，尤其在寺院《法華經》演講啓發我，受益良多。感謝千佛山菩提寺住持如靈師父，以及雜誌社社長若勍師父、編輯群若知師父、若恕師父邀稿，還有千佛山菩提寺若讀師父、若峰師父，以及千佛山般若寺住持若惟師父、若舜師父，給我的照顧和指引。

感謝西藏的山河大地和老鷹，感謝西藏不管在前世今生帶給我的純淨、美好，和大圓滿。

祈願萬流歸宗，人與人相親，人與地有情，漢藏和好，世界和平。

❀ ❀ ❀

感謝圓神出版發行人簡志忠、副董簡志興、副社長陳秋月，在《所有相遇，都是靈魂的思念》出版後，給我的鼓勵。感謝圓神（方智）出版，從專案企畫眞眞，到編輯部門主編淑雲、責編芳蘭、行銷企畫禹伶和衍帆、美編家宜、印務，以及圓神書活網婉菁及工作團隊，給予我的各種幫忙和協助。謝謝專案企畫經理賴眞眞，總共企畫了我七本書，她的意見和指導，是我寫作的明燈。謝謝副總編輯賴良珠，不管是編輯或日常，都能細膩照顧到每一個細節。謝謝圓神書活網婉菁，不管她身在何處，都能及時製作金句卡讓我在粉專貼文，並提供專業意見。謝謝方智主編淑雲，在繁忙的出版事務之外，還轉寄每一封受刑人寄到出版社的信件給我。

《所有相遇，都是靈魂的思念》和《只爲途中與你相遇》都有一張很特別的身體圖騰，是淑文二〇一五年參加藝術家侯俊明老師的身體工作坊所繪，在此也謝謝侯俊明老師啓發我的創作靈感。感謝大學時代的輔導老師張珏、陸雅青、樊雪春，陪伴我走過生命的最低潮，並將生命的坎坷，化爲創作的養分。謝謝金枝演社導演王榮裕，在我二十年創作生涯遇到瓶頸時，成爲我的人生導師和貴人。

感謝天上的陳光燦老師，在我人生懵懂時期，利用放學時間對我做佛法開示。感謝蘇振輝老師在我每一個人生重要轉折，以佛經爲我解惑。感謝林芝安，在漢傳和藏傳佛法的修習或創作寫作上，給我寶貴的意見。感謝善尹、芮涵和慧玲在我創作最艱難的時刻，給予我大力的支持。感謝雅琪和仲芝，十年來接送我往返監獄和高鐵站，圓滿我的監獄志工之願。

淑文完成二十萬個大禮拜之後，開始分享《修心八頌》。感謝淡水文化基金會董事長許慧明，引薦我到淡水殼牌倉庫做「黃淑文生活菩提」系列講座，圓滿我宣講生活佛法的心願。也謝謝教育電臺主持人季潔專訪我，做了四集《修心八頌》藏文唸誦和中文講述，以及將我多年來出版的書籍，錄製成金句故事分享，共五十二集電臺節目，並幫我架設 Podcast 上傳分享。

❀ ❀ ❀

製作一〇八個花葉曼陀羅期間，常要去野外採集植物的花、葉和果實，回到家裡擺放在桌子上，創作圓形的圖騰，點上酥油燈，並拍照記錄。

當我生起這個心願，以爲很簡單，只要擺成圓形的圖騰就好。眞正做了，才知道，這個過程比想像中還艱難。

首先，花離開枝幹就開始凋謝，必須把握時間。擺設的過程，必須全程專注，怎麼擺放、搭配非常耗神。葉子朝上朝下、花朵擺設的角度，只要有一絲絲不對，甚至僅僅只是蠟燭的燭光光線，都會影響拍攝的角度和美感。

有時，明明做出來的曼陀羅很滿意，但陰天、沒陽光，拍照時燈光、視角整個感覺就是不對，相機怎麼拍都拍不出創作當下的味道。

有時，怎麼排列都不符合自己想要呈現的感覺；等靈感來了，花卻枯萎了。好不容易作品完成，一陣風吹來，花朵、葉子就被吹歪了，一切得從頭再來。

有時，只是創作一個作品，從採集到回家創作，足足要全心專注三個多小時。等一切完成，發現腦力和體力眞的不行了，中間沒喝一滴水，沒吃食物，突然感到頭昏眼花。因爲過度專注，被山上的蚊蟲咬得滿頭包，都是創作的日常。

因爲不是開花店，也沒有辦法種那麼多花，只能從野外尋找。尋常人家的花也不喜歡別人亂採；野地的花則要很小心，越鮮豔，越可能有毒，先拍照求證再去採集。等到有時間去採集，錯過花期，甚至隔天再去，竟發現花已經凋謝了。

世間因緣也是如此，錯過了就錯過了，即使懊惱、懊悔也莫可奈何！

凡事眞的要因緣具足，創作是放下執著，而不是反而變成一種執著。不能做或來不及做就只能隨緣，提醒自己學習放下。

擺放花葉曼陀羅時，動作是非常細膩的。專注、安靜，從心到手，到花的連結，有時會在心裡唸佛，一方面淨化，一方面獻上祝福，看看生命會帶領我做出什麼。有時創作完成，拍完照片，也會學習製作曼陀羅沙壇城的僧人，做一個掃空的儀式。哇，那眞是心痛，捨不得到極處啊！不過，這也是我理解世間無常脆弱、放下我執的起點，也成爲我深入塑造小說人物的靈感。

製作一〇八個花葉曼陀羅期間，感謝熊曉鴻校長給我的鼓勵，每一個曼陀羅都給我回饋，給出意見。並謝謝我的先生杜守正，在數千張的曼陀羅圖騰中，幫我挑出一〇八張精選照片。

《只爲途中與你相遇》小說裡提到色彩和瑜伽，也在此感謝我的靜心引導和瑜伽啓蒙老師黃蓉，以及頒發我色彩諮詢師證照的呂姵瑤老師。

最後，要感謝我的兒子和女兒。時下年輕人的生活和感情觀，常爲我帶來寫作的素材，尤其是我的女兒，就像隱形在我身後的編輯和企畫，鞭策我寫作，給我寫作的意見。

常有讀者寫信問淑文的信仰，家裡父母都是基督徒，大姊夫是牧師，大姊是牧師娘，感謝兩位對我宗教上的包容。從小到大，大姊對家裡的弟弟妹妹，便是如母如姊般細心照顧。感謝大姊爲我及家庭所做的一切，沒有大姊的照顧、鼓勵和信任，以及弟弟妹妹、公公、婆婆、先生和孩子的支持，我的寫作之路無法持續到現在。

從二〇〇五年辭去教職，當專職作家，到今年二〇二五年，寫作整整二十年，出版了十本書。記得當時辭去教職，有個算命先生說，我寫作只能在報章雜誌寫寫，出版不了幾本書。但媽媽生前跟我說：「文仔，繼續寫，媽媽覺得你今生至少可以寫十本書。」

感謝寫作二十年，讀者和好友們對我的支持和守護，我覺得媽媽的愛和鼓勵，比算命先生還準呢。一個人不能屈服既定的命數，總是要拚搏一下，才知道有多少可能。

感謝第十本書《只爲途中與你相遇》如願出版，以此獻給天上的父親和母親：

「謝謝你們給我的愛，你們的女兒做到了！」

Eurasian Publishing Group
圓神出版事業機構
用心與你對話‧網野無限寬廣
方智出版社
Fine Press

www.booklife.com.tw
reader@mail.eurasian.com.tw

自信人生 196

只為途中與你相遇：所有發生，都是靈魂的印記和許諾

作　　者／黃淑文
發 行 人／簡志忠
出 版 者／方智出版社股份有限公司
地　　址／臺北市南京東路四段50號6樓之1
電　　話／（02）2579-6600．2579-8800．2570-3939
傳　　真／（02）2579-0338．2577-3220．2570-3636
副 社 長／陳秋月
副總編輯／賴良珠
資深主編／黃淑雲
責任編輯／溫芳蘭
校　　對／溫芳蘭．黃淑雲
美術編輯／李家宜
行銷企畫／陳禹伶．陳衍帆
印務統籌／劉鳳剛．高榮祥
監　　印／高榮祥
排　　版／陳采淇
經 銷 商／叩應股份有限公司
郵撥帳號／18707239
法律顧問／圓神出版事業機構法律顧問　蕭雄淋律師
印　　刷／祥峰印刷廠
2025年6月　初版
2025年6月　4刷

定價 430 元　　ISBN 978-986-175-846-6

我們總是因為緣滅而傷心，卻不知緣滅，有時也帶動了新的緣起。

——《所有相遇，都是靈魂的思念》

國家圖書館出版品預行編目資料

只為途中與你相遇：所有發生，都是靈魂的印記和許諾／黃淑文 著.
-- 初版. -- 臺北市：方智出版社股份有限公司，2025.06
336 面；14.8×20.8 公分. --（自信人生；196）
ISBN 978-986-175-846-6（平裝）

863.57　　114004374